따끔한 방화

# 까지깐 방화

TURN ▶ 08

조영주
장편소설

"얼마나 시간이 지나야 잊을 수 있을까."

# 차례

# 프롤로그

2020년 12월 17일.

'벌써 매미가 우는 계절이 되었는가.'

필정은 쉴 새 없이 울리는 휴대폰을 보며 생각했다. 휴대폰에는 낯익은 이름이 떠 있었다.

함민
010 - ○○○○ - ○○○○

2년 전 함민에게 전화가 왔을 때 필정은 바랐다. 이번이 마지막 연락이기를, 다신 연락이 오지 않기를.

필정이 전화를 받았다.

"제가 불을 질렀습니다."

함민은 필정이 말할 틈도 주지 않고 허겁지겁 말했다.

"1993년 대전 엑스포 방화 사건의 진범은 접니다.

제가 불을 질렀습니다."

함민이 눈물을 터뜨렸다. 오랜 시간 이 사실을 숨기느라 너무나 힘들었다는 듯 북받쳐 오르는 눈물을 멈추지 못했다.

'결국 또 되풀이된다.'

필정은 그저 듣고만 있었다. 노년의 형사에겐 그것 외에 해줄 수 있는 일이 없었다.

# 충동: 오버 더 레인보우

'또 손가락 끝이 간질거린다.'

함민의 손이 책상 제일 아래 서랍으로 향했다. 그 안에는 새 라이터가 들어 있었다. 오후 5시 정각, 전화벨이 울렸다.

"강력 1팀 함민. 네, 네."

함민이 빠르게 메모 후 전화를 끊은 뒤 서랍을 열었다. 라이터를 챙기며 큰 소리로 말했다.

"미래동 21세기아파트 1단지 1004동 2004호. 살인 사건 발생. 피의자 현장 검거. 피의자 이름 기명림, 만 13세. 피해자 김정, 최준, 만 14세. 출동이다."

"네!"

함민의 말에 이삭이 자리에서 벌떡 일어났다. 이삭은 6월에 어울리는 반소매 차림이었다. 함민은 달랐다. 양복을 아래위로 빼입었다. 오늘도 운전은 이삭이 맡았다. 함민은 아직 평택 길을 다 외우지 못했다.

"저녁은 드셨습니까? 저는 아직인데 말입니다, 팀

장님."

"굶는 게 나을걸."

"괴담이나 하나 말씀드리겠습니다."

이삭이 함민의 대답이 끝나자 마자 말했다.

"어떤 여자가 말입니다. 오피스텔에 살았답니다. 어느 날 친구가 놀러 왔답니다. 여자는 친구를 침대 앞에 앉게 했답니다. 그러고는 주방에서 커피를 타 왔죠. 그런데 커피를 받은 친구가 갑자기 여자에게 빨리 나가자고 했답니다. 왜 그런가 했더니……."

"침대 밑에 칼 든 남자가 숨어 있더라는 이야기?"

"아시는 이야기군요? 연초에 21세기아파트 2단지에서 비슷한 사건이 있었습니다. 한 중학생이 자기 집에서 살해당할 뻔했습니다. 반 친구가 이 괴담을 흉내낸 거죠. 뒷부분이 괴담과 다르게 흘러갑니다. 마침 상대에게 동행이 있었던 겁니다. 2대 1의 싸움 끝에 침대 밑에 숨어 있던 소년이 반대로 당했습니다. 식칼에 찔려 죽었죠."

"금시초문인데."

"이 건도 촉법소년 건이었거든요. 그래서 피의자 이름이 뭐냐면 말이죠……."

"김정과 최준. 피해자는 유찬. 그는 당시 등교를

거부하고 있었다. 이번 사건의 피해자 이름도 김정이랑 최준. 우연은 아니겠지."

"촉법소년에 이어 마음에 들지 않는 또 하나의 공통점이죠."

이삭은 좌회전 신호를 받아 1단지 방향으로 통하는 8차선 도로에 진입했다. 도로 끝은 막혀 있었다. 이 길은 밤마다 폭주족이 몰려들어 소란을 피우는 탓에 민원이 잦았다.

이삭은 아파트 입구 근처에 차를 세웠다.

"여기에 대야겠는데요."

현장 주변은 사람들로 북적였다. 그 사이로 차를 몰고 가는 건 불가능해 보였다. 함민과 이삭이 차에서 내렸다. 양해를 구하며 인파를 뚫고 지나갔다. 폴리스라인 앞에서 제복 경관에게 신분증을 보이는 것과 거의 동시에 사람들이 웅성거렸다.

"저기 나온다!"

"뭐야, 대체 무슨 일이야?"

1004동 3, 4호 라인 입구에서 구급대원들과 경찰 여럿이 들것을 사방으로 둘러싸고 나오는 중이었다. 그중에는 함민과 이삭이 아는 얼굴도 있었다.

"오셨습니까."

다른 곳에서 바로 출동한 강력 1팀 연은나와 경진석이었다.

"피해자야?"

함민이 들것에 누운 소녀를 보며 말했다.

"피의자 기명림입니다."

은나의 말에 함민은 다시 한번 소녀의 얼굴을 바라보았다. 소녀는 이목구비가 뚜렷했다. 피투성이가 된 창백한 얼굴이 무척 수척해 피의자보다는 피해자의 느낌이었다.

"바로 병원으로 호송합니다. 복부를 비롯한 온몸의 자상으로 응급수술에 들어가야 할 것으로 보입니다."

함민은 알아들었다는 뜻으로 묵례했다. 앰뷸런스와 두 형사가 탄 차가 연이어 출발하는 걸 본 후 함민과 이삭은 아파트 내부로 들어갔다.

"죽을 짓을 했을 겁니다."

이삭은 엘리베이터에 타자마자 말을 쏟아냈다.

"지난번 사건도 참혹했습니다. 그 자식들, 심지어 배경음악까지 깔고 난도질을 했습니다. 사건 자체가 피해자가 왕따를 당하던 끝에 일어난 일이었어요. 잡히고 나서도 어찌나 당당하던지, 촉법소년이니 처벌안 받을 거라고 소리를 질러대는데."

함민은 이삭의 거친 말을 말리지 않았다. 그래봤자 엘리베이터가 20층에 도달하면 알아서 멈출 터였다. 이삭은 함민을 비롯한 강력 1팀 사람들과 함께 있을 때에만 수다쟁이였다. 낯을 심하게 가려 다른 경찰들 앞에서는 말을 많이 하지 않았다. 함민의 예상대로 20층에 엘리베이터가 멈추자 이삭은 입을 꽉 다물었다. 문이 열리자마자 로비부터 경찰이 가득했다. 그중에는 과학수사반 팀장 태을도 있었다.

"양복."

"구두."

올해 3월, 함민이 평택경찰서로 전근하며 거의 10년 만에 태을과 만났다. 그때 둘은 서로를 보자마자 지금처럼 인사했다.

"양복."

"구두."

태을과 함민은 경찰 동기다. 태을은 함민이 제복을 벗고 사복형사가 된 날 기념으로 양복을 사줬고, 함민은 답례로 넥타이와 구두를 선물했다. 이후 매년 같은 날, 둘은 선물을 주고받으며 만날 때마다 서로가 사준 선물을 착용했는지 확인했다. 만약 착용했다면 별말 안 했지만 착용을 안 했다면 반드시 지적했다.

지금처럼 "양복" "구두" 혹은 "양복" "넥타이"라고 빈 정거렸다.

"두고 보자."

태을이 탁구채를 들고 강서브 치는 흉내를 냈다.

"그래서 뭐 좀 건졌어?"

함민이 서브 받는 시늉을 하며 물었다.

둘은 갑작스러운 출동 명령이 없다는 가정하에 매 주 수요일 저녁 평택경찰서 체력단련실에서 만났다. 그곳에는 갖가지 운동기구 외에 탁구대가 한 대 있었 고 그것은 태을과 함민의 차지였다.

"별것이 있기도 하고 없기도 하고. 꿈에 나올 법한 현장인 건 확실해."

함민은 고개를 끄덕인 후 2004호로 향했다. 이삭 도 그런 함민을 흉내 내 고개를 끄덕인 후 현장에 들 어가려고 했다. 태을이 이런 이삭을 막았다. 태을의 손에는 검은 비닐봉지가 들려 있었다.

"너는 이거 들고."

태을이 봉지를 내밀었다.

"또 현장 오염시키면 가만 안 돼."

이삭은 현장에 토한 전력이 있었다.

"안 그래도 저녁 안 먹었어."

"나이스 서브."

또 한 번 태을과 함민은 탁구공을 주고받는 시늉을 했다.

"제가 무슨 어린앱니까."

이삭은 그런 둘을 보며 볼멘소리를 했다.

"어허."

태을이 눈을 부라리며 검은 비닐을 내밀었지만 이삭은 무시하고 현장에 들어섰다. 태을의 예상은 옳았다. 이삭은 거실을 지나 안방에 들어가는 순간 한 손으로 코와 입을 막았다. 태을은 이삭에게 황급히 검은 비닐봉지를 쥐여주었고, 이삭은 이번엔 거절하지 않았다. 거실로 뛰어나가 털썩 주저앉아서는 한참 토악질을 했다. 이삭을 보며 함민과 태을은 서로에게 작게 속삭였다.

"피해자는 나만 보는 게 낫겠지?"

"두말하면 입 아프지."

함민과 태을이 고개를 돌렸다. 이삭이 보자마자 구역질을 참지 못했던 피해자 시신 쪽으로 다가갔다.

첫 번째 피해자 김정은 침대에 엎어져 있었다. 침대보는 피로 물들어 있었고, 목은 덜렁거릴 정도로 잘린 상태였다. 두 번째 피해자 최준은 상태가 좀 더 심각했다. 피 웅덩이 한가운데 드러누운 최준의 가슴엔 식칼이 꽂혀 있었다. 평소 함민이라면 흉기에 먼저 관심을 보였겠으나 이번엔 오른손이 신경 쓰였다. 최준의 왼손이 잘린 오른손을 꽉 쥐고 있던 탓이다.

함민이 최준에게 다가갔다. 쭈그리고 앉아 손을 관찰했다. 오른손은 생채기가 잔뜩 나 있는 데다 검지와 중지가 잘려 있었다.

"최준은 오른손잡이다. 피의자의 흉기를 뺏으려고 했지만 실패했다. 그 대가로 오른손이 잘렸다. 최준은 그래도 포기하지 않았다. 왼손으로 오른손을 잡고 그걸 무기 삼아 식칼을 막아보려 했으나 실패, 결국 살해당한 건가?"

함민은 휴대폰 손전등의 도움으로 침대 아래에 떨어진 손가락을 발견했다. 태을이 봉지를 권했다.

"봉지 필요하신가, 셜록 함스?"

태을이 함민에게 내민 건 이삭에게 줬던 검은 봉지가 아니라 증거 수집용이었다.

"그놈의 셜록 함스 하지 마라, 좀."

함민은 봉지를 받으며 살짝 짜증을 냈다.

"이때 안 하면 언제 하냐?"

"야."

"얘네 나이가 열세 살이라잖아. 추억이 떠올라서 내 입이 가만있질 않아."

태을은 오른손으로 왼팔을 긁으며 말했다. 태을의 왼팔엔 열세 살 때 입은 화상 흉터가 있었다. 함민은 인상을 쓰며 말투를 바꿨다.

"태 팀장님, 식칼이 두 번 다 단번에 들어간 것 같습니다. 피의자의 연령으로 볼 때 이 정도 완력을 구사하기 힘들지 않았을까요?"

"저도 그렇게 생각합니다. 위기 상황에서 생긴 순간적인 괴력이었던 것 같습니다. 그도 그럴 게, 발견됐을 당시 피의자 상황이 묘했습니다."

태을도 함민을 따라 말투를 바꿨다. 증거 수집용 비닐봉지에 든 휴대전화를 조작해 유튜브 영상 하나를 틀어주었다. 영화 〈오즈의 마법사〉의 한 장면이었다. 주인공 도로시가 주제가인 〈오버 더 레인보우〉를 부르는 유명한 신.

"처음 경찰이 출동했을 때 기명림이 식칼을 들고 이 노래를 부르고 있었습니다."

"지난번 사건과 같은 상황입니다."

이삭이 해쓱해진 얼굴로 다시 안방에 들어오며 말했다.

"반년 전 사건 현장에서 김정이랑 최준이 듣고 있던 곡도 이 곡이었습니다."

말을 끝냄과 동시에 이삭이 안방 화장실로 뛰어들어갔다. 잠시 후 토하는 소리와 함께 화장실 변기의 물 내려가는 소리가 났다.

"너 이 새끼, 다시는 현장 오지 마!"

태을이 화장실을 향해 고래고래 소리를 질렀다. 태을과 이삭이 티격태격하는 사이 함민은 자신의 양복 주머니에 손을 집어넣었다. 그 안엔 출동하면서 본능적으로 챙긴 라이터가 들어 있었다. 함민은 한참 주머니 속의 라이터를 만지작거리다 손에서 놓았다. 대신 휴대폰과 무선 이어폰을 꺼냈다. 귀에 이어폰을 꽂고 조금 전 태을이 보여준 〈오버 더 레인보우〉 영상을 재생시켰다. 휴대폰을 다시 양복 상의 주머니에 넣고는 음악만 들으며 거실로 이동했다. 좀 더 많은 증거를 찾기 위해서였다.

2004호는 안방을 제외한 모든 방이 비어 있었다. 주방 식기는 일회용품뿐이었고 냉장고는 텅 비어 있었다.

'음식을 해 먹진 않았나 보군.'

함민이 냉장고를 보며 골몰할 때 노래가 끊겼다.

병원에 간 은나의 전화였다.

따로 움직일 때 팀원들은 단체 대화방을 이용했다. 처음부터 문자로 보고하는 편이 조서를 꾸밀 때 더 편한 탓이었다. 은나는 특히 단체방을 좋아했다. 그런 은나가 전화를 해 온 걸 보면 예외 상황이 터졌단 뜻이었다.

"말해."

"부모가 집에 돌아가고 싶다는데 어떻게 하죠? 내일도 서울로 출근해야 해서 너무 늦으면 힘들다면서."

예상대로 은나의 목소리는 날이 서 있었다. 냉장고 채워주기조차 귀찮아하는 부모는 수사 협조도 잘안 하는 모양이었다. 함민은 냉장고에 시선을 고정한채 말했다.

"냉장고가 텅 비었다. 세간도 없다. 이 집엔 생활감이 없다. 기명림 혼자 평택에서 살았다는 뜻이다. 물어봐. 왜 기명림을 평택 집에 혼자 내버려뒀는지. 그럼 협조적으로 변할 거다."

"감사합니다. 역시 셜록 함스네요."

또 셜록 함스……. 함민은 대꾸 없이 전화를 끊어버렸다.

"CCTV 분석 결과 나왔어."

태을이 여전히 낯빛이 안 좋은 이삭과 다가오며 말했다.

"오후 4시 35분, 김정과 최준이 1004동에 방문했다. 30분 후 기명림이 들어왔고."

"어떻게 집에 침입했는지는 알아냈고?"

"비밀번호를 누르고 들어왔대. 비밀번호를 공유할 정도의 친분이 있었다는 뜻이겠지."

"반년 전 사건 때 조서 찾아."

함민이 이삭을 보며 말했다.

"김정, 최준이랑 친한 친구들 연락해서 기명림 아느냐고 물어봐. 〈오버 더 레인보우〉도 잊지 말고."

이삭은 고개를 끄덕인 후 비틀거리며 식탁 의자에 앉았다. 어딘가로 전화를 걸었다. 함민은 다시 노래에 집중했다. 노래는 클라이맥스에 도달하기도 전에 다시 끊겼다.

"도저히 감당이 안 돼서 혼자 놔뒀답니다."

진석의 전화였다.

"엄청나게 예쁜 여자애라니까 안다는데요."

거의 동시에 이삭이 말했다.

"기다려."

함민이 이삭을 향해 말하고는 다시 통화에 집중

했다.

"말해."

진석은 강력 1팀 팀원 중 가장 말수가 적고 감정을 드러내는 일이 드물었다. 함민은 그런 진석을 팀원 중 가장 신용했다.

"기명림은 서울에서 중학교에 들어간 후 가출을 반복했다고 합니다. 작년엔 학교 폭력 사건에 연루되는 바람에 전학을 왔고요."

"피의자였나?"

"피해자였습니다. 학교 폭력의 경우 보통 피해자가 전학을 갑니다."

"계속해."

"이때 기명림이 부모를 졸랐답니다. 평택에 가서 살고 싶다고. 연고가 없던 부모는 한참 망설이다가 기명림이 자살 시도까지 하는 바람에 결국 항복, 한 달 전 전셋집을 얻어줬답니다."

"〈오버 더 레인보우〉는?"

"그건 부모님도 모른답니다."

"좋아. 계속 탐문 진행해."

평소와 같은 깔끔한 보고에 함민은 살짝 웃어 보인 후 전화를 끊고 이삭에게 고개를 돌렸다.

"시작해."

"기명림은 지난 반년간 평택을 몇 번이고 오가며 김정 패거리와 접촉했다고 합니다."

그들의 아지트가 바로 21세기아파트 단지 앞 막힌 길이었다.

"반년 전부터 엄청나게 예쁜 여자아이가 자주 나타났답니다."

"그 애가 기명림이란 거군. 〈오버 더 레인보우〉는?"

"장송곡으로 틀어줬다고 하더군요. 죽은 유찬이가 좋아하는 노래라며……."

이 말을 하며 이삭은 성난 표정을 지었다. 유찬에게 감정이입을 한 모양이었다. 이삭은 늘 감정적이고 잔말이 많았지만 신원 조사나 탐문을 할 때는 그런 성격이 유리했다. 이번에도 이삭은 짧은 전화 통화만으로 진석만큼 많은 것을 알아냈다.

"잘했다."

함민이 이삭을 가볍게 칭찬했지만 표정은 나아지지 않았다. 함민은 그런 이삭을 내버려둔 채 태을을 바라봤다.

"뭐 좀 알아냈냐, 셜…… 함 팀장?"

　태을은 셜록 함스라고 말하려다가 함민의 인상이 구겨지는 걸 보고 재빠르게 말을 바꿨다.

　"휴대폰 내놔."

　함민의 말에 태을은 자신의 휴대폰을 내밀었다.

　"네 거 말고 피의자 거. 이 상황에 개그 욕심이 나냐?"

　"개그는 본능이야."

　태을은 씨익 웃으며 기명림의 휴대폰을 건넸다.

　"그래서 뭘 찾았는데?"

　"올해 초 사건이랑 지나치게 공통점이 많아. 살해 도구부터 주저흔이 전혀 없는 흉터, 〈오버 더 레인보우〉까지. 기명림의 생일은 다음 달로 곧 만 14세야. 촉법소년 연령이 끝나기 직전에 사고를 쳤어. 김정과 최준도 그랬다며."

　함민은 기명림의 단체 메신저에 이어 SNS를 확인했다. 디엠 목록을 쭉 훑다가 반년 전 U..CHAN이란 아이디와 대화한 흔적을 발견했다.

　"이 정도로 겹치면 기명림이 유찬을 모르는 게 이상할 수준이지."

　함민은 바로 해당 아이디를 클릭해 프로필을 훑었다. 유찬은 이목구비가 뚜렷한 소년이었다.

"둘이 뭔가 분위기가 비슷한데, 혹시 아는 사이였을까?"

"사귀는 사이였을 수도."

김정과 최준이 유찬을 살해하자 기명림이 복수했다. 이렇게 따진다면 이 지나친 우연의 일치가 충분히 설명되었다.

촉법소년 사건은 매스컴의 집중포화를 받는다. 속전속결로 사건을 깔끔하게 끝내는 게 중요했다. 기명림의 진술만 받아내면 사건은 이대로 쉽게 마무리될 거였다. 그건 곧 자꾸 라이터로 손이 가는 충동도 가라앉으리란 뜻이었다.


기명림은 다섯 시간의 대수술을 받았다. 함민은 팀원들에게 쉬라고 명령했지만 정작 자신은 수술실 앞에서 대기했다. 면회 허락을 기다리는 내내 함민은 몇 번이고 양복 주머니에 손을 넣고 라이터를 만지작거렸다.

오전 8시 30분, 태을이 두툼한 서류 뭉치를 들고 나타났다. 부탁한 적도 없는데 기명림과 유찬의 SNS 대화 내용을 출력해서 갖고 왔다.

"한숨도 안 잤냐?"

"응."

"밥은 먹었나?"

"아니."

함민은 태을의 물음에 대충 대답하며 기명림과 유찬의 대화를 눈으로 빠르게 훑었다. 그러다 태을이 형광펜으로 칠해놓은 부분에서 시선을 멈췄다. 60, 50, 20, 10, 100. 모두 숫자였다.

"빈속에 커피는 마시지 마라. 유찬이 기명림에게 금전을 요구했던 것 같다."

"안 마시면 어떻게 진술을 받아내. 둘이 사귀는 사이인 거 아니었나."

"네가 예뻐하는 진석이 시켜. 사귀다가 돈을 자꾸 달라고 하니까 기명림이 찬 듯해."

"진석이도 자야지. 사귀는 사이에 자꾸 금전을 요구했다. 왜 그랬을까."

함민은 태을과 두 가지 주제로 대화를 연잇다가 자리에서 일어났다.

"너는 안 자냐? 어디 가게?"

"나는 안 자도 되니까 커피 마시러 간다."

태을은 저러다 큰일 나는데, 하면서도 웃었다. 이럴 때마다 태을은 그에게 셜록 함스란 별명을 정말 잘 붙여주었다고 생각할 수밖에 없었다.

1993년 9월의 일이었다. 함민과 태을을 비롯한 중학교 전교생이 대전으로 엑스포 관람을 갔다. 숙소는 근처 아파트였다. 분양이 끝나지 않은 아파트 단지가 단체 숙소로 쓰였다. 그날 밤, 숙소에 화재가 일어났다. 함민은 누구보다 이 사실을 먼저 알아채고 동급생들을 구했다. 이때 태을은 팔에 화상을 입었다. 당시를 떠올릴 만한 비슷한 사건을 맡으면 아직도 그때 입었던 화상 흉터가 쑤셨다. 태을의 흉터는 함민에 비하면 아무것도 아니었다. 함민은 동급생들을 구하는 과정에서 전신 화상을 입었다. 1년이 지나서야 복학했을 만큼 심한 상처였다. 학교로 돌아온 함민은 늘 우울해 보였다. 매사에 의욕이 없고 어두웠다. 태을은 이런 함민에게 영웅, 셜록 함스라는 별명을 붙였다. 함민은 그 별명을 싫어했다. 태을은 그런 함민이 좋았다. 발끈할 때의 함민은 잠시나마 화재 전의 모습으로 돌아온 듯했다.

태을이 한창 감상에 젖었을 때 함민이 돌아왔다. 함민은 무뚝뚝한 표정으로 손에 든 아이스 아메리카노 중 연한 쪽을 태을에게 건네며 말했다.

"나 병실 들어간다."

　의사는 면회를 30분만 허락했다. 태을은 새삼 감격한 표정으로 말했다.

　"셜록 홈스 힘내라."

　함민은 태을이 내뱉은 말에 인상을 찌푸렸다. 그건 라이터의 불을 켜고 싶을 수준의 짜증이었다.

　함민이 병실의 문을 열었다. 기명림은 침대에 앉은 모습으로 함민을 맞았다. 어젯밤 함민이 만난 기명림은 잠들어 있었다. 그래서 함민은 지금 기명림의 눈을 보고 조금 놀랐다. 눈은 눕힌 반달 같았고 눈동자가 지나치게 새까맣고 커다랬다.

　"집에 들어갔는데 그 녀석들이 와 있었어요. 저보고 돈을 달라고 했어요. 안 된다고 하자 식칼로 위협해서 몸싸움이 일어났고요."

　기명림은 함민이 인사도 하기 전에 말을 쏟아냈다. 쉽게 입을 열지 않을 거라 생각했는데 예상 밖이었다.

　"어떻게 그 아이들이 비밀번호를 알았을까?"

　함민도 통성명을 생략하고 본론으로 들어갔다.

　"제가 알려줬어요."

　"그 정도로 친했어?"

"네, 뭐 어쩌다."

"어디서 만나서 친해졌을까?"

"학교죠."

"김정과 최준은 반년 전부터 휴학 상태였는데 어떻게 한 달 전 전학 온 네가 걔네를 학교에서 만났지?"

"아, 헷갈렸어요. 학교 아니고 집 앞이었어요. 저희 집 앞에 막힌 도로 있죠. 거기서 오토바이 타다가 만났어요."

"네가 먼저 다가갔니?"

"친구 사귀려고."

"친해져서 집 비밀번호를 알려주고?"

"갑자기 집에 숨어 있다가 돈 달라고 달려드는데 당황했어요."

마취에서 깬 직후라 아직 혼란스러운 상태일 텐데도 대화의 핑퐁이 쉽게 오갔다.

"솔직히 말할게요. 그 자식들이 스리섬을 하자고 막 달려드는데 무서워서 그랬어요."

더 캐묻지도 않았는데 기명림이 또 입을 열었다.

"유찬이가 네게 자꾸 돈을 부탁한 것 같던데."

함민이 대화의 방향을 틀었다.

"그건 유찬이가 협박을 당해서."

"협박?"

"김정이랑 최준이 유찬이한테 돈을 내놓으라고 해서. 그때마다 유찬이가 저한테 돈을 빌려서."

"걔들이 왜 유찬이를 협박했을까?"

이 말에 기명림의 새까만 눈동자가 조금 더 커진 것 같았다.

"유찬이가 김정 친구 한 명을 학교 계단에서 떠밀어 넘어뜨렸어요. 김정이 그걸 동영상으로 찍어서 유찬이를 협박했고요. 담임한테 꼰지를 거라고. 내신에 빨간 줄 가기 싫으면 돈 내놓으라고 해서 유찬이가 저한테 돈을 빌려달라고 했어요. 결국 저도 돈이 떨어져서 유찬이가 걔들을 죽이기로 작정했다가 오히려 당했죠."

"김정과 최준이 유찬이를 죽였다는 사실을 알고 어떤 기분이 들었니?"

"죽여버리고 싶었어요. 그래서 죽인 건 아니에요. 유찬이 일은 오래전에 마음에서 정리했으니까. 어디까지나 걔들이 스리섬을 하자고 달려들어서 충동적으로 죽인 거예요."

강력 범죄의 피의자는 보통 이런 상황에서 말이

없다. 일단 변호사를 부른다. 기명림은 달랐다. 조서를
작성하기에 차고 넘칠 말이 쏟아졌다. 표현도 지나치
게 날카로웠다. 오히려 숨길 게 있어서 말이 많은 건
아닐까? 허락받은 면회 시간은 앞으로 2분 남았다. 뭔
가 더 물어본다면…….

"면회 시간 끝났어요."

어떻게 30분이 지난 걸 바로 알았을까. 해답은 기
명림의 시선에 있었다. 기명림이 계속 바라보던 벽에
는 시계가 걸려 있었다. 면회 시간이 얼마나 남았는지
재고 있던 건 함민만이 아니었다. 함민은 다음번엔 반
드시 대화의 키를 잡겠다고 다짐하며 벽시계를 노려
보았다.


함민은 저녁 6시 30분에 면회할 기회를 한 번 더
얻었다. 그사이 함민은 〈오버 더 레인보우〉를 들으
며 라이터를 만지작거리기를 반복했다. 피의자 진술
받아내기가 마음처럼 되지 않자 또 손끝이 간질간
질했다.

함민이 다시 병실을 찾았을 때에도 기명림은 벽시
계만 노려보고 있었다.

"또 오셨네요."

함민은 대답 대신 벽으로 다가갔다. 시계를 떼어 내 손에 들고 기명림의 곁에 다가가 앉았다. 시계를 자신의 무릎 위에 뒤집어놓은 후 함민이 말했다.

"유찬이랑 어떻게 만났니?"

"SNS로 만났어요. 서로 얼굴 보고 좋아서 사귀었어요."

여전히 기명림의 말투는 지나치게 퉁명스러웠다.

"유찬이는 히키코모리였다던데."

"유찬이 부모님이 그래요? 그건 그 사람들이 뭘 모르는 거예요."

"아무튼 사귄 건 확실하다."

"네."

"유찬이가 일으켰다는 사고는 안 확실하던데. 계단에서 친구를 밀어 넘어뜨렸다는 사건. 그 당시 이미 유찬이는 등교 거부 상태였다고 들었어."

"그랬다더라고요."

"그랬다더라?"

"나중에 평택 와서 들었어요. 김정이랑 최준이 그 랬어요. 유찬이가 절 바보 취급한 거라고. 돈 뜯어내려고."

"그 말 듣고 열 받아서 김정이랑 최준을 죽였다?"

"아뇨, 스리섬당할 뻔해서라니까요. 아침에 말했 잖아요."

또 스리섬을 굳이 말한다. 쉽게 뱉을 수 있는 말이 아니다. 역시 이건 거짓말이다.

"그랬던가."

"정당방위였어요."

"그런가."

"내 말 안 믿어요?"

"글쎄."

"그래봤자 전 촉법소년이잖아요. 대충 하세요. 이 렇게 열심히 한다고 누가 아저씨 칭찬해줄 것 같지도 않은데요."

"촉법소년이라고 해서 아무런 처벌도 받지 않는 게 아니야. 1호에서 10호까지 각기 다른 보호처분을 받게 되어 있어. 지금 내가 하는 일은 네가 그중 어떤 처분을 받을지 판별하기 위한 밑 작업이라고 봐주면 좋겠구나."

"그렇게 밑 작업을 하신 결과 김정이랑 최준이 살 인을 저지르고도 가벼운 처분을 받은 거군요."

"죽기 직전까지 김정과 최준은 보호처분 중이었 어. 이제 촉법소년 대상도 아니고, 나름 조용히 지내고 있었는데…… 그게 좀 이상하지 않니?"

"나름 조용히 지냈다는 게요?"

"몸을 사리고 있던 애들이 네 집에 몰래 숨어들어 스리섬을 하자고 널 협박했다는 게."

함민은 스리섬이라는 단어가 목에 걸렸지만 뱉어 냈다. 기명림의 표정에는 변화가 없었다. 오히려 피식 웃은 후 함민이 예상치 못한 대답을 했다.

"성욕은 본능이에요."

함민은 그 말에 더더욱 스리섬은 변명이었다는 확신이 들었다. 그렇다면 이제 진짜 동기를 찾아낼 차례였다.

"나한텐 유능한 동료들이 있단다. 은나와 진석, 이삭이라는 녀석들이지. 이 모두가 지난 반년간 너와 김정과 최준의 행적을 조사했어. 너희 셋은 아주 사이가 좋았더구나. 그런데 너희가 목격된 장소들이 흥미로웠어. 아파트 공사장, 저수지 주변 배 밭, 막힌 도로, 미군기지 근처, 평택항……. 하나같이 우범지대야. 만난 시각도 대부분 야밤이고. 왜였을까?"

"서울에서 평택까지 오가는 시간을 계산해보세요. 늦은 밤일 수밖에 없어요."

"그 둘은 이제 만 14세야. 형사처벌 대상이지. 그

런 김정과 최준이 무슨 일이 생길 수도 있는 우범지
대에 왜 갔을까?"

"제가 알 바 아니죠."

"너는 그 둘을 함정에 빠뜨리고 싶었던 건 아닐까.
유찬이를 죽인 복수를 하기 위해서."

"유찬이는 관련 없어요."

"왜 하필 유찬이가 죽었을 때 김정과 최준이 비웃
으며 틀었던 장송곡을 이번에 불렀을까?"

"그냥 불렀어요."

"복수였지?"

"그냥 불렀다니깐."

"안 믿기는데."

"아저씨는 그렇게 자기 자신을 잘 알아요? 늘 자
기가 하는 일에 무슨 이유가 있나 그렇게 다 알고 하
느냐고요. 스리섬 강요가 있었고, 제가 저항하다 죽인
거고, 노래는 그냥 부른 거예요. 그냥, 그러고 싶었다
고요."

기명림은 말을 할수록 눈동자가 더 까맣고 커다래
졌다. 표정도 사라졌다. 함민은 그런 기명림이 낯익었
다. 오래전 함민도 그런 적이 있었다. 그때 함민이 그
랬던 이유는…….

함민의 손이 저절로 양복 주머니로 향했다. 라이터를 꺼내 만지작거리자 기명림이 말했다.

"여기 금연이에요."

함민은 기명림의 말에 정신을 차렸다. 허둥지둥 라이터를 다시 양복에 넣다가 벽시계를 손에서 놓치고 말았다. 벽시계가 바닥에 떨어지며 앞면이 드러났다. 어느새 30분이 지나고 있었다. 함민은 서둘러 시계를 돌려 무릎 위에 올렸다. 기명림이 시간을 봤는지 안 봤는지는 알 수 없었다. 그가 같은 말만 반복하고 있는 탓이었다.

"스리섬이에요. 내가 싫다고 하자 그 자식들이 식칼을 들었어요. 그래서 어쩔 수 없이 죽인 거예요. 노래를 부른 이유는 없어요. 그냥 부른 거예요. 스리섬이에요. 내가 싫다고 하자 그 자식들이 식칼을 들었어요. 그래서 어쩔 수 없이 죽인 거예요. 노래를 부른 이유는 없어요. 그냥 부른 거예요."

마치 노래처럼 들리는 기명림의 말들은 함민이 병실을 나가지 않는 한 끝없이 반복될 것 같았다.


다음 날 새벽, 기명림 사건이 검찰에 송치됐다. 상부의 압박이 들어왔다. 함민은 차라리 잘됐다 싶었다.

기명림이 하는 말은 자꾸 함민을 자극했다. 이대로 잊
는 편이 나았다. 마침 바빴다. 사건이 종료됨과 동시
에 밀린 서류 업무를 하느라 정신이 없었다. 하지만
집으로 돌아와 혼자가 되면 다시 기명림을 떠올렸다.
그냥 그랬다는 말이 머릿속을 맴돌았다. 함민은 휴대
폰과 라이터를 들고 화장실로 향했다. 〈오버 더 레인
보우〉를 틀었다. 라이터를 만지작거리며 사건을 복기
했다.

유찬은 기명림에게 돈을 뜯어냈다. 기명림이 자신
에게 더는 돈을 주지 않자 김정과 최준을 죽이려 들
었지만 실패했다. 제대로 된 공격조차 시도하지 못하
고 힘에서 밀렸다. 일방적으로 난도질당해 죽었다. 김
정과 최준은 그런 그를 비웃으며 장송곡으로 〈오버
더 레인보우〉를 틀었다.

기명림은 유찬의 복수를 하고 싶었다. 김정과 최
준을 함정에 빠뜨리려고 노력했지만 쉽지 않았다. 위
험한 상황을 조성해도 별다른 사건이 일어나지 않
자 자신의 집으로 김정과 최준을 유인해 죽였다. 〈오
버 더 레인보우〉를 불렀다. 그냥 부르고 싶었다. 그
냥…… 그랬을 리 없다. 거짓말이었다. 오래전 함민도
그런 거짓말을 한 적이 있었다.

중학생이 된 후 함민은 늘 충동에 시달렸다. 손끝이 간질거렸다. 뭔가를 저지르고 싶지만 그게 무엇인지 알 수 없었다. 그런 충동은 학교에서 단체로 찾은 대전 엑스포에서도 이어졌다. 엑스포 행사장은 만원이었다. 미국관이든 러시아관이든 관람하려면 몇 시간씩 줄을 서야 했다. 분양되지 않은 아파트가 숙소로 이용됐다. 30평이 넘는 큰 평수의 방마다 각기 여섯 명에서 열 명이 배정됐다. 잠자리가 불편하다고 불평하는 이는 없었다. 밤이 되면 다들 곯아떨어졌다. 함민만 예외였다. 신문물을 본 흥분은 쉽게 가라앉지 않았다. 함민은 잠자리를 뒤척이다가 낮에 몰래 사두었던 담배를 떠올리고는 혼자 방을 빠져나왔다. 순찰 도는 선생님이라도 만나면 어쩌나 싶었지만 그런 일은 없었다. 선생님들도 전부 깊은 잠에 빠진 모양이었다. 아파트에서 나와 위를 올려다보니 함민의 예상대로였다. 불이 켜진 창문은 단 하나도 없었다.

함민은 담배 한 개비를 꺼내 성냥불을 붙였다. 한 모금 빨아 마시고 내뱉으니 몸이 나른해졌다. 역시 담배가 최고야, 하며 연기를 뿜어내는 담배 끝을 바라보다가 갑자기 이상한 호기심이 동했다. 드럼통에 불을 지르면 어떻게 될까?

왜 그런 생각이 들었는지는 알 수 없었다. 근처에 있던 드럼통 안으로 불붙인 성냥을 던졌다. 불은 조금씩 커지더니 금세 모닥불 크기가 됐다. 함민은 다시 담배에 불을 붙여 그 속에 던졌다. 함민은 자신이 피운 불이 얼마나 커질 수 있을지 궁금했다. 한 개비, 두 개비 성냥을 계속 던지며 불길을 키웠다.

정신이 든 건 얼굴과 몸으로 불똥이 튄 후였다. 놀란 함민은 옷에 붙은 불을 손바닥으로 때렸다. 슬슬 위험해진다. 불장난은 그만두고 돌아가야겠다고 생각했다. 이미 늦었다. 치솟은 불길은 어느덧 친구들과 선생님이 잠든 아파트의 1층 베란다를 넘보고 있었다.

함민은 당황해서 아파트로 뛰어 들어갔다. 모두를 깨웠다. 그 과정에서 불길은 커졌고 함민은 온몸에 불이 붙은 채로 쓰러졌다.

다시 눈을 뜬 건 반년 후였다. 정신이 돌아온 순간 함민은 비명부터 질렀다. 차라리 죽는 게 낫지 않을까 싶은 통증이었다. 의사에게 전신 화상을 입었다는 설명을 들었다. 고통보다 두려운 건 앞으로 자신에게 내려질 벌이었다. 방화를 저질렀으니 퇴학을 당할 거다. 분명 감옥에 가게 될 거다.

현실은 함민의 예상과 달랐다. 함민은 온몸을 바쳐 친구들을 구한 영웅으로 칭송받고 있었다. 불을 지른 자신이 영웅이라니. 함민은 혼란스러웠다.

이런 함민에게 사람들은 자꾸만 물었다. "어떻게 불이 난 걸 알았느냐" "어떻게 그렇게 용감할 수 있느냐"란 질문을 받을 때마다 함민은 얼버무렸다. "그냥 그렇게 했습니다." "그냥 어쩌다 보니……." 어설프게 거짓말을 했다가 자신이 방화범이란 사실이 들통날까 두려워 '그냥'이라는 핑계를 댈 수밖에 없었다.

매일 같이 반복되는 거짓말 속 자기 환멸은 깊어져만 갔다. 불을 지른 일이 마음속의 수상한 스위치를 켠 모양이었다. 잊을 만하면 불을 지르고 싶다는 강한 충동이 찾아왔다. 이런 함민에게 태을이 셜록 함스라는 별명을 붙여줬다. 함민은 이 말을 들을 때마다 미칠 것 같았다. 방화범 주제에 너 같은 놈이 셜록 홈스라니. 태을이 모든 비밀을 알고 자신을 빈정대는 것만 같았다.

그러던 어느 날, 셜록 함스를 찾는 이가 나타났다. 함민의 별명을 듣고 그가 정말 셜록 홈스처럼 뛰어난 추리력을 가졌다고 기대한 초등학생이 잃어버린 개를 찾아달라는 부탁을 해 왔다. 함민은 이 부탁을 들어줄 생각이 전혀 없었지만 자칭 왓슨인 태을이 승낙하는 바람에 얼결에 개를 찾기 시작했다.

개를 찾기까진 무려 석 달이 걸렸다. 그사이 함민은 단 한 번도 죄책감과 충동을 느끼지 않았다. 개를 마침내 찾아내 고맙다는 말을 듣는 순간에는 해냈다는 성취감마저 들었다.

이후 함민은 본격적으로 탐정 흉내를 냈다. 깊은 죄책감과 충동에 수수께끼 풀이가 큰 도움이 된다는 사실을 알았으니 이용해야 했다. 아무것도 모르는 태을은 신이 났다. 스스로 왓슨이랍시고 함민과 붙어 다녔다. 탐정 놀이가 훗날 강력팀장 함민과 과학수사팀장 태을을 낳을 줄은 그땐 둘 다 예견하지 못했다.

이런 함민 앞에 기명림이 나타났다. 함민이 불을 질렀을 때와 비슷한 나이에 사람을 죽인 소녀다. 살인 현장에서 〈오버 더 레인보우〉를 부른 이유를 묻자 말한다. '그냥'이라고. 당연히 거짓말이다. 누구보다 함민이 잘 알았다. 그 이유는 함민과 다르리라. 함민은 진실을 알아내고 싶었다. 갑갑했다. 손가락이 간지러워 참을 수가 없었다.

함민의 손이 변기 주변으로 향했다. 휴지를 한 칸

뜯어 담배처럼 돌돌 말았다. 라이터의 휠을 굴려 불을
붙였다. 세면대에 떨어뜨렸다. 젖은 세면대는 금세 불
을 꺼뜨렸다. 이번엔 두루마리 휴지를 통째로 빼내어
불을 붙였다. 세면대에 던졌다. 불길이 치솟았다. 함
민은 불길을 한참 노려보다가 서서히 고개를 들어 거
울 속의 자신을 보았다. 함민은 웃고 있었다. 1993년
의 미친놈처럼. 그 얼굴에 정신이 퍼뜩 들었다. 물을
틀고 손으로 마구 때려 불을 잡았다. 장소가 화장실이
라 망정이지 집 안의 다른 장소였다면 화재로 이어졌
을 것이다. 이대로라면 무슨 짓을 저지를지 알 수 없
었다. 한시라도 빨리 수수께끼를 해결하지 않으면 위
험했다.

함민은 집을 나섰다. 목적지는 기명림이 있는 병
원이었다. 차에 타자마자 〈오버 더 레인보우〉부터 틀
었다. 이제 함민은 그 노래가 우리말로 들리는 듯한
착각에 빠질 지경이었다. *저기 어딘가 무지개 너머 높
은 곳에 자장가에 나오는 나라가 있다고 들었어. 네가
감히 꿈꿨던 일들이 정말 현실로 나타나는 나라가 있
다고.* 왜 하필 이 노래였을까. *어느 날 별에게 소원을
빌었어. 구름 저 너머에서 일어났지. 걱정은 레몬즙처
럼 터져버렸어. 굴뚝 저 멀리 그곳이 바로 네가 나를*

찾을 수 있는 곳. 유찬은 왜 이 노래를 좋아했을까. 무지개 너머 어딘가 파랑새가 날아다니고 새들이 무지개 너머로 날아가는 그곳으로 왜 나는 갈 수 없을까. 김정과 최준은 왜 이 노래를 틀어놓고 유찬을 죽였을까. 행복한 작은 파랑새가 무지개 너머로 날아갈 수 있는데 왜 나는 갈 수 없을까. 기명림은 그 둘을 죽인 후 왜 이 노래를 불렀을까. 병원 앞에 도착한 후로도 함민은 계속 노래를 들었다. 몇 시간이고 차를 세워두고 운전석에 앉아 있는 방문객이 수상해 보였는지 병원 보안 요원이 다가왔다. 경찰 신분증을 보고는 물러나긴 했지만, 표정은 영 찝찝해 보였다. 한 시간마다 주변을 어슬렁거리며 함민을 주시했다.

　새벽 4시가 되도록 여전히 함민은 답을 찾을 수 없었다. 슬슬 돌아갈 시간이었다. 어떻게든 자두지 않으면 내일 업무가 엉망진창이 된다. 자꾸 주변을 맴도는 요원도 신경이 쓰였다. 함민이 떠날 채비를 하는 사이 노래는 다시 한번 반복되어 클라이맥스에 도달했다. 무지개 너머로 갈 수 없다. 나는 갈 수 없다. 이 가사가 갑자기 함민의 귀에 박혔다. 아무리 애를 써도 기명림의 미스터리를 풀 수 없을 거라는, 그 탓에 결국 자신이 방화 충동에 지고 말 거라는 말처럼 들렸다. *무지개 너머로 갈 수 없다. 나는 갈 수 없다.* 아니야, 나는 해결할 수 있다. 지금껏 그렇게 살아오지 않았나. 기명림 사건, 김정과 최준은 필사적으로 저항했다. 현장은 난장판이었다. 기명림 역시 중상을 입었다. 유찬의 사건 당시 김정과 최준은 상처를 입지 않았다. 유찬이 일방적으로 난도질을 당했다. 작정하고 숨어 있었으면서도 그 둘을 향해 식칼을 휘두르지 못했다. *무지개 너머로 갈 수 없다. 나는 갈 수가 없다……*.

기명림은 잠들 수 없었다. 의사가 더는 통증이 없을 거라고 했지만 아니었다. 깨어 있으면 참을 수 없는 통증이 계속됐다. 약을 먹어 몽롱한 상태가 되면 조금 나아졌다. 문제는 그런 순간 찾아오는 우울함이었다. 허무함이었다. 괴로움이었다. 죽이고 나면 모든 게 끝날 줄 알았다. 후련하리라 생각했다. 그런데 대체 이 기분은 뭘까. 왜 이런 기분이 되풀이되는 걸까.

둘을 죽인 직후, 처음 이런 기분을 느꼈다. 기명림은 감정을 주체할 수 없어 고래고래 소리를 지르며 노래를 불렀다. 하필이면 그 노래, 유찬이 좋아하던 〈오버 더 레인보우〉를.

형사는 기명림을 찾아와 물었다. 왜 그 노래였냐고. 〈오버 더 레인보우〉를 부른 데 큰 의미가 있다고 생각하는 눈치였다. 기명림은 형사에게 오히려 묻고 싶었다. 내가 왜 이 노래를 불렀는지 아느냐고. 아니더 정확히는 지금 느끼는 이 기분이 뭔지 아느냐고. 왜 이렇게 힘든 거냐고, 우울하고 허무하고, 괴로운 거냐고. 안다면, 가르쳐달라고.

"일어나."

누군가 기명림을 불렀다.

"안 자는 거 다 알아."

기명림은 서서히 눈을 떴다가 뜻밖의 방문객을 마주했다. 벽시계를 뒤집어 든 채 기명림을 심각한 표정으로 내려다보는, 후줄근한 양복을 입은 남자. 그 형사였다. 왜 하필 그 노래를 불렀느냐고 물었던, 기명림조차 몰라 괴로운 바로 그 이유를 물어본 형사. 그가 말을 쏟아냈다.

"네가 김정과 최준을 죽일 때 둘은 심하게 저항했다. 그 상황에서 너 역시 심한 상처를 입었다. 그게 너와 유찬 사건의 가장 큰 차이점이다. 유찬과 싸운 두 명에겐 가벼운 찰과상조차 없었다. 유찬이는 난도질을 당하는데도 저항하지 않았다는 뜻이다. 끝까지 참았다는 뜻이다. 〈오버 더 레인보우〉. 도로시는 왜 자신은 무지개 너머로 갈 수 없을까, 말한다. 너는 이 노래를 불러주며 유찬에게 말한 건 아닐까. 우리에겐 무지개 건너 자유의 나라로 갈 수 있는 티켓이 있다. 촉법소년 나이가 끝나기 전에 '저지르자'. 유찬은 그러는 너에게 말하지 않았을까. 사람을 죽이는 건 잘못된 일이라고, 촉법소년이 도구가 되어서는 안 된다고. 그런 **내가** 죽었다. **나의 소신을 지켜 저항조차 하지 않았다.** 처참하게 난도질당했다. 너는 화가 났다. 김정과 최준은 촉법소년을 이용했는데, 결국 그 법을 이용해 아무런 처벌도 받지 않았는데, 법을 이용해서는 안 된다며 **소신을 지킨 내가** 왜 죽어야 하느냐고 분노했을 거다. 그래서 너는 복수를 마음먹었다. 촉법소년에 해당하는 나이가 지난 그 둘을 함정에 빠뜨리려고 했다. 마음처럼 쉽지 않았다. 결국 너는 무지개를 건너기로 마음먹었다. 김정과 최준을 죽이고 너는 그 노래를 불렀다. 유찬아, 날 봐. **나는** 무지개 너머로 날아왔어. 너와 달라. 이렇게 날아왔어! 어때 **내가** 옳지! **내가** 옳았지! 아무도 우리를 벌줄 수 없어! 옳다고 생각했는데, 그걸로 됐다고 생각했는데 아니었다. **나는** 괴롭다. 매일 밤잠을 설친다. 미칠 것만 같다. 무지개 너머 그 나라는 가서는 안 될 곳이거든. 유찬이 가지 않은 그곳, 절대로 가서는 안 되는 그곳으로 와버려서 미칠 것 같지. **난** 인간이니까, 죄를 저지르고 죄책감을 느끼지 않을 수 없으니까 괴로워 죽을 것 같다. **난** 평생 그 기분을 느끼며 살아야 한다."

기명림은 형사가 이상했다. 그는 어느 순간부터 유찬과 자신을 동일시하며 '나'라고 말했다. '나'가 소신을 지켰다고 말했다. 아니다. 유찬은 작정하고 그들을 죽이려 했다. 그렇다면 그가 말하는 '나'는 누구지? 설마 자신을 이야기하나? 이 사람이 왜? 역시 이건 꿈이다. 너무 괴로워하다 보니 이상한 꿈을 꾸게 된 게 분명하다.

"어떻게 해야 해요?"

기명림은 시계에 난 담뱃불 자국을 바라보며 말했다.

"나, 어떻게 해야 이 상황에서 벗어날 수 있어요?"

"없어. 무지개를 건너면 다신 돌아올 수 없어."

"그럴 리 없어요."

"없다고 하잖아."

"아냐. 뭔가 알잖아요."

"모른다니까."

"알고 있으니까 내 꿈에 나타난 거잖아. 아저씨는 알잖아. 제발 알려줘요. 나 너무 힘들어. 사람 죽이는 게 이렇게 힘든 건지 나는 정말, 몰랐어요."

"시간이,"

형사가 벽시계의 방향을 바꿔 들었다. 5시 26분에서 27분으로 넘어가고 있었다.

"시간이 지나면 아주 조금씩 좋아진다. 죄를 저질렀다는 사실은 사라지지 않는다. 죄책감은 그대로지만 버티다 보면 아주 조금씩 나아진다. 그냥 그렇게. 그게 삶이란 거다."

"차라리 그냥 죽으면 안 돼요?"

"살인자에겐 자기 멋대로 죽을 자유 따위 없다."

형사의 말은 무거웠다. 그의 말에는 반박할 수 없는 강한 무언가가 담겨 있었다.

다시 기명림이 눈을 떴을 때 형사는 없었다. 벽시계는 5시 32분 57초, 58초, 59초를 지나 33분으로…… 시간이 아주 느릿느릿하게 흐르고 있을 뿐이었다.

함민은 병원을 나섰다. 자신의 차로 돌아와 운전석에 털썩 소리가 나도록 앉았다. 차 안에서는 아직도

〈오버 더 레인보우〉가 흐르고 있었다. 함민은 노래를 껐다. 눈을 감았다. 이제 불을 지르고 싶은 기분은 완전히 가시고 없었다. 그렇게 이번 충동은 끝났다.

# 소음충

"10, 9, 8, 7, 6……."

2021년 8월 31일 새벽 2시 5분, 양복을 잘 차려입은 40대 남자가 유진오피스텔 앞에 서서 카운트다운을 하고 있었다. 남자의 이름은 함민, 평택경찰서 강력 1팀 팀장이다.

30분 전 이 건물 708호에서 한 여성이 추락했다. 현장에 출동한 지구대 경찰은 강력 사건의 냄새를 맡고 강력팀에 출동을 요청했다.

함민은 연락을 받자마자 바로 팀원들에게 현장으로 가라고 명령했다. 다른 팀원들은 단번에 응답이 왔지만 막내 채이삭은 연락이 없었다. 언제 출동 요청이 올지 모르는 강력팀 생활을 하다 보면 자연스레 잠귀가 밝아지건만 이삭은 달랐다. 발령이 난 지 1년이 넘었는데도 여전히 상습 지각범이었다.

함민은 이삭에게 메시지를 남겼다.

2시 5분 현장 도착. 지각 시 당일 내근.


"……5, 4, 3, 2, 1, 0."

함민은 2시 6분이 되자마자 몸을 돌렸다. 다시 오피스텔로 들어가려는데 뒤에서 함민을 부르는 소리가 들렸다.

"티, 팀장님! 팀장님!"

이삭이었다. 이삭은 최근 들어 함민을 따라 여름인데도 매일 양복을 입었으나 오늘은 급했는지 캐주얼 차림에 모자까지 쓰고 있었다.

"1분 지각."

"1분은 봐주세요!"

"아무튼 넌 오늘 내근 당첨이다."

"예에? 말도 안 돼요!"

이삭은 어지간히 분한지 계속 징징거렸다. 현장에서도 이러면 머리라도 한 대 쥐어박아야겠다고 함민이 생각하는데 건물 안쪽에서 큰소리가 났다.

"사고가 아니죠! 살인미수죠!"

20대로 보이는 한 여성이 제복 입은 경관을 붙잡고 소리를 지르고 있었다.

"충간 소음으로 괴로워하다가 자기 집에서 뛰어내

렸는데 어떻게 단순 사고냐고요!"

　아마도 사건 관계자인 듯했다. 함민이 이삭에게 턱짓을 했다. 이삭은 부루퉁한 표정을 풀지 않으면서도 일단 여성에게 다가갔다. 여성은 이삭과 대화를 할수록 조금씩 옥타브가 낮아지며 표정도 온화해졌다. 이삭의 특기가 발휘됐다. 이삭은 탐문 조사 시 자연스레 상대방과 공감대를 만든 후 이야기를 끌어내는 재주가 있었다…….

　"말도 안 되는 소리 맞네요! 이건 살인미수죠!"

　……으나 그만큼 상대방의 감정에 쉽게 이입해 금방 흥분하기도 했다. 이삭은 여성의 손을 꽉 잡고 함민에게 돌아와 소리쳤다.

　"팀장님! 이건 들어야 하는 이야기입니다!"

　함민은 속으로 '내근을 일주일 시켜버릴까'라고 생각하면서도 일단 이삭과 여성을 데리고 근처 카페로 향했다.

　환절기가 왔다. 함민은 무심코 아이스 아메리카노를 주문했다가 다시 따뜻한 메뉴로 바꿨지만 이삭은 여전히 아이스 아메리카노를 마셨다. 여성 역시 아이스 아메리카노였다. 여성은 빨대로 커피를 한 모금 마신 후 훨씬 침착해진 표정으로 입을 열었다.

"아까는 실례가 많았습니다. 제가 미연이 일로 너무 흥분해서."

여성의 이름은 임정아, 사망한 여성은 장미연. 나이는 동갑으로 20세. 두 사람은 세 달 전, 장미연이 임정아가 다니는 회사에 입사하면서 친해졌다.

"저도 처음 평택에 이사 왔을 땐 뭣 모르고 미연이가 사는 오피스텔에 살았어요. 다른 곳보다 월세가 훨씬 싸거든요. 살아보니 왜 싼지 알겠더라고요. 대체 뭘 어떻게 지은 건지 화장실에서 다른 집 방귀 뀌는 소리가 들리는 데다 밤낮없이 그…… 그, 그러니까 옆집 부부 침실 소리까지 난다니까요! 무슨 러브호텔도 아니고!"

그때 일을 생각하자 다시 화가 치미는지 임정아는 탁자에 탁 소리 나게 커피잔을 내려놓았다.

"정아 님, 그 이야길 해주십시오."

이삭이 끼어들었다.

"아까 저한테 하신 말씀, 친구분이 매일 밤 들었다는 이상한 소음이요."

"미연이는 단순한 소음에 시달린 게 아니에요."

유진오피스텔 708호에서는 매일 밤 자정이 되면 이상한 소리가 들렸다.

'넌 못생겼어. 넌 못생겼어. 넌 못생겼어……'

기계음으로 된 목소리가 몇 분 간격으로 같은 말을 반복해 속삭였다.

"제가 그 사실을 알게 된 건 우연이었어요."

2주 전, 회식이 자정이 다 되어서야 끝난 날이었다. 그날 장미연은 지나치게 빠르게 술을 마신다 싶더니 결국 나가떨어졌다. 임정아는 그런 장미연을 집에 데려다주었다. 장미연을 침대에 눕히고 바로 집을 나서려는데 낯선 음성이 들렸다.

'넌 못생겼어.'

처음엔 뭔가를 잘못 들은 건가 했다. 그런데 그 소리는 계속되었다.

'넌 못생겼어. 넌 못생겼어. 넌 못생겼어……'

임정아는 잠이 다 깨는 기분이었다. 이대로 장미연을 혼자 두고 가면 안 되겠다는 생각에 장미연의 집에서 밤을 새웠다. 다음 날 아침, 임정아는 장미연이 일어나자마자 소음에 대해 물었다. 그러자 장미연이 오히려 되물었다.

"그 소리가 네 귀에도 들려?"

장미연은 그 소음이 자신의 귀에만 들리는 환청이 아닐까 고민하고 있었다. 임정아는 장미연을 설득했다. 층간 소음 문제는 강하게 나가야 한다며 장미연 대신 관리 사무소를 찾아가 항의했다. 관리 사무소 측은 시큰둥했다. 정말 그렇게 심각하면 증거를 갖고 오라는 말에 임정아는 오기가 뻗쳤다. 그날 임정아는 장미연에게 자신의 집에서 자라고 한 후, 혼자 장미연의 집에서 묵으며 소리를 녹음했다. 오피스텔 전체에 방송을 내보내는 한편 장미연의 이웃을 일일이 방문해 이상한 소리를 들은 적이 있는지 묻고 자정 무렵 소음을 주의해달라고 경고했다. 물론 "제가 범인입니다" 하고 나서는 사람은 없었다. 그러는 동안에도 소음은 계속됐다. 장미연은 몹시 힘들어했다. 임정아는 안쓰러운 마음에 자신의 집에서 머물게도 해봤지만, 장미연은 그곳에서도 쉽게 잠들지 못했다. 왜 그러느냐고 묻자 장미연은 말했다.

"이제는 자정 무렵이면 어디서든 그 소리가 나는 것 같아……."

결국 장미연은 방을 빼기로 했다. 집주인은 층간 소음이 심해서 그러겠다는 말에 그렇게 하라고, 대신 중개 수수료는 장미연이 내라고 말했다. 임정아는 말도 안 되는 소리라며 자신이 대신 싸워 수수료를 받아내겠다고 했지만 장미연은 일을 크게 벌이고 싶지 않다며 임정아를 말렸다.

집은 좀처럼 나가지 않았다. 오피스텔이 평택동에서 층간 소음으로 유명한 탓이었다. 장미연은 점점 지쳐갔다. 그러던 중 자신의 집에서 뛰어내렸다. 3층 옥상에 마련된 텃밭이 아니었다면 큰일 날 뻔했다.

유진오피스텔은 주상복합건물로 3층까지는 상가로 구성되어 있었다. 상가 층이 오피스텔 층보다 넓게 지어져 3층 옥상은 정원으로 꾸며졌다. 오피스텔 주민 중에는 이 공간을 분양받아 텃밭으로 꾸미는 이들도 있었다.

"심려가 크셨겠습니다. 현장에서 잡음이 있었나본데 해당 사건은 저희가 수사 중이니 이제 안심하셔도 좋습니다. 일단 믿고 맡겨주십시오."

사실 함민은 이 사건이 타살이라는 확신을 갖지 못하고 있었다. 누군가가 고의로 장미연에게 소음을 흘려보냈다면 스토킹 범죄 처벌법 위반은 적용될 수 있겠으나 살인미수는, 글쎄. 10월 21일부터 스토킹 범죄 처벌법이 시행됨에 따라 각 서에서 지난 5월부터 '스토킹 범죄 집중 수사 기간'을 진행 중이었다. 스토킹 범죄는 여성청소년과 담당이었다. 피해자가 자살을 시도했기에 일단 강력 1팀으로 수사 요청이 왔지만, 수사 상황에 따라 아침엔 여성청소년과로 사건이 넘어갈 듯도 했다.

함민이 다시 오피스텔로 향하는데 과학수사반 팀장 태을과 마주쳤다.

"넥타이!"

태을은 바로 대꾸하려고 했지만 그가 입은 양복을 보고는 쩝쩝 입맛을 다신 후 이삭에게 괜한 시비를 걸었다.

"채이삭이, 오늘은 살인 현장도 아닌데 또 지각이냐? 아침에 일어나는 새가 지렁이를 많이 잡아먹는 법이다. 그렇게 게을러서 언제 승진하려고 그래?"

"아침 아니거든요. 새벽이거든요."

"저거 저거, 입만 살아가지고는."

"뭔가 좀 나왔어?"

함민이 태을의 말을 끊으며 물었다.

"을매나 잔소리를 안 하면 저리 군기가 빠졌누."

태을은 혀를 차는 동시에 한 손으로 함민에게 태블릿 PC를 건넸다. 화면에는 피해자가 추락한 텃밭이며 오피스텔 내부 사진 등이 띄워져 있었다.

"타살 가능성이 있다지만 글쎄다. 피해자가 뛰어내린 일 외에 특이점도 없고 하니 뭐 찾을 게 있어야

지. 덕분에 엄청 빨리 복귀한다, 야."

그건 수사의 방향성이 잡히지 않은 탓일 수도 있었다. 함민은 태을에게 뭔가 더 알아내면 연락하겠다고 말한 후 엘리베이터에 올라탔다. 이삭이 3층 버튼을 누르자 함민이 "아직도 잠 안 깼냐?"라며 핀잔을 주고는 4층 버튼을 눌렀다.

"3층 옥상이니까 4층 정원이지."

엘리베이터 내부에는 층별 안내문이 붙어 있었다. 주변이 유흥가라 그런지 1층에는 편의점이며 24시간 운영하는 분식점이, 2층과 3층에는 레스토랑과 술집, 노래방 등이 입점해 있었다.

"팀장님, 근데 제가 아까 임정아 씨 이야기를 듣고 떠오른 괴담이 있습니다. '소음층' 괴담인데요. 어느 아파트에서 윗집이 내는 발 망치 소리에 심하게 괴로워하던 남자가 자살을 했답니다. 남자가 자살한 후, 그 윗집에서 걸어다닐 때마다 어디선가 삐이이 소리가 들렸답니다. 마치 발소리를 내지 말라고 경고하는 것처럼."

이번엔 함민도 처음 듣는 이야기였다. 함민은 평소와 달리 뒷이야기가 궁금해져서 물었다.

"그래서?"

"끝인데요."

"뭐? 그렇게 끝이라고?"

"인터넷 괴담이 다 그렇죠."

분명 뒷이야기가 있을 것 같았다. 함민은 휴대폰을 손에 들고 인터넷 검색창에 소음충을 입력했다. 이삭이 들려준 괴담 대신 다른 의미의 소음충만 잔뜩 검색됐다. 인터넷에서 사람들은 소음을 일으키는 사람을 가리켜 소음충이라고 부르고 있었다.

이 오피스텔은 사방팔방으로 소음이 샜다. 장미연의 아랫집, 608호에 사는 사람이 장미연을 소음충이라고 생각했을 가능성도 충분했다. 방금 전 본 인터넷 게시물 중에도 시끄러운 윗집에 복수하기 위해 집에 우퍼 스피커를 설치했다는 이야기가 있었다. 같은 원리로 아랫집에서 '넌 못생겼어'라고 속삭이는 기계음을 계속 내보냈을 수도 있다는 뜻이었다. 그렇게 생각하자 한 가지 마음에 걸리는 점이 있었다. 왜 다른 집에서는 "넌 못생겼어" 소리를 들었다는 민원이 없을까. 소음에 취약한 오피스텔이라면 추가 민원이 있었어야 했다.

"설마 정말 귀신은 아니겠지."

함민은 저도 모르게 작게 혼잣말을 했다.

4층 정원에는 사람들이 꽤 몰려 있었다. 함민과 이삭은 제복 경관에게 신원을 밝힌 후 출입 금지선 안으로 들어갔다. 피해자는 상추와 토마토, 오이며 파가 다닥다닥 심어진 스티로폼 박스 위로 떨어졌다. 채소와 흙이 쿠션 역할을 해준 덕에 목숨을 건졌다.

"혹시 경찰이세요……?"

뒤에서 목소리가 들렸다. 함민이 슬쩍 뒤를 돌아보니 한 중년 여성이 출입 금지선 한참 안쪽으로 상체를 들이밀며 말하고 있었다. 운동복 차림에 뿔테 안경을 쓴 안색이 안 좋은 여성이었다.

"아까 여기 떨어진 여자, 오피 걸이란 게 사실인가요?"

근거 없는 소문이 퍼진 모양이었다. 함민은 무시가 상책이란 생각에 모른 체했지만 이삭이 대꾸했다.

"오피 걸 아니거든요?"

그 말에 구경하던 사람들이 자극을 받았다.

"이 바로 옆 모텔 건물 문제는 어떻게 해결 안 되나? 새벽마다 무서워 죽겠어. 술 마시고 싸우고."

"층간 소음은 경찰이 해결 안 해주는 겁니까?"

"아주 죽겠어요. 요즘엔 날 좋으니까 밤에 베란다에서 담배까지 피우고, 어휴."

함민과 이삭은 애매한 웃음을 지으며 자리를 피했
다. 그러자 주민들은 제복 경관들에게 같은 말을 반복
하며 따졌다. 경관들은 출입 금지선을 지켜야 하기에
이러지도 저러지도 못하고 "평택 경찰을 믿어주십쇼"
라는 말만 반복했다.

"커피 쏘셔야겠어요."

이삭이 폴리스 라인을 흘깃거리며 말했다.

"네가 말 받아줘서 그런 거 아냐. 너 정말 잠 안 깰
래?"

"저기, 드릴 말씀이 있어요."

아까 그 여성이 다시 다가왔다. 제복 경관에게 말
하는 것만으로는 해결이 나지 않겠다고 판단한 모양
이었다. 함민은 자리를 빨리 떠야겠다는 생각에 엘리
베이터를 포기하고 비상계단으로 통하는 철문을 열
었다. 여성은 계단을 오르는 함민과 이삭을 포기하지
않았다. 계속 뒤쫓으며 말을 걸어왔다.

"이 건물에 오피 걸이 한둘이 아니에요. 그런데 단
속도 안 와요. 오피스텔에 공장을 들인 곳도 있어요.
24시간 기계를 돌린다고요. 층간 소음에 실내 흡연에
말도 못해요. 여름엔 창문도 못 열 지경이라고요."

함민과 이삭은 점점 걸음을 빨리했다. 7층 비상문

에 도착했을 무렵에 여성은 보이지 않을 정도였다. 둘은 바로 문을 열고 재빨리 나가려고 했다. 아예 따라오지 못하게 문을 잠글까 고민도 했다. 이런 그들의 귀에 여성의 간절한 외침이 들렸다.

"이 건물엔 소음충이 있어요! 소음충이 '넌 못생겼어'라고 소리를 지르는 거라고요!"

소음충이라면 아까 이삭이 들려준 괴담이었다. 그 괴담에 '넌 못생겼어'라는 내용은 없었다. 함민과 이삭은 눈을 마주쳤다. 동시에 고개를 살짝 끄덕인 후 열려던 7층 비상문을 닫았다. 얼마 지나지 않아 여성이 그들 앞에 나타났다. 그는 가쁜 숨을 내쉬었다. 함민은 여성이 숨 고르길 기다렸다가 물었다.

"소음충이라니 무슨 이야기죠?"

"이 건물에 사는 소음충이 못생겼다고 속삭이는 거예요. 벌레의 정체는 층간 소음으로 괴로워하다가 자살한 사람의 영혼이고요."

"어디서 그런 이야길 들으셨습니까?"

"들은 게 아니라 봤어요."

"봤다고요?"

"5층 계단에 낙서가 있어요."

함민과 이삭은 확인해보겠다고 한 후 다시 5층으

로 향했다. 여성도 함민과 이삭을 따라 계단을 내려갔다. 세 명이 5층 비상문 앞에 도착했을 때 낙서 같은 건 보이지 않았다. 함민과 이삭이 한참 두리번거리는데 여성이 또 끼어들었다.

"여기 말고 4층과 5층 사이 층간 복도요. 거기에 놓인 재떨이 뒤에 보시면."

함민과 이삭은 다시 반 층을 더 내려갔다. 코너에 놓인 커다란 철제 재떨이를 앞으로 당기자 낙서를 발견할 수 있었다.

층간 소음으로 괴로워 자살한 영혼은 소음충이 된다. 소음충은 자신을 죽게 만든 소음충의 집에 들러붙어 소음이 날 때마다 '넌 못생겼어' 소리를 반복한다.

중간에 '넌 못생겼어'란 글자만 유독 까맣게 칠한 말풍선 안에 붉은 글씨로 강조되어 있었다. 장미연은 "넌 못생겼어"라는 기이한 소리에 괴로워하다 자살을 시도했다. 이곳 오피스텔 4층과 5층 층간 복도에는 "넌 못생겼어"라는 말을 하는 소음충 괴담이 적혀 있다. 우연이라고 치부하고 넘어가기엔 마음에 걸리는 이야기였다.

함민은 혼자 708호에 들어섰다. 은나와 진석이 먼저 와 있었다. 함민을 발견한 은나가 가볍게 고개를 끄덕여 인사한 후 다가왔다.

"이삭이 안 와요? 정말 내근이라도 해요?"

"내근보다 더 심한 벌을 줬지."

함민은 이삭에게 그 여성과 계속 대화하라는 벌을 내렸다며 방금 전 일을 간략하게 설명했다.

"아, 그분……."

진석이 흔치 않게 한마디를 했다. 평소 감정 표현을 잘 하지 않는 진석이 저 정도로 말할 정도라면 그도 어지간히 당했다는 뜻이었다.

"이번 기회에 이삭이가 정신 좀 차리면 좋겠네요."

은나가 팔짱을 끼며 말했다. 그런 은나의 오른손 검지는 마디가 하나 짧았다.

함민은 예전에 안산에서도 근무한 적이 있었다. 함민이 몸담았던 강력 2팀의 팀장은 왼손 중지와 약지 끝 한 마디가 없었다. 폭력단 진압 중 칼에 잘린 탓이었다. 그 후로도 함민은 몇 번이고 몸 여기저기에 상흔을 품은 형사들을 만났다. 다들 강력팀 생활을 오래 하다 보니 생긴 상처였다. 처음 은나의 손가락을 봤을 때 함민은 막연히 그에게도 비슷한 사연이 있겠

거니 했다. 그런가 보다 하고 넘어가면 될 일이었지만 한번 눈에 띈 뒤로 자꾸 보게 됐다. 은나는 함민의 시선을 느낀 듯 뒷짐을 졌다.

"그래서 뭐가 좀 나왔어?"

함민은 자신의 실수를 깨닫고 말을 돌렸다.

"집주인에게 연락했더니 이사 문제는 협의 중이었다고 합니다."

은나가 말했다.

"관리 사무소에 이 건물이 왜 이렇게 소음에 취약한가 물어봤는데요. 처음엔 좀 더 평수가 있는 오피스텔이었는데, 건물을 짓고 나서 임대가 잘 안 나가자 가격을 낮추고 쪼개기 원룸으로 바꿨답니다. 확실한 건 아닙니다. 관리소장이 '그런 이야기를 주민한테 들었다'라며 말해준 겁니다."

"이곳 주민들 말입니다. 여간 불만이 많은 게 아니었습니다."

진석이 말했다.

"이 건물에 성매매 업자들이 상주한다는 이야기가 여기저기서 나왔습니다. 또 피해자가 겪었다던 소음 말인데, '넌 못생겼어'라는 소리를 직접 들은 사람은 없었습니다. 다들 자기네는 못 들었다고, 오히려 피해자가 소음충이라며 화를 냈습니다. 참고로 606호와 806호, 809호는 607호 입주민이 성매매 업자인 듯합니다."

"그 건은 뭔가 나오면 2팀에 넘겨."

강력팀은 보통 여섯 개 팀으로 나뉘었다. 이들 중 1팀은 살인 등 강력 범죄를, 2팀은 조직범죄 등을 다룬다. 조직적인 불법 성매매 등에 대처하는 건 2팀 업무였다.

"그런데 피해자를 소음충이라고 불렀다니 그건 좀 이상하지 않나. 소음충은 소음을 일으키는 사람을 가리키는 말 아닌가?"

"꼭 그렇지만은 않습니다. 층간 소음으로 민원을 지나치게 많이 내거나 우퍼 스피커로 복수를 하는 등 주변에 민폐를 끼치는 경우도 소음충이라고 부른다더군요. 피해자는 한밤중에 혼자 비명을 지르거나 하는 일이 잦았다고 합니다."

"일단 여기까지 하고 소음충 낙서를 조사해보지. 이 건물에만 있는 건지, 아니면 이 주변에 이런 괴담이 퍼져 있는 건지 한번 탐문해봐."

함민이 다시 한번 가볍게 손뼉을 쳐 해산을 알렸다. 함민은 혼자 현장에 있을 때면 생각 정리가 잘 되는 편이었다. 팀원들 역시 그 사실을 알았기에 조용히 자리를 비켜주곤 했는데 이날은 달랐다. 모두가 나간 후 은나 혼자 남았다.

"왜, 개인적으로 할 말 있어?"

"아침에 잠시 관내를 이탈해야 합니다."

"무슨 일인데?"

"저, 법원에 가야 합니다."

"법원? 우리 사건 오늘 재판 열리나?"

"이혼 재판 중이라서요."

은나가 이혼이라니. 아니 그보다 결혼했었다니. 전근한 지 반년이 넘었는데도 전혀 눈치채지 못했다니. 함민은 자신이 그동안 팀원들의 무엇을 봐온 건가 싶었다. 은나의 왼손 약지에 반지가 없어서 당연히 미혼이라고 생각했다. 아니, 은나 쪽에서 티 낼 필요가 없다고 느낀 걸지도 몰랐다. 다른 부원들은 모두 아는데 함민만 모르는 걸 수도.

"그, 그래. 이, 이혼 잘하고."

함민은 자신이 하는 말의 어감이 이상하다는 생각도 못 할 만큼 당황했다.

"이건 제 경험을 담은 추측인데 말입니다."

은나가 무척 심각한 표정으로 말했다. 함민은 그

표정에 움찔했다.

"이 방은 너무 적적합니다. 제가 처음 이혼을 결심하고 몸만 나와 살았던 오피스텔처럼 말이에요. 그럼, 이만."

은나의 추측은 함민이 아니라 장소에 대한 이야기였다. 한편으로는 안심이 되면서 다른 한편으로는 더 진지해졌다. 적적한 오피스텔과 타살인지 자살인지 모를 피해자. 무슨 상관이 있을까. 손가락 끝이 간질거리기 시작했다. 함민은 자기도 모르게 양복 주머니에 손을 집어넣어 라이터를 찾다가 정신을 차렸다. 이럴 때가 아니다. 지금 쌓인 사건이 몇 갠데. 함민은 휴대폰을 꺼냈다. 오늘의 일출 시각은 새벽 5시 56분.

"일출을 마감으로 잡아야겠군."

강력팀은 늘 격무에 시달렸다. 새로운 인원은 쉽사리 충원되지 않았고, 충원된다 하더라도 얼마 가지 못해 전출 신청이 올라왔다. 함민의 강력 1팀도 사정은 별반 다르지 않았다. 여전히 팀원은 세 명에 불과했기에 늘 업무가 밀려 있었다. 그렇기에 이 사건의 시한은 일출로 잡는 게 옳았다.

함민은 심호흡을 크게 하고 오피스텔 한가운데에 앉았다. 눈을 감고 귀를 기울이니 확실히 다양한 소리가 들리는 것도 같았다. 신경을 거스를 수준은 아니었다. 오히려 바깥에서 들리는 소음이 훨씬 컸다. 함민은 열린 창문을 닫았다. 그 후 눈을 감고 다시 귀를 기울였다. 사방이 고요해지자 여러 소리가 들렸다. 수군거리며 대화하는 소리, 화장실 문을 세게 여닫는 소리, 텔레비전 소리, 발소리까지 모두 들렸다. 함민은 슬슬 못 견디겠다는 생각에 텔레비전을 켰다. 그새 예민해진 귀는 다른 소음을 더 과장되게 느낄 뿐이었다. 이런 상태에서 밤마다 "넌 못생겼어"라는 말을 들었다면 더 참기 힘들었으리라.

은나는 이 오피스텔의 풍경이 자신이 혼자 살게 되었을 무렵 살던 곳과 닮았다고 했다. 어쩌면 장미연도 비슷한 과거를 가졌는지 몰랐다. 이혼, 혹은 별거 후 갑작스레 아무 연고도 없는 평택으로 이사를 왔을 수도.

가능성을 확인할 필요가 있었다.

함민은 바로 피해자의 주민등록등본을 확인했다. 장미연은 평택으로 이사를 오고 3개월이나 지났지만 전입 신고를 하지 않은 상태였다. 주소는 여전히 남양주 금곡동으로 되어 있는 데다 세대주는 여덟 살 연상의 남성 배진성이었다. 함민은 상황 파악을 위해 남양주로 사람을 보내야 할 필요성을 느꼈으나 인원이 부족했다. 지원을 요청할 수 있는 상황도 아니었다. 그렇다고 함민이 사건 중 관내를 벗어날 수는 없었다. 차선책을 골랐다. 함민은 남양주경찰서에서 근무할 당시 파트너였던 선배 형사에게 전화를 걸었다. 선배는 잠에 취한 목소리로 전화를 받았다. 함민이 대신 탐문을 해달라고 부탁하자 흔쾌히 그러겠노라는 답이 돌아왔다.

"셜록 홈스 부탁이라면 언제든지!"

함민은 사람들의 눈길을 끄는 걸 부담스러워했다. 등에 화상이 있다고 소문이 도는 순간 바로 전출 신청을 했다. 그렇게 경기도 전역을 떠도는 사이 자연스레 함민을 중심으로 한 연락망이 생겼다. 태을은 이런 연락망을 GDI라고 불렀다. 셜록 홈스의 부랑아 특공대를 일컫는 명칭인 '베이커 스트리트 특공대 BSI(Baker Street Irregulars)'를 '경기도 형사 특공대 GDI(Gyeonggi-do Detective Irregulars)'로 바꾼 농담이었다. 셜록 홈스는 《주홍색 연구》에서 BSI 한 명이 열두 명 경관의 역할을 한다고 평했다. 함민의 GDI는 그보다 더 능력이 있었다. 구성원이 전부 현직 형사이다 보니 일 처리가 신속, 정확했다. 이번에도 고작 30분

만에 남양주에서 연락이 왔다.

"이 집 좀 이상하다, 야."

선배는 잠이 다 깬 기색이었다. 전화 건너편에서 뭔가를 탁탁 두드리는 소리가 났다.

"나 일반인이 집에 도어록 대신 보조키만 네 개 단 거 오랜만에 본다. 어쭈, 현관 바로 앞 CCTV도 있고?"

배진성은 한 달간 모습을 보이지 않고 있었다. 이웃들은 의아하게 생각하지 않았다. 본래 이웃과 교류가 거의 없는 집이었다.

"부인에 대해서도 비슷한 말을 했어. 거의 집 밖으로 안 나왔대. 아, 겸사겸사 배진성 직장도 알아봤다."

배진성은 새벽 배송 업체에서 일했다. 주 6일, 새벽 2시부터 아침 8시까지 이어지는 고된 업무로 사람이 자주 바뀌는 곳이었지만 배진성은 2년 전 단기 근무자로 입사한 후 단 한 번도 결근하지 않았다. 이를 높이 평가받아 배진성은 1년 만에 정직원이 된 후 승진을 이어갔다. 이런 배진성이 지난달 말 이후 갑작스레 연락이 두절되며 출근하지 않아 회사는 이상하게 생각하고 있었다.

"사원증 사진 확보했으니까 메시지로 보내줄게.

또 필요한 거 있음 언제든 연락하고!"

함민은 전달받은 배진성의 얼굴을 들여다보았다. 길을 가다 보면 열에 아홉꼴로 마주칠 법한 평범한 남자였다. 함민은 생각했다. 배진성은 집 나간 장미연을 쫓아 한 달 전 이곳, 평택에 이르렀다. 그 후 장미연을 괴롭힐 생각으로 "넌 못생겼어"란 소리를 내보냈고 그 탓에 피해자가 자살을 시도했다고 가정한다면, 섣부를까.

2시 45분, 병원에서 연락이 왔다. 장미연의 부모가 병원에 도착했다고 했다. 함민이 병원을 찾았다. 평소엔 은나가 하는 일이었으나 이번에는 직접 갔다. 아침에 이혼 법정에 선다니 업무를 줄여주고 싶었다.

함민은 장미연의 부모에게 다가가 신분을 밝혔다. 지금까지 일어난 일을 간단하게 설명한 후 장미연이 평택에 혼자 살고 있던 걸 몰랐느냐고 묻자 그의 아버지는 전혀 알지 못했다면서 계속 '배 서방'만 찾았다.

"대체 배 서방은 어디 갔어!"

장미연 부모의 모습에 함민은 어지간해서는 연락하지 않는 자신의 부모 생각이 났다. 함민은 그들과 1년에 두 번 만나면 자주라고 할 정도로 거리를 뒀다.

그들은 함민을 볼 때마다 결혼 타령에 이어 30년 전 화재 사고 이야기를 꺼냈다. 그 후엔 눈앞의 장미연 부모와 동일한 태도를 취했다. 어머니는 무조건 "내가 다 미안하다"라고 했고, 아버지는 "당신이 왜 미안해!"라며 화를 냈다.

장미연의 부친은 확실히 아무것도 모르는 것 같았지만 모친은 뭔가 말하고 싶은 게 있는 듯했다. 함민은 모친에게 따로 이야기할 게 있다고 핑계를 대며 구석으로 자리를 옮겼다. 다시 한번 같은 질문을 하자 새로운 대답이 돌아왔다.

"미연이는 배 서방한테서 도망친 거예요."

장미연은 1년 반 전, 배진성과 선을 봐서 결혼했다. 장미연은 그의 직업을 듣고 망설였지만 사람은 근면 성실한 게 최고라는 아버지의 말에 결혼을 결심했다.

배진성은 결혼 초기부터 마음에 걸리는 구석이 있었다. 자신이 밤에 일을 나간 사이 혼자 있을 장미연을 과하게 걱정해 현관문에 보조키를 몇 개고 달더니, 얼마 지나지 않아서는 자신의 휴대폰에 위치 추적 앱을 설치하고 장미연에게도 깔라고 시켰다. 장미연은 그의 행동을 순순히 받아들였다. 배진성이 자신을 정말 사랑하고 아낀다고 생각하고는 오히려 감격했다.
그 후로 배진성의 집착은 심해지기만 했다. 장미연이
자신에게 보고하지 않고 밖에 나가는 것을 참지 못했
다. 마트에서 장을 보거나 동네 카페에서 잠깐 커피
를 마시기만 해도 전화가 왔다. 왜 그런 곳에 있느냐
고 당장 집에 돌아가라고 화를 내고 욕설을 내뱉었다.
장미연이 두려움에 떨며 어쩔 줄 몰라 하면 배진성은
말했다.

"세상이 너무 험악해서 그래. 당신은 어린아이 같
아서 세상 물정을 모르니까."

장미연은 남편의 말을 딱 잘라 부정할 수 없었다.
장미연은 지금까지 단 한 번도 직장에 다닌 적이 없
었다. 전문대학을 졸업하자마자 배진성과 결혼했다.
부모는 대학을 졸업하면 여자가 바로 결혼하길 원했
기 때문이다.

얼마 지나지 않아 배진성은 장미연이 누군가와 전
화 통화를 하거나 휴대폰이나 컴퓨터를 하는 것조차
못 견뎠다. 장미연이 바람을 피우려고 한다며 악담을
퍼부었다.

"네가 나 말고 다른 남자를 만날 수 있을 것 같
아?"

"넌 능력도 없어. 못생겼어. 내가 아니었으면 평생 결혼도 못 했을 거야."

"넌 흡혈귀야. 부모에게 붙어 피를 빨아먹다가 이젠 내 피를 빨아먹는 흡혈귀."

장미연은 더는 버틸 수 없었다. 그렇게 3개월 전 소액의 현금만 갖고 집을 나왔다. 바로 친정으로 돌아갔다가는 잡힐 게 뻔했기에 아무 연고도 없는 평택으로 도망쳐 직장을 구해 자리를 잡았다. 선불로 휴대폰을 개통한 후 엄마에게 전화를 걸어 자초지종을 털어놓았다.

모친은 딸의 말을 반신반의했다. 배진성은 매달 몰래 주는 용돈이라며 30만 원씩 꼬박꼬박 장모의 통장으로 입금했다. 명절 때면 늘 싹싹하게 먼저 연락하고 찾아왔다. 그런 사위가 미연을 학대했다니. 모친은 뭔가 오해가 있는 게 아닐까 싶어 배진성에게 사실을 확인하려고 전화를 했다. 배진성은 그런 장모의 목소리를 듣자마자 울음을 터뜨렸다.

"그 사람이 우울증이 심해지더니 결국⋯⋯. 저는 그 사람이 갑자기 집을 나간 이후로 어찌나 불안한지. 어머님께 알릴 수도 없어서 혼자 끙끙 앓고. 그 사람 잘 있답니까? 그 사람만 잘 있다면 저는 아무래도 상관없습니다."

장미연의 모친은 배진성의 말을 진심으로 받아들였다. 둘 사이에 뭔가 오해가 있는 게 아닐까 싶어 잘 풀어보라며 장미연의 새 휴대폰 번호를 알려줬다.

"그 후 딱히 배 서방에게 다시 연락이 오지는 않았어요. 미연이에게 전화해서 배 서방을 만났느냐고 물어볼까 하다가도 괜히 내가 알려줬다는 걸 알게 되면 문제 생길까 봐 묻지도 않았고요. 그런데 미연이가 저렇게……."

배진성과 장미연의 모친이 전화 통화를 한 날은 7월 31일. 배진성이 돌연 모습을 감추기 전날이었다.

함민은 바로 배진성의 휴대폰 위치 추적을 요청했다. 배진성은 위치 추적 앱을 사용했기에 바로 정확한 위치를 알 수 있었다. 그의 현 위치는 평택시 평택동 유진오피스텔이었다. 이제 함민은 장미연에게 일어난 일을 확신할 수 있었다.

배진성은 이곳에 와서 장미연을 감시하다가 그녀를 괴롭힐 가장 쉬우면서도 끔찍한 방법을 떠올렸다. 그건 장미연과 살 때처럼 매일 밤, 층간 소음을 가장한 "넌 못생겼어"라는 폭언을 내보내 그를 서서히 말려 죽이는 것이었다. 미필적고의에 의한 살인 시도.

아니, 어쩌면, 배진성이 직접 장미연을 밀어 떨어뜨렸을지도 모르지…….

함민은 바로 팀원들에게 메시지를 보냈다. 오피스텔 상가 층과 주차장, 비상계단 등에서 배진성을 찾아보라는 지시였다. 상가 대부분이 문을 닫았기에 결론이 금세 나왔다. 배진성은 어디에도 없었다. 그렇다면 남은 곳은 4층부터 15층 사이의 오피스텔이었다. 배진성은 그중 어디에 숨어 있는 걸까. 새벽 3시가 넘은 시각이었기에 집집마다 일일이 탐문하는 건 불가능했다. 이 오피스텔은 안 그래도 평소 층간 소음으로 민원이 많았다. 새벽에 탐문을 돌았다가는 민원이 대거 들어올 가능성이 있었다.

이때 함민이 떠올린 것이 낙서였다. 4층과 5층 사이에 있던 낙서. 함민은 막연한 감으로 일단 4층과 5층만을 탐문 대상으로 삼았다. 자다 깬 입주민들은 불쾌한 내색을 했지만 탐문에 협조해주었다. 4층에서 답이 없었던 집은 두 곳으로 402호와 410호, 5층 빈집은 한 곳으로 504호였다. 함민은 관리 사무소를 통해 해당 호수의 집주인을 알아내어 일일이 전화를 돌려 최근 한 달 사이 단기 임대를 한 적은 없는지, 그중 배진성이라는 자가 있는지를 확인했다. 집주인들은 새벽

에 웬 조사냐고 화를 냈지만 살인미수 사건의 용의자
가 숨어 있을지 모른다는 이야기를 듣고는 협조적으
로 바뀌었다.

410호에서 소득이 있었다. 배진성은 410호를 한
달 전 임대했다. 처음엔 하루만 방을 얻겠다고 했다가
당일 다시 한 달간 임대하겠다고 했다.

새벽 5시 45분, 함민은 전 팀원과 과학수사반 모
두를 410호 앞으로 집합시켰다. 집주인에게 받은 도어
록 비밀번호가 다행히 들어맞아 집 안으로 진입했다.

내부는 조용했다. 사람이 사는 흔적이 없었다. 함
민은 팀원들을 시켜 곳곳을 뒤졌다. 화장실에서 반응
이 왔다. 이삭은 엉덩방아를 찧은 자세로 통돌이 세탁
기를 바라보며 연신 비명을 지르다가 변기를 잡고 오
바이트를 시작했다.

함민은 세탁기로 다가갔다. 몸을 숙여 안을 들여
다봤다. 그 안에는 배진성이 썩어 문드러진 채 죽어
있었다. 그때 벽시계가 5시 55분을 가리켰다. 동트기
직전, 스토킹 사건이 살인 사건으로 변모했다.


"최소 한 달은 된 거 같은데."

태을이 배진성의 시체를 세탁기에서 꺼내 푸른 비

닐 위에 옮기며 말했다. 굽은 시체를 눕히자마자 사인
이 드러났다. 핸드백 줄이 그의 목에 감겨 있었다.

"사체에서 장미연의 지문이 검출됐어."

"장미연 짓인가."

"아마도. 그런데 말이지, 장미연이 배진성을 살해
했다면 그 소리는 뭐야."

태을이 말했다.

"대체 누가 장미연이한테 한 달간 악담을 퍼부은
거야. 정말 배진성이 귀신이라도 된 거야 뭐야."

함민은 대답을 피하며 재킷 안으로 손을 넣었다.
라이터를 꺼내 손에 들곤 불을 켰다 껐다를 반복하며
오래전 본 귀신을 떠올렸다.

30년 전, 함민은 화상으로 대수술을 몇 차례나 반
복한 후에야 일반 병동으로 옮겨질 수 있었다. 그때
함민은 어떤 소년을 목격했다. 초등학생 정도로 보이
는 소년. 그 소년은 복도에서 함민을 훔쳐보다가 잠시
시선을 떼면 사라지곤 했다. 같은 일이 반복되자 함
민은 소년의 정체가 궁금해졌다. 담당 간호사에게 소
년의 인상착의를 이야기하며 누구냐고 물었다. 간호
사는 함민에게 정말 그 소년을 보았느냐고 몇 번이고
묻더니 조심스레 답했다.

"그 아이라면 얼마 전 죽은 소아암 환자 같은
데⋯⋯."

함민은 자신이 뭔가 착각한 거라 생각했다. 착각
은 지나치게 오래 이어졌다. 함민은 퇴원할 때까지 소
년을 계속 만났다. 그 후로는 유령을 보는 일은 없었
으나 아주 가끔 '왜 저런 곳에 사람이 있지?' 싶은 광
경을 목격할 때는 있었다. 그때마다 함민은 막연히 생
각했다. 자신이 죽음에 가까운 체험을 했기에 귀신을
보게 된 건 아닐까, 하고.

함민은 소음충의 정체가 귀신이어도 이상할 게 없
다고 생각했다. 이런 생각을 다른 사람에게 설득시킬
자신은 없었기에 함민은 라이터를 몇 번이고 켰다 끄
며 이렇게 말할 뿐이었다.

"불가능한 것을 전부 제외하고 남은 건 아무리 말
이 되지 않더라도 진실일 수밖에 없다."

"그거 셜록 홈스 명대사 아니냐? 너 지금 귀신이
있다고 말하려는 거야?"

함민은 대답 대신 라이터의 불을 가만히 노려보다
피식 웃을 뿐이었다.


오전 6시 20분, 장미연이 마침내 정신을 차렸다.

15분 면회 허락이 떨어졌다. 함민은 혼자 장미연을 만나도 된다고 했지만 은나가 함께 들어가겠다고 했다.

"재판 몇 신데?"

"9시 5분입니다."

"수원이지? 바로 법정으로 가라."

"만에 하나 쉽사리 입을 열지 않는다면 제가 도움이 될 겁니다."

함민은 은나가 평소에 안 입는 정장 차림인 게 신경 쓰였지만 뭐라 할 말도 없었다. 함께 병원으로 가서 장미연과 만났다. 은나가 염려한 만에 하나의 일은 일어나지 않았다. 장미연은 410호에서 배진성의 시신을 발견했다는 말을 듣자마자 오열했다.

"그 사람은 죽어서까지 저를 괴롭혔어요……."


8월 1일 저녁, 지친 몸으로 퇴근해 집에 들어선 장미연은 배진성과 조우했다. 배진성은 장미연의 침대가에서 몸을 숙이고 있다가 장미연을 보고는 다가왔다. 배진성에게서는 술 냄새가 났다.

"너 비밀번호, 우리 집 번호 그대로더라. 이 오피스텔 마음에 들어. 나도 하루 빌렸어. 410호. 아예 여기에 제2의 신혼집이라도 꾸려볼까?"

"제, 제발 그만둬요. 이제 그만 날 놔줘요. 그만 돌아가주세요. 이혼해주세요."

"넌 못생겼어."

갑자기 배진성의 표정이 바뀌었다.

"너같이 못생기고 능력도 없는 년이 나 없이 살 수 있을 것 같아?"

배진성은 언제나처럼 악담을 퍼붓더니 장미연에게 원래 있던 곳으로 돌아가자고 말했다. 장미연은 배진성에게 필사적으로 저항했다. 주변에 도움을 요청하려고 비명도 지르고 잡히는 대로 물건도 던졌다.

평소 층간 소음이 심한 건물이다 보니 그 정도 소음에 진지하게 반응하는 이웃은 없었다. 오히려 조용히 하라며 고함치고 벽을 두드릴 뿐이었다. 배진성을 피해 물러선 장미연의 손에 핸드백 끈이 잡혔다. 장미연의 머릿속엔 이대로 피하기만 해서는 안 된다는 생각밖에 없었다. 장미연이 끈으로 배진성의 목을 졸랐다. 버둥거려도 놓지 않았다. 배진성의 몸은 너무 쉽게 축 늘어졌다. 장미연은 사람이 이렇게 쉽게 죽을 수 있다는 사실에 당황했다. 혼란에 빠졌다. 자수했다가 받을 처벌이 두려웠다. 문득 배진성이 410호를 하루 빌렸다고 말한 사실이 떠올랐다. 장미연은 평택으

로 도망쳐 올 때 짐을 넣었던 여행용 가방과 김장 봉
투를 이용해 410호로 배진성의 시체를 옮겼다. 이 집
은 옵션이 달랐다. 주방에 드럼 세탁기가 없는 대신,
화장실에 낡은 통돌이 세탁기가 있었다. 장미연은 세
탁기 안에 배진성을 구겨 넣은 후 그의 휴대폰을 뒤
져 410호 집주인의 연락처를 찾았다. 하루가 아니라
한 달간 장기 임대를 하고 싶다고 메시지를 보냈다.
당장 시간을 벌어야 했다. 장미연은 혼란스러웠다. 그
의 시체를 앞으로 어떻게 처리해야 할지 몰라 끙끙댔
다. 그다음 날 자정, 집에서 혼자 있을 때 또 그 소리
가 났다. "넌 못생겼어"라고 속삭이는 이상한 소리가.
장미연은 그 소리에 공포에 질렸다. 어쩔 줄 몰라 했
다. 시체를 치울 생각조차 하지 못한 채 시간만 흘려
보내다 결국 죽는 게 낫겠다는 생각이 들었다.


"그 사람은 소음충이 된 거예요. 죽어서도 절 괴롭
히려고, 저를 피 말려 죽이려고 귀신이 되어서 매일
밤 저한테 악담을 퍼붓고 있는 거예요······."

함민은 면회 시간을 다 채운 뒤 병원을 나섰다. 시
계를 보니 7시 30분이 다 된 시각이었다. 함민은 은나
의 재판이 신경 쓰였다. 발을 서두르는데 뜻밖에도 은

나는 여유를 부렸다.

"커피 한잔하실래요?"

은나는 병원 1층 로비의 카페를 검지로 가리키며 말했다. 은나는 대답을 기다리지 않고 먼저 카페로 향했다. 따뜻한 아메리카노 두 잔을 받아든 후 입을 뗐다.

"저, 선봐서 결혼했어요."

은나가 함민에게 커피를 건네며 말했다.

"대부분 경찰이 그렇잖아요. 사내 연애 아니면 선."

신혼 초, 남편은 은나의 직업에 큰 호기심을 보였지만 은나가 일하던 중에 손가락을 잃자 태도가 달라졌다. 이번엔 손가락이지만 다음엔 어디가 잘못될지 어떻게 아느냐며 형사를 그만두라고 종용했다.

처음에 은나는 그런 남편을 귀엽게 여겼다. 대충 달래고 넘겼으나 얼마 지나지 않아 남편은 본격적인 공세에 나섰다. 집 안 곳곳에 잠금장치를 달아 은나를 가두려고 했다. 평소 훈련으로 은나가 남편보다 힘이 더 세서 망정이었지 아니었다면 은나 역시 장미연처럼 집에 갇힐 뻔했다. 은나는 그 후로 이혼을 결심하고 별거를 시작했다.

"오늘 결판이 났으면 좋겠습니다. 저희 부부 중 누

구 한 명이 죽기 전에……."

은나는 커피를 손에 들고 자리에서 일어났다. 여유로워 보였던 은나의 걸음은 병원을 나서자 점점 빨라졌다. 함민은 커피를 홀짝이며 멀어지는 은나의 뒷모습에 응원을 보냈다.

이제 남은 것은 기이한 소음의 정체뿐이었다. 정말 그 소리는 귀신이 내는 걸까.


함민은 다시 오피스텔로 돌아갔다. 라이터를 손에 쥔 채 장미연의 집 곳곳을 살폈다. 그러고는 계단을 통해 4층으로 내려갔다. 구두 굽이 계단 면을 때리며 내는 소리에 맞춰 라이터의 불을 켜고 껐다.

5층에서 4층으로 향하던 함민의 그림자가 계단 벽에 짙게 드리워졌다. 그곳엔 재떨이가 놓여 있었다. 함민은 버려진 꽁초 하나에 불을 붙인 후 그대로 재떨이에 버렸다. 불똥이 튀기를 기대했다. 물론 그런 일은 일어나지 않았다. 현실에서는 꽁초 하나로 불이 붙는 일은 그리 쉽게 일어나지 않는다.

함민은 아쉬웠다. 쭈그려 앉아 재떨이 안을 들여다보다가 꽁초를 모두 바닥에 쏟은 후 라이터로 불을 붙이면 어떻게 될지 상상하고는 황홀감에 빠졌다. 함민은 재떨이를 양손으로 들었다. 그대로 바닥에 내용물을 쏟아버리려다가 정신을 차렸다.

또다. 또 충동이 찾아들었다. 함민은 혼자서 욕설을 뇌까린 후 재떨이를 대충 옆에 내려놓았다. 왜 하필 이런 게 여기에 있어서는. 그러다 낙서와 눈이 마주쳤다.

층간 소음으로 괴로워 자살한 영혼은 소음충이 된다. 소음충은 자신을 죽게 만든 소음충의 집에 들러붙어 소음이 날 때마다 '넌 못생겼어' 소리를 반복한다.

함민은 라이터 불로 낙서를 좀 더 자세히 보다가 깨달았다. 말풍선 부분의 글자체가 다른 글자들과 다르다는 사실을. 이 부분을 누군가 덧칠하고 새로 적은 건 아닐까? 예를 들어 배진성이 '넌 못생겼어'라는 글자만 새로 썼다면? 배진성의 시체 때문에 정신이 없어 낙서는 잊고 있었다. 함민은 진석에게 전화를 걸어 낙서를 탐문한 결과에 대해 물었다.

"낙서가 중간에 바뀌었다고 합니다. 알아본 바로는 7월 말쯤부터 '넌 못생겼어' 낙서가 목격됐습니다. 그전까지는 '넌 못생겼어' 부분에 '삐이이'라는 글자가

적혀 있었는데 어느 날부터 검은색으로 덧칠된 말풍
선 위에 붉은 글씨가 쓰여 있었다고 합니다."

배진성은 장미연을 찾아 이곳 오피스텔에 왔다.
우연히 이 낙서를 발견하고는 장미연을 괴롭힐 새로
운 방법을 떠올렸다. 그건 바로 이 소음충 괴담을 이
용해 매일 밤 "넌 못생겼어"라는 소음을 흘려보내는
것이었다.

다음 날 저녁, 배진성은 장미연의 오피스텔에 숨
어들었다. 소음을 일으킬 어떤 장치를 설치하다가 장
미연과 마주쳤다. 이를 숨기려고 몸싸움을 벌이다가
살해당했다. 배진성은 죽었지만 장치는 기획자가 죽
은 사실을 모르고 자정마다 같은 소리를 내보냈다면
어떨까…….


그날 밤 11시 55분, 유진오피스텔 708호에 다시
강력 1팀 팀원은 물론 과학수사반까지 모두 모였다.
다들 자리를 잡고 주변을 두리번거렸다.

"정말 이게 될까요?"

이삭이 한 손에 라이터를 꽉 쥐고 있는 함민에게
말했다. 이삭의 말에 다들 동시에 검지를 들어 입술에
갖다 댔다. 함민이 휴대폰을 들어 보이자 이삭은 불만

스러운 표정으로 '셜록 함스 단체 대화방'에 메시지를
보냈다.

**이삭**  정말 이게 될까요?

**함민**  안 되면 되게 해.

**태을**  야 이런 단체방 있었음 진작 초대 좀 하지ㅋㅋ
나 다른 애들 초대해도 되냐?

**함민**  안 돼.

**이삭**  됩니다.

**은나**  재밌겠는데, 찬성.

**진석**  ㅇㅇ

**태을**  내가 GDI 다 불러 모을게, 기둘려!

태을은 다양한 인물들을 초대하기 시작했다. 하나
같이 함민이 몸담았던 경기도 경찰서의 형사들이었다.
셜록 홈스 시리즈에서 닥터 왓슨은 셜록 홈스의
조수와 더불어 전기 기록자로 통한다. 닥터 왓슨은 셜
록 홈스가 맡은 사건을 모두 알고 있고, 그 이야기를
사람들에게 알기 좋게 소개하는 역할이다. 태을은 자
신을 이런 닥터 왓슨이라고 말해왔다. 농담이 아니었
다. 정말 태을은 함민에 대해 많은 걸 알고 있었다. 함

민은 태을이 어떤 사교성과 오지랖을 발휘해서 자신
의 이렇게나 많은 주변인을 알아냈나 그저 기가 막힐
뿐이었다.

"넌 못생겼어, 넌 못생겼어, 넌 못생겼어……."

함민이 순식간에 참가 인원 30명을 돌파한 단체방
을 바라보며 라이터를 더욱더 꽉 쥐었을 무렵, 그 소
리가 나기 시작했다. 각자 자리에서 휴대폰만 바라보
던 형사들이 동시에 고개를 번쩍 들었다. 숨소리마저
죽인 채 소리가 들려오는 방향에 신경을 곤두세웠다.

"넌 못생겼어, 넌 못생겼어, 넌 못생겼어……."

함민은 소음의 진원을 파악하기 위해 각 방은 물
론 베란다 새시까지 모두 닫으라고 명령했다. 모든 문
이 닫히자 소음의 출처가 좀 더 뚜렷해졌다. 소음은
장미연의 침대 부근에서 나고 있었다. 그곳은 장미연
이 배진성을 이 집에서 처음 봤을 때 배진성이 몸을
숙이고 있던 곳이기도 했다.

함민과 형사들은 침대로 다가갔다. 소리는 매트리
스 밑에서 나고 있었다. 다들 힘을 합쳐 매트리스를
들어 올렸다. 매트리스와 침대 프레임 사이에는 발통
이라 불리는 플라스틱 받침대가 놓여 있었다. 정방형
의 발통 두 개 사이엔 좁은 틈이 있었고, 그 사이에 구형 휴대폰이 세로로 끼워져 있었다. 모두의 이목이 쏠림과 동시에 다시 소리가 울리기 시작했다.

"넌 못생겼어, 넌 못생겼어, 넌 못생겼어……."

태을이 휴대폰을 발통 사이에서 꺼내자 연결되어 있던 충전기 선이 따라 올라왔다. 화면에는 매일 밤 자정에 시작돼 5분마다 다섯 번씩 자동으로 반복되도록 설정된 알람 정보가 떠 있었다. 함민이 알람을 끄자 배경 화면이 나타났다. 배진성과 장미연이 환하게 웃으며 함께 찍은 결혼 사진이었다. 데이터 표시가 뜨지 않는 것으로 볼 때 개통되지 않은 공기계였다.

태을이 증거 봉투에 넣은 휴대폰을 이삭의 얼굴 앞으로 들이밀며 말했다.

"너도 이런 소리로 알람 맞추면 늦잠 자는 버릇 고치지 않을까?"

이삭은 그 말에 세차게 머리를 좌우로 흔들었다. 함민은 라이터 휠을 당겼다 놓으며 말했다.

"아마 배진성은 이곳 유진오피스텔에 왔다가 소음 충 괴담을 우연히 접했겠지. 그걸 보고 장미연을 괴롭힐 아이디어를 떠올렸을 거야. 낙서 사이에 '넌 못생겼어'라는 문장을 추가하고는 괴담을 퍼뜨렸어. 이후 괴담을 가장해 공기계로 알람을 설정했겠지. 어쩌면 이걸로 쇼라도 할 셈이었는지도 모르지. 소음충 괴담, 그리고 자신한테만 들리는 소음에 괴로워하는 장미연 앞에 나타나서 그를 구해준 후, 속박할 셈이었을지도. 그런 일은 일어나지 않았다. 장치를 설치하던 중 장미연과 마주치고 오히려 살해당했다. 이 사실을 모르는 휴대폰은 자정마다 묵묵히 알람을 울렸다. 죽은 배진성의 소원과는 반대로, 이 알람은 영원히 장미연을 잃게 만들 뻔했다."

"역시 셜록 홈스. 납득이 가 납득이."

태을은 박수까지 치며 감탄했지만 함민의 속마음은 찝찝함으로 가득 차 있었다. 한 가지, 매우 심하게 마음에 걸리는 게 있었다.

왜 다른 집에서는 '넌 못생겼어' 소리가 들리지 않았을까.

이렇게 층간 소음에 취약한 건물이라면, 휴대폰 알람 소리가 퍼지는 게 훨씬 자연스럽다. 그런데 주변 사람들은 아무도 이 소리를 듣지 못했다. 관리 사무소에서도 처음에 장미연을 이상한 사람 취급했다. 이 생각에 이르자 함민은 셜록 홈스의 명언을 떠올리며 한 가지 상상을 하게 되었다. 알람이 울릴 때마다 귀신이 된 배진성이 나타나는 광경을, 온몸을 부풀려 집을 둘러싸는 광경을, 장미연의 귀에 대고 '넌 못생겼어'를 되풀이해 말하며 죽어서 곁으로 어서 오라고 속삭이는 광경을, 지금 이 순간에도 함민을 비롯한 모두를 지켜보며 방을 감싼 채 키득키득 웃는, 말 그대로 소음충이 된 광경을⋯⋯.

# 실책

2022년 11월 11일 오후 7시 25분, 112로 신고가 접수되었다. 가녀린 목소리의 여자는 "제가 사람을 죽였습니다⋯⋯"라고 말하며 흐느껴 울다가 전화를 끊었다.

현장은 빼빼로데이 분위기가 물씬 나고 있었다. 꺼진 지 얼마 되지 않은 듯한 향초와 케이크, 예쁘게 포장된 포인세티아 화분까지. 이 상황에서 어떤 말다툼이 살인 사건으로 번졌을지 상상이 되지 않았다. 피의자가 정신을 차리면 바로 상황을 파악할 수 있으리라.

이번 사건은 함민이 딱히 머리를 굴릴 거리가 없었다. 피해자와 피의자가 명확했고 피의자는 현장에 있었다. 저녁을 먹던 중 이성을 잃은 아내가 남편을 과도로 반복해 찔러 죽이고 자해했다는 흔한 충동 살인의 현장이었다.

과학수사반이 현장검증을 하는 사이 함민은 주변을 둘러보다 베란다에 시선이 꽂혔다. 그곳엔 말라 죽어버린 화분이 가득했다. 함민은 휴대폰 카메라로 화분 사진을 찍은 후 무릎을 꿇었다. 특히 흙을 유심히 살피다가 손으로 푹 찔렀다. 손에 묻어나온 흙을 만지작거리며 생각했다.

'배양토. 물기가 전혀 없다.'

흔하게 볼 수 있는 화분이고 흙이었다. 그건 쉽게 해결된 이 집의 사건과 꼭 닮은꼴이었다. 그렇기에 함민은 8월 27일 일어난 살인 사건을 떠올릴 수밖에 없었다. 그것 역시 겉으로 보기엔 평범하기 짝이 없는 사건이었다……

○

함민의 아침은 언제나 같았다. 함민은 5분 만에 외출 준비를 마친 후 단골 카페로 향한다. 집에서도 얼마든지 커피를 마실 수 있지만 절대 그러지 않는다. 커피를 마시는 일보다 카페로 이동하는 사이에 보이는 것들이 더 중요하기 때문이다. 우편함에 며칠째 꽂혀 있는 신문 뭉치, 간밤에 차가 가드레일을 박은 흔적, 새로 생긴 사소한 낙서. 함민은 이 모든 것을 본능적으로 확인했다. 이건 오랜 세월 경찰에 몸담은 함민의 직업병이었다. 최근 다소 느슨해졌다. 작년 8월 마지막 날 일어났던 소음충 사건 이후 1년이 지나 8월 말이 되도록 관내에서는 살인 사건이 일어나지 않았다. 강도나 절도 등 강력 사건은 끊이지 않았고 굵직한 소탕 작전도 있었지만 그것들은 살인 사건과는 달랐다. 살인 사건은 마음 한구석에 켕기는 무언가를 만들어냈다. 그때마다 함민은 저도 모르게 라이터를 켜고 싶다는 강한 충동에 시달렸다. 충동은 사건을 무사히 해결하고 나서야 사라졌다. 가끔 함민은 생각했다. 사건을 해결하지 못하면 충동은 어떻게 될까.

단골 카페가 문을 열었던 날도 그랬다. 함민은 일어나자마자 집을 나와 평소처럼 주변을 둘러보다가 새벽부터 문을 연 카페에 흥미를 느꼈다. 30~40대로 보이는 남자 사장은 과묵했다. "오셨어요?"라는 간단한 인사 후 말없이 주문한 커피를 냈다. 커피가 함민의 입맛에 딱 맞았다. 중후하고 묵직한 보디감의 쓴맛이 강조된 커피.

이 카페가 마음에 드는 또 하나의 이유는 경찰서에서 멀다는 점이었다. 함민의 집과 평택경찰서는 걸어서 10분 거리였다. 단골 카페는 함민의 집에서 경찰서와 반대 방향으로 20분은 걸어가야 나왔다. 이곳에선 다른 경찰들을 만날 가능성이 없고, 실제로 만난 적도 없었다. 함민은 밖에서 경찰 티를 내는 걸 별로 안 좋아했다. 놓치게 되는 정보가 있다고 생각한 탓이 었다.

오늘도 함민은 텀블러에 따뜻한 아메리카노를 받아 카페를 나섰다. 커피를 홀짝거리며 느긋하게 경찰서를 향해 걸었다. 정문에 들어서기가 무섭게 뒤에서 함민을 부르는 소리가 들렸다.

"팀장님!"

길 건너편에서 이삭이 양손 가득 커피 캐리어를 들고 뛰어왔다. 이삭은 그중 하나를 꺼내어 내밀며 말했다.

"아직 커피 안 드셨죠?"

이삭이 커피를 사 온 곳은 만 명의 손님을 만족시킨다는 슬로건을 내세운 '만명n커피'라는 프랜차이즈 였다. 함민은 그 만 명에 속하지 않았다. 그곳 커피는 함민의 취향과 정반대인 시큼한 맛이었다. 커피의 가벼운 느낌이 이삭의 성격과 닮은꼴이었다.

"있어."

함민이 텀블러를 들어 보이며 말했다.

"다 드시고 리필하세요!"

이삭은 막무가내였다. 함민의 빈손에 억지로 커피를 쥐여주고는 경찰서 안으로 들어갔다. 함민은 영 탐탁지 않은 표정으로 손에 들린 종이컵을 바라보았다. 이삭이 커피를 잔뜩 사 온 이유, 그건 동료를 끔찍이 아끼거나 오늘따라 기분이 좋아서, 혹은 커피 맛이 취향에 맞아서가 아니었다. 이삭이 만명n커피의 바리스타에게 반한 탓이었다.

평택경찰서 뒤쪽 억새풀공원 앞 골목은 번화가다. 만명n커피는 5개월 전 이 골목에 개점했다. 처음 문 열었을 때 함민은 커피 맛을 확인할 겸 점심을 먹은 후 팀원들과 함께 그곳으로 향했다. 카페는 빈자리가 없었다. 손님 대부분이 경찰이었다. 함민은 경찰이 득실대는 분위기만으로 이곳을 자주 찾는 일은 없을 거라 여겼고, 커피를 맛본 후엔 그 생각이 더 강해졌다. 이삭은 달랐다. 잘 웃는 여성 바리스타에게 첫눈에 반했다. 그날 이후 이삭은 매일 만명n커피로 출근하며 자기 몫 커피를 사는 것도 모자라 일주일에 두 번은 꼭 동료 몫까지 챙겼다.

이삭의 짝사랑이 끝나야 함민이 취향에 안 맞는 커피를 억지로 먹는 일도 끝날 듯했다. 좋은 점도 있었다. 짝사랑을 시작한 후 이삭은 어디서 들었다는 정체불명의 괴담을 떠들지 않았다. 대신 바리스타 이야기를 해서 문제긴 했지만.

함민은 남이 짝사랑하는 여성의 이야기를 끊임없이 듣는 것과 정체불명의 괴담을 듣는 것 중 무엇이 덜 괴로울까 생각하며 무심코 이삭이 준 커피를 한 모금 홀짝였다가 얼굴을 잔뜩 구겼다.

'괴담을 듣는 게 차라리 낫겠다.'

이삭의 수다는 함민의 예상보다 빨리 끝났다. 이튿날 아침, 이삭이 반년간 매일 얼굴도장을 찍으면서도 이름조차 몰랐던 바리스타가 살인 사건에 연루된 탓이었다.

2022년 8월 27일 오전 6시 50분, 112로 사건 신고가 접수되었다. 사건 현장은 만명n커피. 카페 문을 열고자 출근한 바리스타가 사장인 45세 여성 최희주의 사체를 발견했다.

경찰서가 코앞이다 보니 신고가 접수되고 채 5분이 지나기 전에 경찰이 출동했다. 가장 먼저 현장에 도착한 이는 이삭이었다. 이삭은 평소처럼 만명n커피가 열자마자 방문했다가 사건을 맞닥뜨렸다.

뒤이어 함민이 현장에 도착했다. 이삭은 카페 입구에 주저앉아 있었다. 함민이 그에게 다가가 말했다.

"보고."

이삭은 바로 반응하지 못했다. 반 박자 늦게 시선을 돌려 함민을 보더니 느릿느릿하게 입을 열었다.

"없어요."

"뭐가 없어?"

"혜지 씨요. 어제까지 일하고 잘렸대요."

함민은 무슨 말인가 싶어 이삭을 가만히 바라보았다. 그러자 이삭은 더듬거리는 말투로 설명을 덧붙였다.

"나한테 말도 안 하고 그만두다니. 윤혜지 스물일곱 살…… . 최초 발견자인 바리스타 이문선의 증언입니다."

아무래도 윤혜지는 이삭이 마음에 두었던 잘 웃는다는 바리스타인 듯했다.

"최초 목격자 진술에 따르면 일단은 혜지 씨가 유력한 용의자예요. 남자 손님만 보면 코맹맹이 소리를 내고 화장실 가서 한참을 안 돌아오고 전화 받는다고 자리 비우고. 이문선한테는 살 빼고 싶으면 언제든 말하라고 성형외과 소개해준다고 막말을 했대요. 매일 손님들의 '얼평'도 했는데 그중에 저도 있었대요. 저보고 말라비틀어진 오이처럼 생겼다고 했다고…… ."

윤혜지는 이른바 '월급 루팡'이었다. 사장이 그를 참은 건 이삭처럼 그를 찾는 단골이 꾸준히 있어서였다. 그런데 최근 카페 매출이 급격히 줄어들면서 상황이 바뀌었다.

6월 말, 새로운 카페가 우후죽순 생겨나며 만명n커피 매출이 조금씩 떨어지다가 7월과 8월에 연달아 세 곳이 더 문을 열자 직격타를 맞았다. 그중에서도 가장 최근에 오픈한 큰길가의 프랜차이즈 카페는 손님이 원두 맛을 선택할 수 있게 한 데다 가격대가 만명n커피만큼이나 저렴해 경쟁에서 완전히 우위를 점했다.

최희주는 만명n커피를 대출받은 돈으로 차렸다. 매달 은행 이자와 가게 운영비를 지불하려면 일정 수준 이상의 수익을 내야 했다. 거기에다 초등학생 딸의 학원비까지 대려면 인원 감축이 불가피했다. 최희주는 아르바이트를 하는 세 명 중 오전 7시부터 오후 5시까지 일하는 이문선과 주말 아르바이트생을 남기고 윤혜지를 자르기로 했다.

7월 26일, 최희주가 이 결정을 통보하자 윤혜지는 욕을 마구 쏟아냈다. 카페 곳곳을 장식한 화분을 바닥에 내던지고 카페를 뛰쳐나갔다. 다음 날, 윤혜지는 아무 일도 없었다는 듯 자신이 부순 것과 똑같은 화분을 들고 출근했다. 어제는 자기가 너무 흥분했던 것 같다며 죄송하다고 사과했다. 최희주는 윤혜지의 사과를 받아들였다. 자신 또한 너무 일방적이었다고 생각해 윤혜지가 사 온 화분을 깨진 화분이 있던 자리에 잘 두었다.

　이후 윤혜지는 별다른 문제를 일으키지 않았다. 일하기 싫어 슬쩍 자리를 뜨거나 손님의 뒷말을 하는 일도 없었다. 그렇게 한 달이 지나고 8월 26일, 윤혜지의 마지막 근무일이 왔다. 윤혜지는 업무를 마친 후 최희주에게 바로 월급을 입금해달라고 부탁했다. 최희주는 흔쾌히 그렇게 해줬다. 윤혜지는 자신의 계좌로 돈이 입금된 걸 보자마자 표정을 바꿨다. 고래고래 악을 쓰고 저주에 가까운 악담을 퍼부으며 자신이 선물한 화분을 다시금 바닥에 던져 깨부순 후 카페를 나갔다.

　"최초 발견자 이문선이 말하더군요. 화분을 선물한 것 자체가 큰 그림이었던 게 분명하다고. 자기가 선물하고 자기가 깨면 고소당하지 않을 거 같으니까 그런 게 분명하다면서 이렇게 덧붙였습니다. '사람이 해도 되는 말이 있고 해서는 안 되는 말이 있다고 생각해요. 윤혜지는 그런 게 없었어요. 그냥 자기 맘대로 퍼붓고 기분이 개운해지면 그만인 사람이었죠.' 그러면서 혜지 씨가 범인인 게 분명하다면서 길길이 날뛰는데 현장 정황과도 맞아떨어져서 납득이 되더라고요."

하아아……. 이삭은 무척 길게 한숨을 내쉬었다.

함민이 신고를 받고 현장에 도착하기까지 5분이 채 걸리지 않았다. 이삭이 조금 더 일찍 왔다고 해도 5분에서 10분 사이이리라. 그 잠깐 사이 이삭은 이렇게 많은 정보를 얻었다.

"좀 쉬어라."

함민은 이삭의 어깨를 한 번 툭 친 후 푸른 비닐로 가려놓은 카페 안으로 들어갔다.

최희주는 카페 홀에 엎드린 자세로 죽어 있었다. 그 주변은 산산조각이 난 화분이며 흙과 꽃, 화초 등으로 어지러웠다. 마치 무덤을 파다 만 것 같은 분위기였다. 화분을 부수고 그만뒀다는 윤혜지를 연상할 수밖에 없는 상황이었다.

함민의 손이 자연스레 양복 윗주머니로 향했다. 늘 갖고 다니긴 하지만 지난 1년간 거의 손에 든 적 없는 라이터를 찾았다. 함민은 그렇게 찾은 라이터를

꺼내어 연신 만지작거리며 태을에게 다가갔다. 태을
도 긴장한 표정이었다. 평소라면 뒤로 한 발짝 물러나
지휘에 힘쓸 그가 이번엔 직접 사체 주변을 꼼꼼히
관찰하며 증거를 수집하고 있었다. 함민은 태을이 화
분에서 흙을 채취해 비닐봉지에 넣고 증거번호까지
써넣는 것을 끝까지 지켜본 후 말을 붙였다.

"뭐 좀 나왔어?"

"여, 셜록 함스."

"보고."

함민의 무뚝뚝한 말투에 태을은 웃음을 거두고 진
지해졌다.

"사망 추정 시각은 한 시간에서 두 시간 전. 살해
무기는 둔기. 화분일 가능성이 높고. 몇 번이고 내려
치다 화분이 깨진 걸로 보여. 후두부가 으깨졌을 정도
니 어지간히 화가 났던 게 아닐까 싶다."

"CCTV는?"

함민이 카페 입구에 있는 사설 보안 업체 마크가
붙은 CCTV를 턱으로 가리키며 말했다.

"더미였어."

"장사하는 집이 CCTV를 안 달았다고?"

"처음엔 관리를 받았던 모양인데 얼마 안 가 해지

한 모양이다. 이 근처에 그런 가게 좀 되잖냐. 포장마차에도 대부분 CCTV 없고."

태을의 말에 함민은 CCTV를 달지 않은 음식점이며 술집 몇 군데를 바로 떠올릴 수 있었다.

"지문이나 모발 같은 건 안 나왔고?"

"너무 많이 나와서 난감하다. 장소가 카페잖냐."

증거가 너무 많다는 건 증거가 없다는 것과 같다. 유력한 물증이 나오기 전까지 중요한 건 동기였다. 누구에게 최희주를 죽일 동기가 있는가. 지금 상황에서 역시 가장 먼저 떠오르는 사람은 윤혜지였다. 아니, 지나치다 싶을 정도로 모든 가능성이 윤혜지만을 가리키고 있었다. 그러나 아무리 흑에 가까운 회색이어도 흑은 아니다. 의심이 가는 만큼 윤혜지가 범인이 아닐 가능성 역시 생각해야 한다.

함민은 이삭이 슬슬 정신을 차렸을까 생각하며 카페 입구 쪽을 바라보았다. 거의 동시에 문이 열리며 은나와 진석이 이삭과 함께 나타났다. 진석에게 먼저 말을 붙였다.

"괜찮냐?"

진석은 초등학생 아들이 둘이었다. 최근 맏이가 학교에서 자주 말썽을 피워 애를 먹고 있었다. 어제도 진석은 오후에 학교에 불려갔다.

"예, 뭐 어떻게……."

함민은 진석의 대답에 더 묻지 않았다. 사건에 대해 간단히 설명한 후 탐문 팀을 나눴다. 함민과 이삭은 카페에 남아 카페 관계자 및 피해자 유족을 만나기로, 은나와 진석은 윤혜지의 행방을 찾아 이야기를 듣기로 했다.

5분도 채 되지 않아 탐문 계획을 다시 짜야 했다. 윤혜지를 만나는 게 불가능해서였다. 윤혜지는 카페를 그만둔 당일 바로 해외여행을 떠났다. 즉 윤혜지는 사건 당일에 강력한 알리바이가 있다는 뜻이었다. 윤혜지가 8월 31일 저녁 비행기로 귀국한다는 소식에 일단 돌아오는 대로 증언을 듣기로 했다.

함민과 이삭은 바로 최희주의 집으로 향했다. 최희주는 현장에서 도보로 10분 거리에 있는 아파트에 살았다. 7시 28분, 함민과 이삭이 최희주의 집 초인종을 눌렀다. 둘이 신원을 밝히자 바로 현관문이 열리며 40대 중반의 안경 쓴 남자가 얼굴을 내밀었다. 함민은 남자가 최희주의 남편 김재민이라는 걸 확인한 후 심호흡을 크게 한 뒤 말했다.

"최희주 씨가 사망하셨습니다. 서까지 동행 부탁

드리겠습니다."

김재민은 함민의 말을 단번에 알아듣지 못하고 "네? 뭐라고요?"라는 말을 몇 번이고 반복했다. 함민은 같은 말을 반복해서 들려주었다. 최희주 씨가 사망하셨습니다. 최희주 씨가 사망하셨습니다. 최희주 씨가 사망하셨습니다……. 함민은 형사가 되고 셀 수 없을 만큼 자주 이 말을 반복했다. 그런데도 이 순간은 여전히 적응되지 않았다.

"아빠, 무슨 일 있어?"

한 여자아이가 김재민의 뒤로 나타났다. 아이는 아버지와 꼭 닮은 얼굴이었다. 김재민은 딸을 보고 나서야 정신이 든 듯 아무것도 아니라고, 방에 들어가라고 떠민 뒤 복도로 나왔다. 그러고는 다시 한번 함민에게 최희주가 사망했다는 말을 듣고 나서야 현실을 받아들인 듯 한쪽 무릎이 꺾였다. 이미 그런 상황을 대비하고 있던 이삭이 급히 김재민의 팔을 붙들지 않았더라면 그대로 시멘트 바닥에 무릎을 부딪칠 뻔했다. 김재민은 울음을 가까스로 참는 듯 인상을 잔뜩 쓰면서도 함민과 이삭에게 잠깐만 기다려달라고 부탁했다. 근처에 사는 부모님께 전화로 부고를 알리고 딸아이를 대신 봐달라고 하겠다고 했다.

김재민은 통화를 마치고 집 안에 들어갔다. 딸아이에게 곧 할머니가 오실 거니까 얌전히 집에 있으라고 말했다. 아이는 뭔가를 눈치챈 듯 불안한 표정을 지으면서도 고개를 크게 끄덕였다. 함민과 이삭은 김재민의 부모가 오길 기다리며 이곳을 찾은 이유를 어렵게 꺼냈다.

"최희주 씨의 인간관계는 어……떻습니까?"

함민은 '어땠습니까'라고 과거형으로 물을 뻔했다가 말을 바꿨다. 피해자가 사망했을지라도 곧바로 과거형으로 시제를 바꾸는 것은 피해자 유족을 상처 입힐 수 있었다. 예상대로 김재민에게 최희주는 아직 현재 진행형이었다.

"그 사람은 평범하기 짝이 없는 사람이에요. 저도 그렇고요."

김재민은 평택에 사는 대다수와 마찬가지로 근처 공단이 근무처였다. 최희주와는 사내 커플이었다가 결혼한 경우로 아이가 생긴 후 최희주는 직장을 그만뒀다. 이후 아이가 자라 여유가 생기자 바리스타 자격증을 획득했다. 반년간 오산에 있는 만명n커피 본점을 오가며 일을 익힌 후 개업했다. 김재민은 카페가 잘 되면 직장을 그만두고 아내 일을 도울 셈이었다.

"주변에 카페도 많이 생겼고 혼자서는 못할 것 같고. 카페를 접어야 하는 게 맞겠지만 빚만 잔뜩 남을 것 같은데. 이럴 때 희주가 있었으면……."

김재민은 횡설수설 혼잣말을 하다 결국 울음을 터뜨렸다.

함민과 이삭이 경찰서로 김재민을 이송하는 사이, 진석과 은나는 카페 주변 탐문을 마치고 복귀했다.

"최희주는 주변에서 상당히 평판이 좋았습니다."

최희주는 문을 열기 전부터 공사 때문에 소음이 발생할 수 있다며 이웃 상점들을 돌며 안면을 트고 양해를 구했다. 작은 선인장 화분을 하나씩 선물하고 무료 쿠폰도 뿌렸다. 주변 상인들은 최희주의 마음 씀씀이가 마음에 들었다. 개점 날 십시일반 돈을 모아 행운목을 선물하고 음료도 사 먹으려고 했다. 최희주는 행운목만으로 충분하다며 계산을 마다했다. 앞으로도 자주 찾아달라며 떡까지 나눠주고는 매장 앞까지 나와 몸이 직각이 되도록 인사했다. 그런 최희주가 사망했다. 살인 사건의 피해자라는 소식에 상인들은 심란해했다. 한시라도 빨리 최희주를 죽인 범인을 찾아달라고 거듭 당부했다.

함민은 은나의 말을 끝까지 들은 후 계속 마음에 걸려 있던 것을 물었다.

"혹시 그 선인장……."

"다들 선인장 화분을 잘 갖고 있었습니다."

"카운터 바로 앞에 놓았더군요."

함민이 말을 끝내기도 전에 진석과 은나가 차례로 말했다. 1년을 함께 지내는 동안 은나와 진석은 함민 만큼이나 날카로워졌다. 그만큼 난감하기도 했다. 이렇게 꼼꼼하게 탐문 조사를 했는데도 결정적인 정보를 얻지 못하다니…….

'현장엔 증거가 너무 많다. 최희주는 너무 평범하다.'

함민은 불길한 예감이 들었다. 그 예감은 함민이 저도 모르게 양복 주머니에 손을 넣고 라이터를 만지작거리게 했다.


8월 31일, 함민은 닷새 만에 단골 카페를 찾았다.

"따뜻한 아메리카노 부탁드립니다."

함민은 텀블러를 내밀었다. 사장은 알겠다는 뜻으로 고개를 꾸벅 숙인 후 원두를 갈았다. 자연스레 함민이 좋아하는 커피 향이 매장에 가득 찼다. 함민은 원두 가는 소리에 귀를 기울이며 다시 사건 생각으로 돌아갔다.

사흘이 지나도록 사건은 지지부진했다. 팀원들은 다른 사건도 동시에 수사하느라 바빴지만 함민은 오직 이 사건에만 매달렸다. 자신이 놓친 게 있을 거라고 생각해 몇 번이고 현장을 다시 찾았다. 범인이 된 양 사건을 재연해보기도 했다. 평소 함민은 이 과정에서 단서를 잡아내곤 했다. 그건 예술가들이 말하는 영감과 비슷했다. 이번엔 달랐다. 집착하면 할수록 함민은 아무것도 놓친 게 없다는 사실만을 연거푸 마주할 뿐이었다.

함민은 자꾸 라이터의 불을 켰다 껐다. 함민은 사건을 해결하지 못할 때마다 화마의 유혹에 휩싸였다. 함민이 형사가 된 건 화마에서 벗어나기 위해서였다. 사건을 해결하는 순간의 카타르시스가 불을 지르고 싶다는 욕망을 잦아들게 했다.

"커피 나왔습니다."

사장의 목소리에 함민은 사건 생각에서 벗어났다. 사장이 염려스러운 표정으로 함민을 바라보고 있었다.

"제가 한참 멍하니 서 있었습니까?"

"손님께는 항상 감사드리고 있습니다."

사장이 엉뚱한 대답을 했다.

"지난 반년간 거의 매일 와주셨으니깐요. 이렇게 매일 와주셔서 얼마나 감사한지 모릅니다. 여기는 제가 처음 차린 카페가 아닙니다. 다른 곳에 차렸다가 경쟁이 너무 치열해져 어쩔 수 없이 이전했거든요. 일단 임대 계약 기간이 끝나기를 기다리며 메뉴도 늘렸습니다. 점심에 떡볶이 장사까지 하며 버텼죠."

"떡볶이요?"

왠지 상상이 되지 않았다. 오직 커피만 팔 것 같은 남자가 떡볶이를 만드는 모습이.

"네, 원래 있었던 카페 근처에 초등학교가 있었거든요. 점심시간에 잠깐 파는 게 꽤 도움이 됐습니다. 그러다가 임대 기간이 끝난 반년 전에 목이 더 낫고 임대료도 저렴한 이 동네로 옮겨 오게 된 거죠."

"여기는 장사할 만하십니까?"

"손님 같은 분이 좀 계셔서 어떻게. 여기도 예전 동네처럼 카페가 늘어나고 있어서 또 이사를 가야 할지도 모르겠습니다. 그러니 손님 같은 분께 참 감사합니다. 앞으로도 자주 찾아주십시오."

사장은 할 말을 다 했다는 표정으로 고개를 꾸벅

숙여 보였다. 함민은 얼결에 고개를 마주 숙인 후 카
페를 나섰다. 그러면서 사장의 말을 되새겼다. 함민은
사건이 일어나면 평소보다 훨씬 예민해졌다. 매사 신
경을 곤두세워 모든 걸 다 기억하려 했다. 이런 함민
에게 늘 과묵했던 단골 카페 사장이 갑자기 말을 줄
줄 늘어놓다니. 함민은 이 대화 자체가 사건 해결에
영감이 되진 않을까, 하는 생각이 들었다. 사장의 말
을 곱씹은 끝에 한 가지 생각이 떠올랐다. 이문선은
주변에 카페들이 연달아 생기면서 최근 매장 매출이
줄었다고 말했다. 그와 반대로 최희주가 카페를 연 탓
에 다른 가게가 타격을 받은 경우도 있지 않을까? 함
민의 단골 카페 사장처럼 내키지 않지만 다른 메뉴를
팔기 시작한 경우가 있을지도 몰랐다. 함민은 휴대폰
을 손에 들었다. 강력 1팀 단체 대화방에 이에 초점을
맞춰 탐문을 시작하라고 지시했다. 팀원들은 바로 메
시지를 확인하고 각기 답장을 보내왔다. 함민은 느낌
이 좋았다. 사건 해결에 도움이 될 단서가 줄줄이 나
올 것 같았다.

　확실히 운이 좋은 날이었다. 함민이 경찰서에 도
착하기가 무섭게 태을이 희소식을 전했다. 최희주의
시체를 둘러싼 흙의 정밀 감정 결과가 나왔다. 그런데

결과가 좀 이상했다. 카페를 장식한 화분에 쓰인 흙은 일반적인 배양토가 아니었다. 잡다한 성분들이 섞여 있었다.

"뭐, 뻔하지. 근처 공원이나 야산에서 퍼다 쓴 거지."

태을은 그렇게 말하며 고개를 갸웃거렸다.

"이해가 잘 안 된단 말이지. 배양토가 얼마나 한다고 흙을 퍼다 쓴 건지."

팀원들은 주변 상인들을 상대로 탐문 중이었다. 손이 비는 건 함민뿐이었다. 함민은 직접 카페 직원 이문선을 찾아갔다. 이문선은 번화가에서 얼마 떨어지지 않은 빌라에 살았다.

"어젯밤에 오시고 아침에 또 오시고. 경찰분들도 대단하시네요. 커피라도 드려요?"

"아뇨, 있습니다."

함민이 텀블러를 들어 보이며 바로 본론으로 들어갔다. 이문선은 함민의 이야기를 귀 기울여 듣더니 금세 심각한 표정이 되었다.

"사장님이 주변에는 잘 베푸시는 편인데 이상하게 작은 것엔 벌벌 떠는 그런 게 있었어요."

최희주는 묘하게 화분에 돈 쓰기를 아까워했다.

근처 억새풀공원이며 야산에서 흙을 훔치다가 한번은 공원 미화원에게 들킨 적도 있었다.

함민은 이문선의 이야기를 듣고 바로 억새풀공원의 미화원을 수소문했다. 최희주를 기억한다는 미화원에게 이 일에 대해 묻자 흥미로운 답을 들을 수 있었다.

"지렁이 나온다고 관두라고 해도 멈추질 않았어요."

억새풀공원에는 작은 연못이 있었다. 이곳에는 오리가 많이 살았다. 오리의 주식 중 하나가 연못 근처 흙에서 기어 나오는 지렁이 같은 벌레였다. 최희주는 하필 그 흙을 좋아했다.

미화원은 지렁이 나오는 흙이 뭐가 좋으냐고, 카페에서 벌레라도 나오면 야단법석이 나지 않겠느냐고 했지만 오히려 최희주는 이렇게 말했다고 했다. 살아 있다는 느낌이 들어 좋다. 햇빛을 받은 흙을 쓰고 싶다. 그러면 꽃들도 밝고 씩씩하게 자랄 테니까.

'핑계다.'

함민은 그 말을 듣자마자 생각했다. 함민 역시 자신의 충동을 타인에겐 숨겼다. 최희주에게도 불안하거나 스트레스를 받으면 사소한 물건을 훔치는 버릇이 있을 수 있었다. 최근의 불안한 일이라면 가게 매

출이었을까? 아니면 윤혜지의 날 선 행동? 그도 아니
라면 카페 사장의 말처럼 주변 카페와의 경쟁 심화?
어쨌든 그게 최근에는 공원의 흙을 훔치는 것으로 발
현되었을 가능성이 높았다.

오늘 해외여행을 떠났던 윤혜지가 4박 5일 일정
을 마치고 귀국한다. 함민은 윤혜지의 증언을 얻기 전
까지는 사건 해결이 힘들지 않을까 생각했으나, 갑작
스레 얻은 여러 단서로 희망이 보이는 듯도 했다. 화
분과 훔친 흙, 주변 카페와의 분쟁. 어쩌면 이 세 가지
가 열쇠가 될지 몰랐다.


함민이 경찰서에 돌아와 보니 강력 1팀 자리가 만
원이었다. 팀원들은 하나같이 사건 현장 근처 카페들
의 일회용 커피잔을 손에 들고 있었다.

"다 최근에 문 연 곳들이라 딱히 교류가 없었다
네요."

"화분은?"

"아무 데도 없었어요."

하긴 후발 업체에 선전포고 하듯 선인장을 나눠
줬다면 그게 더 이상했다.

"화분을 발견했습니다."

이삭이 휴대폰으로 사진을 보여주며 말했다. 사진 속 식당의 카운터에는 선인장 화분이 놓여 있었다. 중요한 건 그곳의 정체였다.

"여기 돈가스집 아닌가?"

은나의 말대로 가게 상호는 돈가스집이었다.

"게다가 거리도 좀 있잖아."

진석은 바로 휴대폰을 들고 돈가스집의 위치를 확인했다. 돈가스집은 경찰서 뒷골목이 아닌 경찰서 맞은편, 큰길 건너편에 위치했다.

"24시간 설렁탕집 사장님 말씀으로는 반년 전 만명n커피가 생기기 전까지는 여기가 돈가스집 겸 카페였대요."

이삭은 상가 골목에 새로 생긴 카페를 돌았다. 유의미한 증언이 나오지 않자 오래된 가게를 중심으로 탐문하며 문 닫은 카페의 정보를 찾았다. 그러다 돈가스집에 대한 흥미로운 이야기를 들었다.

원래 그곳은 커피도 팔았다. 가격은 천 원. 점심시간엔 돈가스를 먹은 손님에게 공짜로 아메리카노를 주는 이벤트도 자주 했다. 반년 전 갑자기 커피 장사를 그만뒀다. 그 시기는 최희주가 인테리어 공사를 시작하며 근처 상인들에게 개업 인사로 선인장을 선물했을 무렵과 일치했다.

이삭은 몇 장의 사진을 추가로 띄웠다. 돈가스집의 내외부를 찍은 사진이었다. 돈가스집은 바깥으로테라스가 있었다. 화분이 잔뜩 놓인 광경은 만명n커피와 꼭 닮아 있었다. 가까이에 위치한 두 가게의 분위기가 거의 같다. 한 곳이 문을 열자 다른 곳은 더는커피를 팔지 않았다. 마음에 걸렸다. 함민은 라이터를손에 들고 만지작거리기 시작했다.

"돈가스집 사장에 대해 좀 알아봤어?"

"이름은 박길수, 나이는 58세."

이삭이 즉답했다.

"3년 전 딸이 결혼해 분가했고, 그들 근처 아파트에서 두 살 연상 아내와 둘이 산다. 돈가스집이 있는 상가건물은 박길수 소유다. 음식점을 운영한 지는 20년이넘었다. 지방 유지라고 해도 좋다. 임대료를 인상하지않아 입주 상인들 사이의 평가는 좋은 편이다."

"충동적으로 살인을 저지를 사람의 프로필 같지는않네요."

은나가 말했다.

"그런 프로필이 따로 있지는 않죠."

진석이 반박했다.

"가볍게 탐문하면서 임의동행을 요구해보지. 누가 함께 가겠어?"

셋 다 손을 들었다. 함민은 피식 웃으며 말했다.

"다 같이 가자. 근처니까."

5분 후 네 명의 형사가 돈가스집에 들어섰다.

"아이고, 우리 형사님들이 이른 점심 드시러 오셨어?"

박길수는 싱글벙글하며 함민 일행을 맞았다가 방문한 이유를 듣고는 안색이 바뀌었다.

"내가 희주 사장 때문에 커피 장사를 관둔 건 사실입니다. 선인장까지 들고 찾아와 카페 차린다는데 처음 여기 오픈했을 때가 생각나고 해서 좋은 마음으로 커피 접었어요."

함민은 사건 당일과 전날의 알리바이와 그를 증명할 방법을 물었다. 박길수는 그날엔 회식을 했다며 들렀던 식당의 상호며 그곳에 CCTV가 있을 거라는 사실을 알려주더니 묻지도 않은 새벽 시간의 행적까지 증언했다.

"새벽 2시에 파했는데 제가 술을 좀 많이 마셔서 직원들이 집에 데려다줬어요. 그 후로는 정신 못 차리고 자다가 다음 날 늦게 오픈했고요."

"증명해주실 분은요?"

"아내랑 이웃들이 증명해주겠죠. 우리 집 개는 사
람이 드나들 때마다 엄청나게 짖어서 아래위, 옆집까
지 그 소리가 다 들리거든요. 그밖에 뭐…… 아파트
현관 CCTV를 확인하면 되지 않을까요?"


같은 날 밤, 함민은 은나와 함께 윤혜지의 집을 찾
았다. 윤혜지의 집으로 가는 동안 함민은 계속 한 손
에 든 라이터를 만지작거렸다.

"아직도 박길수 생각하십니까."

"으음."

함민과 은나가 윤혜지를 만나러 가는 사이 이삭과
진석은 박길수의 신원을 더 자세히 조사했다. 함민은
박길수가 마음에 걸렸다. 윤혜지를 의심한 덴 근거가
있었다. 증언을 듣고 현장의 정황을 보자마자 든 생
각이었다. 박길수는 달랐다. 객관적으로 단정 지을 수
없었지만 뭔가 있었다. 흑과 백으로 따지자면 박길수
는 한없이 흑에 가까운 회색이었다. 예전 같았으면 이
정도 상황에서 사건 해결의 실마리를 찾아내고도 남
았을 테지만 사건이 일어나고 일주일이 다 되도록 의

심스러운 정황만 늘어갈 뿐이었다. 지난 1년간 지나치게 평화로웠던 삶이 함민을 많이 바꿔놓은 듯했다. 함민은 어떻게든 감각의 날을 벼려야 할 필요성을 느꼈다.

함민과 은나가 윤혜지의 빌라에 도착했을 때 그는 캐리어도 정리하지 않은 상태였다. 윤혜지는 베트남 여행 기념으로 위즐 커피를 사 왔다며 함민과 은나에게 한 잔씩 대접했다. 함민은 속으로 기뻐했다. 위즐 커피는 함민의 입에 맞는 진한 맛이 특징이었다. 윤혜지가 본격적인 이야기를 시작하자 함민은 입맛이 싹 달아났다. 최희주에 대한 윤혜지의 증언은 함민의 예상보다 훨씬 더 비판적이었다. 커피로 따지자면 볶은 지 오래되어 담배 맛을 내는 원두 수준이었다.

"저희 모두 최저시급 노동자예요, 최저시급. 저랑 같이 일한 문선이는 바리스타 경력이 5년이고요. 그런데 개한테도 최저시급을 줬어요. 주말에 일하는 애는 아침 7시에 오픈해서 오후 5시까지 혼자 일했어요. 애도 최저시급. 주휴 수당 없고 식비 지원도 없고. 애들이 어려서 말을 잘 못하니까 제가 나섰어요. 경력과 상황에 맞춰서 돈을 줘야 하는 거 아니냐고 했더니 뭐라고 한지 아세요?"

"뭐라고 했습니까?"

"넌 평생 최저시급이다."

이 말에 은나가 가볍게 혀를 찼다.

"그쵸? 어이없죠? 저도 진짜 기가 막혀서 말이 너무 심한 거 아니냐고 따졌다니까요. 그랬더니 당황했는지 말이 그렇다는 거고 자기도 다 생각하고 있다고 변명하더라고요."

"그게 언제 이야기죠?"

"6월 말이었나……. 가게 열고 4개월쯤 됐을 때였죠. 3개월 수습 지났으니 알아서 처우를 개선해주겠지 하고 기다렸는데 아무 말도 없어서 따진 거였으니까. 그런데 제가 시급 올려 달라고 한 게 어지간히 마음에 안 들었는지 갑자기 제 업무도 아닌 일을 막 시키는 거예요."

최희주는 윤혜지에게만 화분에 물을 주라거나 분갈이를 하라고 했다. 올여름은 예년보다 평균기온이 높았다. 며칠째 35도를 웃도는 날씨에 윤혜지는 밖에서 쭈그리고 앉아 화분을 갈다가 몇 번이고 실신할 뻔했다. 지독한 더위 탓도 있었지만 흙 문제도 있었다. 가끔 흙에서 지렁이며 벌레가 튀어나왔다. 윤혜지는 벌레를 무척이나 무서워했다. 카페에서 벌레가 나오면 비명을 지르며 혼비백산했다. 최희주는 윤혜지의 이런 점을 아주 잘 알고 있었다. 그런데도 일부러 화분 갈이를 맡긴 거였다.

잡일을 하도 많이 하다 보니 윤혜지는 쉴 틈이 없었다. 쉬고 싶을 때면 화장실로 숨었다. 그걸 함께 일하는 이문선이 오해했다. 윤혜지가 잔꾀를 부려 화장실에서 쉰다고 생각했다.

"그것도 사장 탓이에요."

윤혜지가 자리를 비울 때마다 최희주는 혼잣말하듯 "또 화장실 가네"라고 중얼거렸고, 이런 말을 반복해 듣던 이문선은 '윤혜지는 화장실에서 자주 쉰다'라고 여겼다. 그 밖에도 최희주는 "윤혜지가 그러던데"라고 운을 띄우며 자신이 하고 싶은 잔소리를 다른 직원에게 퍼부었다.

"일 그만두고 나서야 알았어요. 사장이 제 핑계 대면서 주변에 별소리를 다 하고 다녔다는 거. 게다가 우리 가게 말고 주변 상가에도 그러고 다녔대요. 우리 알바가 그러던데, 이러면서."

윤혜지는 어떻게든 복수를 하고 그만두겠다고 생각했지만 최희주가 선수를 쳤다. 일을 그만두라고 통보한 것이다. 그 순간 윤혜지가 폭발했다. 자신을 지독하게 괴롭힌 화분을 바닥에 던져 깨부수고 충동적으로 가게를 나섰다. 집에 돌아와 생각해보니 이대로 끝내기에는 너무 억울했다. 윤혜지는 자신의 평판을 되돌리고 싶었다.

다음 날, 윤혜지는 속으로는 이를 갈며 새 화분을 갖고 출근했다. 한 달 후 마지막 월급을 받고 사장이 보는 앞에서 화분을 깨주겠다고 결심하고는 최희주가 했다는 "윤혜지가 그러던데"라는 말을 어떻게든 무마하기 위해 안간힘을 썼지만 소용없었다.

"이문선이 저보고 앞에서 대놓고 얼평하고 꼰대질하는 인간이 뒤에서는 얼마나 더 했겠느냐고 그러는데 기가 막혀서 눈물이 날 뻔했어요. 제가 진짜로 억울한 게, 이문선 그게 저한테 먼저 말했거든요. 요즘 자기 배가 너무 나오는 것 같아서 고민이라고. 그래서 그럼 성형외과 가보겠느냐고, 지방 흡입 할 만하다고, 내가 다니는 데 소개해주겠다고 했는데 그게 어떻게 얼평이고 꼰대질이라는 건지. 애초에 말을 말든가."

사람들은 누구나 괜한 일에 연루되고 싶지 않아 한다. 경찰과 관련된 일, 그중에서도 살인 사건이라면 더욱 그렇다. 특히 고인의 생전 평판이 좋다면 만에 하나 오해를 받지 않도록 말을 더 조심하리라. 이

런 의미에서 보면 확실한 알리바이 덕에 용의 선상에
서 완벽하게 벗어난 윤혜지는 가장 솔직한 증인이었
다. 윤혜지가 들려주는 말을 어디까지 신용할 수 있느
냐는 전혀 다른 문제였지만.

　윤혜지의 입에서 좋은 말이 나오지 않을 거란 건
예상했지만 이 정도일 줄은 몰랐다. 그의 증언은 피해
자 최희주의 이미지를 완전히 뒤집는 수준이었다. 윤
혜지의 말을 곧이곧대로 들을 수도 없는 노릇이었다.
어쩌면 윤혜지는 자신의 확실한 알리바이 탓에 더욱
과장해서 말하는 걸 수 있었다.

　악감정으로 가득한 윤혜지의 증언은 마지막 말에
서 화룡점정을 찍었다.

　"사장 죽었으니 사고 물건이네요. 권리금 떨어질
테니 제가 인수하면 딱이겠어요."


　윤혜지와 헤어진 뒤 사실 확인을 위해 함민은 이
문선을, 은나는 주말 아르바이트생을 만났다. 윤혜지
의 이야기를 들은 이문선은 곧장 인상을 찌푸리더니
함민에게 말했다.

　"그거 다 거짓말이에요."

　최희주는 6월 말, 이문선과 주말 아르바이트생의

시급을 다시 책정했다. 둘 다 시급을 천 원씩 인상, 그 외에 식대와 교통비 역시 별도로 지급했다.

"윤혜지 씨가 급여가 오르지 않아서 직접 항의했다던데요? 그 뒤로 바뀐 거 아닙니까?"

"그게 잘못된 거죠. 어떻게 감히 알바가 시급을 인상해달라고 사장한테 따져요, 따지길?"

이문선이 흥분해 말했다.

"사장님이 얼마나 좋은 사람인데 어련히 알아서 안 해주겠어요? 괜히 나섰다가 자기만 덤터기 쓴 거죠. 사장님도 사람인데, 윤혜지가 그런 소리 하는 게 좋았겠어요?"

이문선은 최희주를 지나치게 옹호했다. 함민은 그의 태도에 위화감을 느껴 조금 다른 방식으로 질문을 했다. 윤혜지가 대놓고 이문선에게 그런 말을 했느냐, 아니면 사장이 "윤혜지가 그러던데"라며 말했느냐. 그러자 이문선은 잠깐 멈칫하더니 말했다.

"사장님이 윤혜지가 그랬다면서 말한 건 사실이지만 사장님이 없는 말을 꾸며낼 리가 없잖아요? 사장님이 얼마나 좋은 사람인데."

은나가 만난 주말 아르바이트생 역시 같은 반응이었다. 그는 이문선과 마찬가지로 윤혜지가 사장 욕을 했다는 말에 분개하면서도 "윤혜지가 그러던데"라는 말을 자주 들은 건 사실이었다며 너무 열 받은 나머지 한번은 윤혜지한테 이렇게 말했다고 덧붙였다.

"할 말이 있으면 저한테 직접 하세요. 뒷말하지 마시고."

함민은 최희주가 자신과 마찬가지로 충동에 지는 나약한 인간이라고, 그래서 자꾸 흙을 조금씩 훔치는 일을 멈출 수 없었을 거라고 여겼으나 윤혜지와 다른 직원들의 증언을 듣고 나니 생각이 달라졌다. 최희주는 자신이 하고 싶은 말, 특히 악담을 조작했다. 자신의 이미지를 지키면서도 하고 싶은 말은 다 하기 위해 주변 사람들에게 타인 핑계를 대며 부정적인 말을 쏟아냈다. 최희주는 마냥 선한 인물이 아니었다. 이건 지금까지 알게 된 정보 가운데 가장 확실한 정보였다. 함민은 상상했다. "윤혜지가 그러던데"라며 박길수에게 자신의 비루한 욕망을 쏟아내는 최희주를. 그런 최희주의 말에 긴가민가하다가 어떤 연유로 윤혜지가 아닌 최희주가 자신에게 악담을 퍼붓고 있다는 사실을 깨닫는 박길수를, 그런 박길수가 살인에 이르는 과정을.

함민이 은나와 함께 윤혜지의 증언을 보강 수사하는 사이, 이삭과 진석은 박길수의 알리바이를 확인했다.

"사건 당일 새벽 2시경 술에 취한 박길수가 직원들의 부축을 받아 아파트 입구로 들어가는 모습이 CCTV에 찍혀 있었습니다. 그 후 박길수가 다시 아파트에서 나온 것은 그날 아침 9시가 조금 넘은 시각이었습니다."

진석의 말에 함민은 기운이 좀 빠졌다. 박길수만큼 수상한 인물이 없다고 생각했건만 알리바이가 있었다니. 그렇다면 또 어디서부터 다시 시작해야 한단 말인가. 섣불리 감이 잡히지 않는 가운데 은나가 말을 꺼냈다.

"누가 그러던데, 라면서 뒷말을 하는 건 버릇이에요. 저도 그런 친구가 있어서 알아요. 한 번 그래본 사람은 다른 곳에 가서도 계속 같은 일을 반복하죠. 최희주 역시 그랬을 거예요."

은나의 말은 설득력이 있었다. 함민은 진석과 이삭에게 최희주의 과거를 조사하라고 지시했다. 그와 동시에 함민 자신도 놓친 게 있을까 싶어 다시 돈가스집으로 향했다. 박길수에게 동의를 얻어 휴대폰 이동 경로와 차량 블랙박스를 확인할 생각이었다. 알리바이 증명이 끝났는데도 함민은 박길수에 대한 의심을 거둘 수 없었다.

달이 바뀌어 9월 1일이 됐다. 여전히 이렇다 할 성과는 없었다. 이삭은 만명n커피 본점을 찾았다. 그곳에서도 최희주는 싹싹하고 궂은일도 마다하지 않는 걸로 평판이 좋았다. 다른 사람 핑계를 대며 남 말을 하는 일도 없었다. 최희주는 이곳에도 화분 몇 개를 선물했다.

"혹시 몰라 화분의 흙을 얻어 왔습니다."

이삭은 흙이 담긴 봉투를 함민에게 내밀었다. 진석은 작년 최희주의 행적을 조사했다.

"최희주의 딸 김이연이 다니는 초등학교를 찾아갔습니다. 학부모 사이의 평판도 조사했습니다. 최희주의 평판은 아주 좋았습니다. 작년까지 매해 녹색어머니회 일도 열심히 했답니다. 학교에서 행사가 있거나 하면 솔선수범해서 잡일을 하는 등 몸을 사리지 않아 인기가 많았답니다. 혹시나 싶어 최희주가 남 핑계를 대며 험담을 한 일은 없었는지 물었지만 그런 건 없었답니다."

진석이 함민에게 봉투를 내밀었다.

"흙도 부르는 이름이 여러 가지야."

함민은 흙이 든 봉투를 손에 들고 가만히 바라보다 말했다.

"관상용 화분에 흔히 사용하는 흙은 배양토라고 부르지. 이건 부엽토와 상토를 나름의 비율로 섞어서 만든 거야. 최희주는 공원 흙을 상토로 썼을 거야. 돈가스집 기름과 비슷한 느낌이라고 보면 돼. 돈가스를 튀기는 기름 말인데, 이것도 종류가 다양해. 일단 동물성 기름과 식물성 기름을 쓰는 경우로 나뉘지. 고급 튀김류를 파는 집은 직접 라드를 만드는 경우도 있고, 외국에서 수입한 걸 쓸 때도 있어. 이 라드를 만드는 일 말인데, 아주 번거로워서……."

함민은 한참 라드에 대한 이야기를 하다가 가까스로 정신을 차렸다.

"미안하게 됐다. 지금 말한 거 따로 문서로 정리해 카톡으로 공유해줘. 내가 찬찬히 다시 볼게."

이삭과 진석은 고개를 끄덕인 후 어제 일어난 새로운 강도 사건의 보강 수사를 위해 떠났다.

함민은 가볍게 한숨을 쉬었다. 이제 함민은 이삭이 왜 가끔 이상한 소리를 하는지 알 것 같았다. 이삭

나름대로 사건을 해결하기 위한 노력이었으리라. 지금은 함민이 그러고 있었다.

박길수의 동의를 받아 휴대폰 이동 동선을 확인하고 블랙박스 영상까지 봤다. 그걸로도 모자라 직접 아파트 관리 사무소를 찾아가 주차장이며 아파트 입구 부근의 CCTV까지 깡그리 분석했다. 그 결과 박길수의 무결함만 더 확실해졌다. 그런데도 함민은 여전히 박길수 생각만 했다. 집착에 가까운 생각은 돈가스에 대한 상념으로 뻗어 나갔다. 대박집일수록, 오래된 돈가스집일수록 나름의 노하우가 있다. 그런 곳의 주방장은 대부분 철두철미하고 냉철하다. 그렇기에 함민은 박길수라면 추리소설에 나올 법한 엄청난 트릭을 꾸미고도 남으리라는 생각이 들었다. 동종업 간의 경쟁 스트레스, 그 탓에 내가 원래 있던 곳에서 쫓겨났다는 피해의식, 그리고 그걸 자극하는 새로운 상황 모두 살인의 계기일 수 있었다. 또 마음에 걸리는 건 사체가 놓여 있던 방식이었다. 흙과 꽃으로 어지럽혀져 있던 사체. 어쩌면 그게 무엇인가와 관련이 있는 게 아닐까. 예를 들어 다른 곳이 사건 현장이고 그곳에서 사체를 옮긴 거라면? 그래, 화분. 흙과 깨진 화분으로 어지른 현장에 숨겨진 트릭이 있을 수도……

"팀장님! 불, 불이요!"

함민은 자신을 부르는 소리에 정신이 들었다. 놀라 고개를 돌리니 은나가 소리를 지르며 자신을 가리키고 있었다. 함민은 반쯤 멍한 상태로 은나의 손가락이 가리키는 방향을 따라 시선을 돌렸다가 자신이 그새 책상 위의 수첩에 라이터를 갖다 댔다는 사실을 깨달았다. 함민은 손에 잡히는 대로 집기들을 집어 들고 불길을 잡았으나 놀란 마음은 쉽게 가라앉지 않았다. 빨리, 어떤 식으로든 사건을 해결하지 않으면 곤란했다. 그러지 못했다가는 더 큰불을 낼지도 몰랐다. 그때는 손으로 잡을 수 있는 수준으로 끝나지 않으리라…….


같은 날 오후 2시, 함민이 과학수사반을 찾았다. 함민은 철문을 열고 들어가자마자 태을에게 다가가 대뜸 물었다.

"너 배 안 고프냐?"

"보면 모르냐? 점심 먹고 후식 중이시다."

태을은 식후 커피 믹스를 마시며 오후 업무를 시작한 상태였다.

"나가자. 내가 사줄게."

"먹었다니까?"

"일단 나가자고. 형님이 쏜다고."

태을은 함민의 억지에 어이가 없어 하면서도 일단 따라나섰다.

함민이 태을을 데리고 간 곳은 박길수의 돈가스 집이었다. 함민은 창가 자리에 앉으려는 태을을 제지 했다. 가장 안쪽에 있는 화장실 바로 앞자리에 앉더 니 태을에게 묻지도 않고 왕돈가스 두 개를 시켰다.

"야, 좋은 자리 다 놔두고 왜 여기에 앉아?"

함민은 투덜대는 태을에게 주머니에서 뭔가를 꺼 내어 보였다. 아주 낯익은 물건이었다. 사건이 일어날 때마다 태을이 반드시 챙기는 증거 수집용 작은 비닐 봉투. 함민은 언제 챙겨 온 건지 작은 티스푼을 태을 에게 슬쩍 내밀며 말했다.

"넌 저쪽, 난 이쪽. 눈치 못 채게 조심해서."

태을은 기가 막혔다. 대체 왜 저렇게까지 하는가 싶으면서도 일단은 '자칭 왓슨'답게 함민이 시키는 대 로 했다. 돈가스집 직원들 눈치를 보며 재빠르게 흙을 조금씩 채집해 자리로 돌아왔다. 주머니에 흙이 든 봉 투를 챙겨 넣은 태을이 함민에게 물었다.

"이게 대체 무슨 소용이 있는데? 뭐 무슨 요술을

부리려고 이러냐, 셜록 홈스?"

함민은 대답하지 않았다. 마침 나온 돈가스를 자른 후 고기와 튀김옷에서 수상한 점을 찾느라 바빴다.

"역시 뭐가 있긴 있는 거지? 그렇지? 괜히 뜸 들이는 거지?"

태을은 그런 함민에게 다시 한번 추궁하듯 물었지만 함민은 대답하지 않았다. 단서가 있어서 이러는 게 아니었다. 막연한 감에 매달리는 것뿐이었다. 아무리 해도 함민은 박길수에 대한 의심을 버릴 수 없었다. 박길수와 화분 생각을 떨칠 수 없다면 아예 철저하게 조사하자, 그런 생각으로 함민은 시간이 날 때마다 돈가스집에 들러 흙을 채집했다.

태을의 도움으로 함민은 토질 분석 결과를 다음 날 바로 받을 수 있었다. 태을이 왓슨 역에 심취한 덕에 일이 더 빨리 진행되었다. 함민은 제발 무언가가 있기를 간절히 바랐으나 딱히 대단한 건 발견되지 않았다.

사건의 골든 타임이 끝나는 9월 3일, 함민은 무리하게 박길수를 연행하려 들었다가 팀원들의 제지로 가까스로 멈췄다. 그날 함민은 불을 지르고 싶어 미칠 것 같았다. 이 기분이 행동으로 번질까 봐 함민은 밤을 새워 태을과 술을 마셨다. 그날 밤 태을은 "셜록 함스, 너답지 않게 왜 이러냐"라고 몇 번이고 물었고, 그때마다 함민은 말했다.

"나다운 게 뭔데."

다음 날 결국 함민은 사고를 쳤다. 화장실에 향초를 켜두고는 잊어버렸다. 그렇게 시작된 작은 불은 거실까지 번져 소방대가 출동하는 사건으로까지 이어졌다. 소방대는 함민의 부주의함에 주의를 줬다. 경찰서에서도 딱히 문책은 없었다. 함민은 두려웠다. 소방대가 출동할 정도의 사건을 일으키다니, 이건 크게 잘못되었다. 어서 정신을 차려야 했다.

이후 함민은 자신을 바쁜 사이클 위에 올렸다. 매일 새벽같이 일어나 주변을 살피는 것 외에 대부분의 시간 운동을 했다. 녹초가 되도록 근력 운동을 하고 집에 오면 뻗어서 잤다. 근육량이 늘어가는 만큼 충동은 잦아들었으나 다른 사건 현장에서 화분을 발견하면 무심코 멈춰 섰다. 흙만 보면 손가락으로 푹 찔러 관찰하다 보니 이제는 단번에 흙의 종류를 구별할 수 있게 되었다. 그렇게 시간이 흘러 11월이 되었다. 11월 11일, 세간에서 빼빼로데이라 부르는 날, 최희주가 살았던 아파트 단지에서 또 다른 살인 사건이 일어났다.


○


함민이 한참 베란다에서 흙을 관찰하는데 진석이 다가왔다. 그사이 피의자 주변을 탐문한 결과를 들려주었다.

"작년부터 부부 사이가 안 좋아졌다고 합니다."

피의자 박지혜는 아파트 근처 초등학교 선생님이었다. 작년부터 학교만 다녀오면 상당히 피곤해했다. 신경 쓰이는 학부모가 있는데 자기 기분 탓인 것도 같고 아닌 것도 같다고 했다. 함민은 그런가 보다 하고 듣다가 다음 순간 진석이 한 말에 움찔했다.

"우리 딸이 그러던데, 누구 엄마가 그러던데 등등 남 말을 앞세워 자주 박지혜에게 카톡이며 전화를 걸어 안 좋은 말을 하는 학부모가 있었답니다. 그 일로 박지혜가 스트레스를 많이 받았다더군요. 학년이 바뀐 후 괜찮아졌다가 8월 말부터 다시 예민해졌다고 합니다."

놀란 함민이 진석을 올려다보았다. 그에 답하듯 진석이 씁쓸한 미소를 지으며 고개를 살짝 끄덕여 보였다. 그런 진석의 뒤에서 이삭과 은나가 경직된 표정으로 전화 통화를 하고 있었다. 먼저 통화를 마친 건 이삭이었다.

"박지혜가 담당한 반 학생 중 김이연이 있습니다. 최희주의 딸 말입니다."

연이어 은나가 말했다.

"박지혜 아버지가 박길수입니다. 박지혜는 박길수를 통해 최희주가 만명n커피를 오픈했다는 사실을 알았답니다!"

마지막으로 진석이 말했다.

"8월 27일 사건 당일 새벽 박지혜의 휴대폰 이동 동선과 차량 블랙박스 영상을 확보하겠습니다."

한 시간 후, 박지혜가 정신을 차렸다. 그사이 함민은 박지혜가 최희주를 죽였다는 증거를 거의 다 모은 상태였다. 이제 남은 건 자백을 받아내는 일뿐이었다. 박지혜는 한 달 반 가까이 오리무중에 빠졌던 살인 사건의 진범이었다. 범행을 부인할 가능성은 있었다. 함민은 잔뜩 긴장해 말했다.

"최희주 씨, 아시⋯⋯."

함민의 말이 끝나기도 전에 박지혜가 울음을 터뜨

렸다. 기다렸다는 듯 자신이 최희주를 죽였다며 말을 쏟아내는데, 오히려 함민이 당황스러울 지경이었다.

"우리 딸이 그러던데."

최희주가 입버릇처럼 내뱉던 말이었다. 박지혜는 기분이 찝찝하면서도 그게 정말 자신을 욕하는 것인지 아닌지 알 수 없었다. 최희주가 늘 마지막에 이런 단서를 달아두었던 탓이다.

"이게 다 선생님 좋으라고 하는 말이에요."

그마저 최희주 딸의 학년이 바뀐 후로는 과거의 일이 됐다. 안 좋은 경험이었다고 생각하고 넘기려는데, 몇 달 전 박길수의 돈가스집에 갔다가 들은 말로 생각이 바뀌었다. 윤혜지가 박길수의 돈가스집을 찾아와서 이렇게 말했다는 거였다.

"사장이 '우리 알바가 그러는데'라며 이상한 말을 하지 않았어요? 그러면서 은근히 악담하지 않았어요? 그건 내가 아니라 사장이 내 핑계를 대며 한 말이에요."

이 말을 들은 박지혜는 작년 일을 떠올렸다. 최희주가 자신을 볼 때마다 남 핑계를 대며 악담을 해댔던 일, 그 탓에 다른 학부모들을 대할 때마다 의심이 생겨 서먹해진 일, 점차 학부모들과 소원해졌던 일, 최희주가 준 화분에서 자꾸만 벌레가 나와 애먹었던 일까지……. 갑자기 모든 게 의심스러웠지만 이게 다 악의를 갖고 한 일이라고는 믿을 수 없었다. 자신이 대체 뭘 어쨌다고 최희주가 이렇게까지 한단 말인가? 박지혜는 오해가 있다면 풀어야 한다고 생각했다.

이후 박지혜는 시간이 될 때마다 최희주를 찾았다. 최희주는 박지혜가 갈 때마다 자리에 없거나 있어도 바쁘다고 상대해주지 않았다. 박지혜는 포기하지 않고 계속 최희주를 찾아갔다. 기회가 왔다. 8월 27일, 최희주 사망 사건이 일어난 날이었다. 이날 최희주는 마침내 박지혜를 만나줬다. 박지혜가 작년 일을 꺼내며 대체 왜 그랬느냐고 묻자 최희주가 도리어 되물었다.

"선생님, 너무 예민하신 거 아니에요? 우리 그만둔 아르바이트생이 그러는데 예민한 여자는 박복하대요. 남편 복도 없고 아이 복은 더더욱 없는 법이래요. 성격을 좀 바꿔보는 게 어때요?"

그러더니 박지혜에게 선물이라며 화분 하나를 내밀었다.

"제가 화분을 하나 더 드릴게. 이거라도 잘 키우면서 마음을 다스려봐요."

아무런 악의가 없다는 표정을 짓는 최희주. 하지만 그녀가 손에 든 화분은 벌레라는 이름의 악의로 가득 차 있었다. 박지혜는 이성을 잃었다. 최희주가 내민 화분으로 머리를 힘껏 내려쳤다. 그간 쌓인 스트레스를 모두 쏟아냈다.

최희주를 죽인 후 박지혜는 내내 두려웠다. 곧 경찰이 자신을 찾아오리라고, 처벌을 받을 거라고 여겼다. 그런 일은 일어나지 않았다. 오히려 아버지가 살인 사건의 용의 선상에 오르는 황당한 일이 벌어졌다. 박지혜는 심하게 예민해졌다. 걸핏하면 화를 냈다. 좋아하던 베란다 정원도 더는 관리할 수 없었다. 박지혜는 그런 자신을 가까스로 다스리며 살얼음판 위를 걷듯 버티고 있었다. 남편은 막연히 박지혜가 스트레스를 받아서 그런다고 여겼다. 기분을 풀어주려고 빼빼로데이를 기념해 이벤트를 준비했다. 남편은 화분을 선물이라고 내밀며 이렇게 말했다.

"요즘 당신이 스트레스를 많이 받는 것 같아서. 이거라도 잘 키우면서 마음을 다스려봐."

그 말은 그날 최희주가 화분을 내밀며 한 말과 같았다. 그 순간 박지혜는 남편의 얼굴 위로 최희주가 겹쳐 보였다. 있어서는 안 되는 얼굴이 자신에게 미소를 짓고 있었다. 박지혜는 이성을 잃었다. 다시 한 번 화분을 들어 힘껏 최희주를, 정확히는 남편의 머리를 내리쳤다. 조금 시간이 지나자 박지혜가 정신을 차렸다. 112에 신고 전화를 걸어 "제가 사람을 죽였습니다……"라고 자백했다. 남편과 최희주, 모두를 죽였다는 뜻이었다.

함민은 쓴웃음을 지었다. 설마 몇 달간 골머리를 썩게 한 사건이 이런 식으로 해결될지는 몰랐다. 이게 현실이었다. 골든 타임인 일주일이 지난 사건의 경우, 대부분 우연히 발견한 증거, 제보 등으로 해결된다. 이번이 그런 경우였다. 그래도 함민은 심란했다.

'정말 이걸로 된 걸까. 내가 너무 무뎌져서, 증거를 놓쳐서, 또 다른 사건이 일어난 건 아닐까. 조금만 더 주변으로 시선을 돌렸더라면, 박길수의 가족 관계를 확인했더라면, 딸 김이연의 학교 관계까지 확대해 조사했더라면 점과 점이 이어져 선이 되지 않았을까.'

생각할수록 이건 함민의 실책이었다.

# 인터미션

2022년 11월 11일 자정이 가까운 시각, 카페의 문을 닫고 나서던 민규의 눈에 이상한 게 보였다. 얼마 떨어지지 않은 곳에서 검은 연기가 솟아오르고 있었다. 아무래도 불이 난 것 같았다.

민규의 기억으로 저곳은 함민의 집이 있는 방향이었다. 민규는 몇 번이고 함민의 집 근처를 기웃거리며 그의 동태를 살펴왔기에 쉽게 알아챌 수 있었다.

민규는 얼굴이 굳었다. 불안감의 정체를 확인하기 위해 발걸음을 서둘렀다.

10분쯤 걷자 낯익은 빌라 건물이 눈앞에 나타났다. 모여든 사람들이 웅성거리고 있었다. 그중에는 넋이 나간 듯한 표정의 함민도 있었다. 같은 팀 형사들이 흥분한 표정으로 함민에게 무어라 한참을 떠들었지만 그의 귀에는 들리지 않는 것 같았다.

'내가 나서야겠군.'

민규의 표정이 엄숙해졌다. 그는 한 손을 꼭 말아

쥐며 생각했다.

　‘그의 충동을 막을 수 있는 사람은 나밖에 없으니까…….’

# 장미와 초콜릿

함민은 오늘이 며칠이고 여기가 어디인지 잠시 헷갈렸다.

화재의 결과는 참혹했다. 화장실을 태운 불길은 거실까지 뻗치고 나서야 잡혔다. 그렇게 집의 절반이 날아갔다. 함민은 느릿느릿하게 기상해 안방 화장실에 들어갔다. 그곳은 멀쩡했다. 함민은 그 화장실만 썼다. 그렇게 보자면, 쓰지 않는 화장실에 불을 지른 건 이성이 남아 있었다는 뜻과 같았다. 함민은 쓴웃음이 났다. 그 순간만큼은 불을 지르지 않으면 미칠 것만 같았다. 지금은 달랐다. 후회만 반복했다. 왜 방화를 멈출 수 없을까 하는 자신에 대한 혐오감만 남아 있었다. 함민은 수염을 꼼꼼하게 면도했다. 방으로 돌아와 휴대폰을 찾았다. 언제나 손이 닿는 곳에 휴대폰을 두고 잤다. 충동이 휘몰아친 순간에도 그건 변함없었다. 휴대폰은 침대 머리맡에 잘 놓여 있었다. 다른 형사들은 보통 휴대폰이 두 대였다. 함민은 한 대만 사용했다. 사적으로 연락하는 상대가 없는 탓이었다.
함민은 오늘의 날짜와 시각부터 확인했다.

11월 17일, 목요일, 오전 8시 54분.

부재중 전화와 메시지가 잔뜩 쌓여 있었다. 함민
이 또 불을 질렀다는 사실이 소문난 모양이었다. 예전
에 함께 일했던 형사들까지 메시지를 보내놨다. 하나
같이 별것 아닌 일이다, 신경 쓰지 마라, 탄원서를 보
냈다는 위로와 격려의 내용이었다.

이것 역시 함민이 방화를 저지를 때마다 일어나는
일련의 해프닝 중 하나였다. 함민은 딱히 답장은 보내
지 않았다. 그럴 기운도, 면목도 없었다. 차례차례 메
시지를 확인하다가 팀원들과 태을이 새로 개설한 단
체 대화방을 발견했다. 이틀 전 밤에 생긴 방이었다.
처음엔 무슨 이유로 방을 만들었나 싶었으나 메시지
를 차근차근 읽으니 상황을 알 수 있었다. 진석의 첫
째 아들이 성희롱 사건의 피의자가 됐다. 게다가 실종
상태였다. 그런데 자신은 잠만 자고 있었다. 이 사실
을 깨닫자마자 함민은 다시 깊은 죄책감을 느꼈다. 거
실이 반쯤 타버렸는데 또 불을 지르고픈 충동을 느꼈
다. 한 손에 라이터를 쥐고 싶은 기분을 가까스로 외
면하며 대화창에 집중했다.

○

　현장으로 출동하는 차에 진석과 은나, 이삭이 함께 타고 있었다. 운전대를 잡은 건 진석이었다. 은나는 옆자리에 앉아 휴대폰을 들여다보고 있었다. 이삭은 뒷좌석 중앙에 앉아 둘의 눈치를 보다가 슬그머니 입을 뗐다.

　"그거 아세요? 지금 가는 건물 3층 여자 화장실에 따돌림당하다 죽은 여중생 귀신이 있대요."

　"하지 마라."

　진석이 말했다.

　"그 귀신을 부르려면 아무도 없는 화장실에서 열세 번을 빙글빙글 돈 후에……."

　"야!"

　은나가 소리쳤다.

　"화장실 세 번째 칸을 두드리며 우리 같이 놀자고 말하면……."

　그래도 이삭이 말을 듣지 않자 은나와 진석이 거의 동시에 뒷자리로 팔을 뻗었다. 이삭의 뒤통수와 이마를 동시에 가격했다.

　"팀장님은 끝까지 들어주시는데!"

"우리가 팀장님이냐?"

"나 진짜 이 차 타기 싫다. 팀장님이랑 차 타고 싶다."

"우리 삭이 매가 부족하구나? 한 대 더 맞을까?"

은나의 말에 이삭이 다시 한번 입을 삐죽거리며 마지막으로 한마디를 더했다.

"팀장님 그만두시면 어쩌죠."

이번에는 진석과 은나도 뭐라 하지 않았다. 같은 걱정을 공유하기 때문이었다.

11월 12일 함민은 정직 처분을 받았다. 자신의 집에서 방화 사건을 일으킨 탓이었다. 연은나, 경진석, 채이삭 세 명의 팀원은 크게 놀라지 않았다. 오히려 올 것이 왔구나 싶은 기분이었다.

작년 처음 평택서에 왔을 때부터 함민은 불안정했다. 사건이 일어날 때마다 신경질적으로 현장을 배회하는가 하면 해결이 더디면 자꾸 라이터를 만지작거렸다. 팀원들은 처음엔 단순히 금연 후유증이라고 생각했지만 그가 라이터의 불꽃을 빤히 바라보며 혼잣말을 반복하는 광경을 목격하자 긴장감이 커졌다. 어쩌면 그가 불을 지르고 싶어 하는지도 모른다는 의심이 생겼다.

세 명은 과거 함민이 근무했던 남양주경찰서 소속

형사에게 이 사실에 대해 물었다. 그와는 마침 소음 충 사건으로 안면을 튼 상태였다. 사안이 사안인지라 조심스럽게 접근했다. 그냥 '함민에 대해 주의해야 할 점이 있는가' 정도의 질문을 던졌을 뿐인데 단번에 원하는 답을 들을 수 있었다.

"사람이 실수를 할 수도 있는 건데 그걸 받아들이지를 못해. 스트레스를 받으면 불에 집착해. 그렇게 심한 수준은 아닌 걸로 알아. 그것 때문에 징계를 받은 적이 있거든. 한 번 그러고 나면 반년이나 버틸까. 면목이 없다면서 다른 서로 가버렸어."

여기서도 그러면 안 될 일이었다. 현재 강력 1팀은 함민을 제외하면 단 세 명뿐이었다. 이 상황에서 함민이 다른 지역으로 간다면 어떻게 될지. 세 팀원은 앞으로 함민을 더 신경 써야겠다고 생각했다.

지난 1년간 함민은 나름대로 안정을 찾은 것 같았다. 무엇보다 도움이 된 건 태을의 존재였다. 어린 시절부터 알고 지낸 친구가 곁에 있다는 것만으로 위안이 되는 모양이었다. 그러는 한편 셜록 함스라는 별명대로 사건을 빠르고 정확하게 해결했기에 팀원들은 점점 더 그를 신뢰했다. 어디까지나 지난 8월까지의 이야기다. 1년 만에 일어난 살인 사건 해결에 함민은 상당히 애를 먹었다. 이상하다 싶을 정도로 한 용의자에게 집착하는가 하면, 경찰서 안에서 불을 내려 들었다. 그러다 결국 자신의 집 화장실에 불을 질렀다. 윗선은 팀 내 함민의 역할을 참작해 최소한의 징계를 내리는 데서 그쳤다. 그게 정직 한 달의 중징계였다. 사정을 모르는 다른 사람들은 실수였겠지 했으나 세 팀원은 심각하게 받아들였다. 정직 후 함민이 거리를 두기 시작한 탓이다. 이대로 정 뗄 마음을 먹고 있을지도 몰랐다. 앞으로 반년, 길어야 1년을 채우지 못하고 평택을 떠날 가능성이 있었다.

세 명은 태을에게 도움을 청했다. 그는 함민의 기이한 버릇의 원인을 알지 않을까 싶었으나 딱히 태을도 짚이는 바가 없었다.

"나도 그걸 이해 못 하겠어. 함민이는 방화 사건 때 모두를 구한 영웅이란 말이야. 그런데 왜 불을 내려 드느냔 말이지. 질색한다면 모를까."

"혹시 그 사건의 범인이 함 팀장님이거나 하는 가능성은 없고요?"

진석이 조심스레 물었다. 이건 진석뿐 아니라 은나와 이삭 역시 계속 의심해온 부분이었다.

방화는 기질의 문제다. 함민이 어렸을 때부터 반

복적인 행동을 보였을 가능성이 높았다. 그런 가정하에 가장 마음에 걸리는 것은 1993년에 있었던 대전엑스포 방화 사건이었다.

"말도 안 되는 소리."

태을은 단번에 진석의 말을 부인했다.

"기사 찾아보면 알겠지만 발화점이 달라. 함민이는 우연히 밖에 나갔다가 그 광경을 목격해서 우리를 구한 거고."

"팀장님은 왜 나가 계셨대요?"

"호기심으로 담배를 피우려 했던 것 같아. 하지만 절대로 방화를 저지른 장본인은 아니야. 내 말 못 믿겠으면 당시 자료 찾아보든가. 진범은 따로 있으니까. 그보다 큰 문제는 책임감이야. 함민이는 방화 사건에서 전신에 화상을 입으면서도 사람들을 구했잖아. 영웅이 됐어. 특히 또래들이 함민이를 우러러봤지. 뭘 자꾸 함민이한테 부탁하기도 했어. 그런 함민이가 언제 불을 지르려 드느냐, 그건 사건을 해결하지 못했을 때야. 즉, 함민이는 사건을 해결하지 못하는 것에 대한 죄책감 탓에 기이한 행동을 하는 게 아닐까 싶어."

지나친 책임감으로 인한 심리적인 병증. 상당히 설득력이 있었다. 원인이 어느 정도 수긍된다면 다음에는 대응책을 강구해야 했다.

"다시 어딘가로 가려고 하면 어떻게 하면 좋을까요?"

"자신이 실패하지 않았다는 사실을 느끼도록 하면 되지 않을까."

진석의 질문에 태을은 무척 진지한 표정으로 답했다.

"위태위태했던 함민이가 본래의 모습을 찾은 건 우연히 어떤 사건을 해결한 후였어. 잃어버린 개를 찾아주는 일이었는데, 개를 찾은 후 함민이는 본래의 모습으로 돌아왔지. 명철하고 날카로운, 내가 좋아하는 그 녀석의 모습으로."

사건으로 받은 충격을 다른 사건으로 달랜다. 정말 무슨 셜록 홈스 시리즈에 나올 법한 에피소드였다. 시도해볼 가치는 있었다. 팀원들은 뭔가 수를 써야 한다는 조급함에 다른 팀 사건까지 가져왔다.

수변 공원에 위치한 5층 건물의 3층 여자 화장실에서 성희롱 사건이 일어났다. 피해자인 중학교 1학년 여학생 일행이 112로 신고했다. 이런 경우 강력 1팀이 현장에 출동하는 일은 흔치 않았지만 지원 요청이 들어왔다는 말에 셋은 바로 응했다.

세 형사가 현장에 도착했다. 건물 1층에는 카페와 음식점이 있었다. 2층엔 초등학생, 3층엔 중학생, 4층엔 고등학생·재수생 대상 학원이 있었고, 마지막으로 5층은 전체가 공실이었다.

"각 층에 공실이 조금씩 있는 것 같지?"

진석이 3층을 가리키며 말했다.

"이 근처 사정은 다 비슷하죠, 뭐."

역 근처 주요 상권에도 1층부터 빈 건물이 꽤 있었다. 이상한 상황은 아니었으나 세 형사는 눈여겨보았다. 어디서 어떻게 필요한 정보가 포착될지 몰랐다. 예전에는 이렇게까지 일일이 확인하고 외우지 않았다. 이것 역시 지난 1년간 함민과 지내며 생긴 버릇 중 하나였다.

세 형사는 3층에서 내렸다. 웅성거리는 소음이 그들을 맞았다. 학원 건물은 늘 북적였다. 이 건물처럼 초등학생부터 고등학생까지 모두 수용하는 입시 전문 학원 건물의 경우에는 더욱 그랬다.

다행히 가장 염려한 상황, 학생들이 현장 주변을 빙 둘러싸는 소동은 일어나지 않았다. 3층 여자 화장실이 학원 내부가 아닌 복도에 위치한 덕이었다.

여자 화장실 앞에 두 명의 제복 경관이 여중생 무

리와 함께 서 있었다. 제복 경관 중 한 명은 여경이었
다. 불안한 표정으로 각기 휴대폰만 들여다보고 있던
학생들은 세 형사가 다가가 정체를 밝히자 기다렸다
는 듯 말을 쏟아냈다.

"그놈 빨리 좀 잡아 주세요. 아직 이 건물에 있을
거예요."

"얘 가슴을 만지고 도망쳤어요."

"저희 증거도 있어요."

여학생들이 한꺼번에 증언하기 시작하자 은나와
진석은 거의 동시에 이삭의 등을 떠밀었다. 얼결에 한
발 앞선 모양새가 된 이삭이 은나와 진석을 원망스럽
게 쳐다본 후 여학생들에게 더 가까이 다가갔다. 그사
이 은나와 진석은 제복 경관에게 좀 더 구체적인 사
항을 전해 들었다. 사건이 일어난 건 오후 6시 23분이
었다. 3층 여자 화장실에서 한 남학생이 여학생의 가
슴을 만지고 달아났다. 여학생들은 이 상황을 휴대폰
으로 촬영했다. 화장실 앞에는 다른 학생들도 있었다.
고등학생으로 보이는 남학생 세 명이었다. 그들은 휴
대폰으로 촬영만 할 뿐 도망치는 남학생을 잡으려 하
진 않았다.

"입수한 당시 영상입니다."

제복 경관은 은나에게 태블릿을 보여주었다. 복도에서 찍은 영상엔 화장실 문이 열리면서 굳은 얼굴로 달려 나오는 남학생의 얼굴이 잘 드러나 있었다. 은나는 어쩐지 그 남학생의 얼굴이 낯익었다. 어디서 봤던가 기억을 더듬는데 옆에서 진석이 말했다.

"경율……."

진석의 말에 은나는 설마설마하는 심정으로 남학생의 얼굴을 다시 들여다보았다가 그의 정체를 깨달았다. 정말 율이었다. 경진석의 올해 초등학교 5학년인 첫째 아들.

"율이 여기 학원 다녀?"

"걔는 태권도만 해."

"그런데 왜 여기에?"

"혹시 용의자 가족이세요?"

제복 경관의 말에 은나는 난감해졌다. 다른 사람도 아닌 진석의 아들이 용의자라니. 뭐라 해야 할지 모르겠어 진석의 눈치만 보는데 여중생들을 상대하던 이삭이 소리를 질렀다.

"율이에요! 진석이 형님 아들, 첫째 율이가 용의자예요!"

이삭의 말에 진석과 은나가 제복 경관과 어색하게

눈이 마주쳤다. 제복 경관은 고개를 좌우로 가로저은 후 이렇게 말했다.

"협조 감사했습니다. 나머지는 저희가 맡겠습니다."

용의자 측 관계자는 물러나달라는 말이었다. 은나는 그러지 말고 사정 좀 봐달라고 부탁하고 싶었으나 진석이 빨랐다. "잘 부탁드립니다"라고만 말한 후 고개를 꾸벅 숙이고 뒤로 물러나더니 성큼성큼 걸어가 이삭의 어깨를 잡아 끌고 엘리베이터에 올라탔다. 은나 역시 그런 진석, 이삭과 함께 물러났다.

진석은 엘리베이터에 타자마자 바로 휴대폰을 찾아 들었다. 율에게 전화부터 걸었다. 율은 전원을 꺼놓은 상태였다. 진석은 아내에게 전화를 걸었다. 통화 연결음은 이어졌지만 아내는 전화를 받지 않았다.

"집에 가봐야겠다. 어쩌면 율이 상대하느라 전화를 안 받는지도 몰라."

"저희도 같이 갈게요."

이삭과 은나의 말에 진석은 망설이다 고개를 끄덕였다.

진석의 집은 사건이 있던 학원에서 걸어서 5분, 차로 15분 거리였다. 차를 타는 게 더 오래 걸리는 이

유는 학원과 빌라 사이를 가로지르는 개천이 있어서였
다. 차를 타면 천변을 빙 돌아가야 했다. 대신 걸어갈
땐 개천 사이 나무다리를 건너면 바로였다. 집으로 가
는 내내 진석의 머릿속엔 단 하나의 생각만 가득했다.

'이건 분명, 그 여자친구 탓이다.'

율은 5학년이 되고 얼마 지나지 않아 여자친구가
생겼다. 상대는 자신보다 두 살 많은 중학교 1학년이
었다. 성인의 두 살 차이는 그다지 큰 나이 차가 아니지
만, 초등학교 고학년들 사이에서는 굉장한 이슈였다.

율은 연상 여자친구의 눈을 의식해 자주 사고를
쳤다. 한번은 힘 자랑을 하다 다친 적도 있었다. 율은
어렸을 때부터 태권도 학원에 다녀 벌써 고단자였다.
율은 여자친구에게 자기 실력을 보여주겠다며 학교
운동장에서 기왓장 깨기에 도전했다가 팔이 부러졌
다. 율은 엄마를 우습게 봤다. 대신 진석의 말은 곧잘
들었다. 특히 이런 식으로 사고를 칠 때면 진석 말고
는 누구도 그를 제어할 수 없었다. 이때도 진석이 나
서서 율을 따끔하게 혼냈다. 이번에는 통하지 않았다.
어느새 율에겐 생활의 최우선 순위가 여자친구가 되
어 있었다. 그맘때 율은 용돈도 사양했다. 여자친구가
용돈을 준다는 것이었다. 그는 자주 율에게 비싼 브랜

드의 운동화며 모자를 사주기도 했다. 중학생치고 씀
씀이가 컸다. 그렇기에 진석은 더욱 염려했다. 아들이
다른 목적이 있는 상대를 사귀는 것 같아 보여서였다.
진석은 율의 여자친구를 한번 만나보고 싶었으나, 아
들은 여자친구의 프라이버시를 지켜줘야 한다며 거
부했다. 진석은 차라리 빨리 섣부른 첫사랑이 끝나면
좋겠다고 생각했다.

　율은 2학기가 시작되기가 무섭게 또 사고를 쳤다.
이번엔 무려 학교 옥상에서 6학년 학생과 일대일로
싸움이 붙었다. 상대가 "건방지게 중학생이랑 사귀는
게 누구냐"라며 먼저 시비를 걸어왔고 율이 "그게 나
다"라고 받아치며 몸싸움이 벌어졌다. 다행히 쌍방 과
실로 끝나며 사건이 학교폭력대책심의위원회로 회부
되진 않았지만 진석은 엄하게 율을 혼냈다. 한 번만
더 사고를 치면 여자친구와 헤어지게 만들겠다고 으
름장을 놨다. 율은 콧방귀를 뀌었다. 오히려 가출하겠
다며 날뛰었다. 얼마 지나지 않아 이런 율의 태도가
달라졌다. 진석은 무슨 심경의 변화인가 싶었는데 율
의 대답이 가관이었다.

　"여자친구가 한 번만 더 사고 치면 헤어질 거래."
　진석은 어이가 없어 웃었다. 대체 얼마나 좋아하

면 말 한마디에 바로 정신을 차린단 말인가.

이런 아들이 다른 여중생을 성희롱하다니. 진석은 자신의 판단이 감정에 치우쳐 비합리적이라는 걸 알았지만 자기 아들을 일단 믿고 싶었다.

"이 시간에 웬일이야?"

아내가 문을 열고 들어오는 진석과 두 형사를 맞았다. 진석은 대답 대신 집 안으로 급히 들어갔다. 율의 방부터 시작해 둘째 운의 방과 안방까지 모두 살폈다. 어디에도 율이 없다는 사실을 확인하자 진석은 얼굴이 굳어 아내에게 물었다.

"율이 안 들어왔어?"

"태권도장 갔어."

"마지막으로 연락한 게 언제야?"

"태권도장 나와서 친구 만나러 간다고 카톡 왔었어."

"휴대폰 줘봐."

오후 5시 12분에 마지막 메시지가 와 있었다. 진석은 대화 화면을 캡처해 자신에게 전송한 후 다시 율에게 전화를 걸었다. 진석은 전화가 꺼져 있다는 사실을 재차 확인하고 율의 방으로 향했다.

"율이 태블릿 어디 있지? 그거 여자친구가 사준 거 맞지?"

"왜 그래? 무슨 일 있어?"

진석은 이번에도 대답 대신 한참 책상을 뒤진 끝에 태블릿을 찾아냈다. 그걸 들고 다시 현관으로 향했다.

아내가 은나와 이삭에게 물었다.

"무슨 일이에요? 우리 율이 또 사고라도 쳤어요?"

그때까지 둘은 집 안에 들어가지도 못한 채 현관에 어정쩡하게 서 있었다. 분위기가 살벌한 탓이었다.

"내가 알아서 할게."

"뭘 알아서 하는데. 왜 그러는데."

진석은 아내의 말을 무시하고 집을 나섰다. 은나와 이삭은 어색하게 인사한 후 그런 진석을 따라 집을 나섰다.

"여기서 헤어지자."

진석은 율의 태블릿을 켜며 말했다.

"너흰 서로 돌아가. 나는 율이 찾아볼게."

"저희도 도울게요."

"개인 문제야. 너희 업무 봐."

진석은 생각나는 번호를 계속 눌러봤지만 태블릿은 열리지 않았다.

"말 같지 않은 소리 한다."

은나가 태블릿을 빼앗았다.

"어떻게 이게 선배 혼자만의 문제야? 만에 하나 율이 문제 커져서 선배 근신이라도 먹으면 우린 어떻게 될 거 같아?"

"그래요. 일단 평소대로 가요. 제가 연상의 첫사랑 이라고 하니까 생각난 괴담이 하나 있는데요."

"그건 하지 말고!"

은나가 결국 태블릿으로 이삭의 머리를 한 대 내리쳤다.


세 형사는 다른 사건을 수사할 때와 마찬가지로 팀을 나눴다. 현장은 은나가 담당했다. 사건 장소가 여자 화장실인 만큼 드나들기에 은나가 가장 용이했다. 진석은 태권도장으로 갔다. 율이 마지막으로 방문했다던 곳에서 상황을 파악하기 위해서였다. 마지막으로 이삭은 차를 몰고 경찰서로 향했다. 바로 과학수사반으로 가서 태을에게 태블릿을 열어달라고 부탁했다.

"비밀번호 걸렸네. 이건 못 해. 포기해. 차라리 셜록 홈스한테 풀어달라는 게 빠르겠다. 연락해봤어?"

"그게, 아직……."

태을은 혀를 차며 이삭에게 태블릿을 되돌려주며 덧붙였다.

"귀찮게 해. 계속 신경 쓰게 만들란 말이야."

이삭은 태을의 말을 진지하게 받아들였다. 새 단체방을 만들어 은나와 진석, 함민과 태을을 초대해 태을에게 들은 것을 그대로 전했다.

은나는 평소 이삭이 자기 멋대로 떠들어대는 걸 좋아하지 않았지만 이번에 이삭이 멋대로 벌인 일, 단체방을 개설하고 함민을 초대한 건 마음에 들었다.

이 사건은 별것 아니다. 얼마 안 가 율의 행방을 찾아낼 수 있을 거다. 어쩌면 태권도장에 간 진석이 율의 행방을 알아냈다고 금방 연락을 해 올지도 몰랐다. 그래도 함민은 끌어들여야 했다. 그가 정을 떼고 떠나려는 걸 막아야 한다.

**은나**  이쪽 탐문 시간 좀 걸릴 거 같긴 한데, 일단 한 시간 후에 그 카페서 만나는 거 어때?

은나가 말한 곳은 함민의 집 근처에 위치한 그의 단골 카페였다. 경찰서에서 거리가 있기에 기밀을 이야기하기에 제격이었다.

단번에 모두에게서 그러겠다는 답이 왔다. 끝내

누군가 읽지 않았다는 표시인 1은 남아 있었으나 이걸로 일단 됐다고 생각한 은나는 다시 눈앞의 현장을 바라보았다.

현장인 3층 여자 화장실은 출입 금지 조치조차 되어 있지 않았다. 단순 성희롱 사건이라고 판단한 탓이리라. 그편이 은나가 조사하기엔 편했다.

은나는 단체 대화방을 통해 공유받은 동영상과 눈앞의 화장실을 비교했다. 총 다섯 개의 칸이 일렬로 늘어서 있었다. 그중 실랑이가 일어난 곳은 3번 칸이었다. 동영상에서 율이 여자 화장실 밖으로 달아나려고 버둥대는 것을 여학생들이 양쪽에서 막고 있었다. 은나는 같은 층의 학원으로 향했다. 학원 측에 신분을 밝힌 후 여학생들을 불러달라고 요청했다.

"우리 학생 아니에요."

예상치 못한 답이 돌아왔다.

"여기 학생이 아니라고요? 다섯 명 다요?"

"네, 그런 일이 있었으면 저희가 바로 알죠. 학부모들께 연락도 드려야 하고요."

여중생들은 이 건물의 학원을 다니지 않았다. 그건 율이 역시 마찬가지였다. 왜 하필 그들은 이 학원 3층에서 마주쳤을까?

　은나는 현장에서 만났던 제복 경관에게 무전을 쳤다. 여학생들의 연락처를 받아낼 셈이었다.

　"그 사건, 현장에서 마무리됐어요."

　아까 여학생들은 당장 율을 잡아야 한다고 난리였다. 그런데 그사이 피해자가 마음을 싹 바꿔서 괜찮다고 했단다.

　은나는 찜찜했다. 그래도 일단은 아들 걱정에 전전긍긍하고 있을 진석에게 전화를 걸어 이 사실을 알렸다.


　율이 다니는 태권도장은 평택경찰서에서 은퇴한 OB가 운영하는 곳이었다. 그러다 보니 초등학생 위주의 다른 태권도장과 달리 다양한 연령대의 사람들이 다녔다.

　진석이 태권도장에 도착했을 땐 성인 저녁반이 막 시작된 시간이었다. 관장은 입으로 구령을 붙이다 진석을 발견하고는 다가와 아는 체를 했다.

　"율이 사범님은 어디 계십니까?"

　진석이 주변을 살피며 말했다.

　"퇴근했지. 왜, 연락처 공유해줘?"

　"있습니다."

　진석은 바로 사범에게 전화했다. 율의 행방에 대해 묻자 즉답이 왔다.

　"오늘 여자친구 만난댔어요. 엄청 멋을 부렸더라고요."

　진석은 그 말에 동영상 속 율의 모습을 떠올려보았다. 딱히 멋을 부린 것 같진 않았었다. 진석은 사범에게 혹시 여자친구의 연락처를 아느냐고 물었지만, 예상대로 모른다는 답이 돌아왔다. 일단 알았다고 하고 전화를 끊은 후 진석은 휴대폰에 저장되어 있는 율의 친구들에게 전화를 돌려보았다. 마찬가지 답이 돌아왔다. 율이 오늘 여자친구를 만난다고 신이 났더라는 말이었다. 진석은 혹시 하는 마음으로 여자친구에 대해 아는 게 있는지 물었으나 누구도 나이 외의 정보는 알지 못했다. 율이 그의 존재를 철저히 숨겨온 듯했다.

　결국 아무 단서도 찾지 못했다. 진석은 어쩌면 좋은가, 다시 현장으로 가서 주변 탐문을 해야 하나 싶어 우왕좌왕했다. 평소라면 누구보다 냉철할 진석이 아들의 일이라고 쩔쩔매고 있었다. 한참 끙끙대고 있을 때 은나에게 전화가 왔다. 예상치 못한 소식이 들려왔다. 피해 여학생이 사건 접수를 취소했다는 이야기였다.

"태권도장에서는 뭐래?"

"오늘 여친 만난다고 했대."

"이 상황에 데이트 중이라고?"

은나가 어이없는지 웃었다.

"그러게나 말이다."

진석은 처음으로 조금 웃을 수 있었다.

"나는 일단 집에 돌아갈게. 아내에게 상황을 전해야 하니까. 오늘 고마웠다."

전화를 끊은 뒤 진석은 긴장이 풀렸다.

단체 대화방에 들어가 숫자 1이 사라졌나 확인했다. 여전히 1은 사라지지 않았지만 사건은 일단락됐으니 함민을 귀찮게 할 일은 없을 듯했다.

태을은 함민을 귀찮게 해야 한다고, 이런 때일수록 사건에 집중하게 해야 한다고 말했지만 진석의 생각은 달랐다. 진석은 스트레스를 심하게 받으면 외부와 거리를 뒀다. 아내와도 대화하지 않고 어딘가에 콕 처박혀 자신의 마음이 나아지길 기다렸다. 진석은 함민도 그럴 것 같았다.

그런 생각이 든 건 함민의 과거를 들은 후부터였다. 진석이 경찰이 된 계기도 비슷했다. 그는 중학생

시절 동네 형들에게 자주 돈을 뜯겼다. 그 일로 태권
도를 배우기 시작했다. 처음엔 신변을 지키기 위한 정
도의 수준이었지만 점점 마음가짐이 달라졌다. 타인
을 지키고 싶다, 약한 사람을 돕는 사람이 되고 싶다
는 생각이 생겼다. 그래서 아들 율에게 태권도를 배우
게 한 것도 있었다.

집으로 돌아가는 진석의 발걸음이 아까보다 훨씬
가벼웠다. 그의 머릿속엔 이제 율을 어떻게 혼쭐을
낼지, 아내에겐 어떻게 설명을 할지에 대한 생각뿐이
었다.


은나는 진석과 통화를 끝낸 후 다시 제복 경관에
게 무전을 쳤다.

"피해 여학생 연락처 좀 받을 수 있을까요."

상황은 종료됐지만 마음에 걸리는 건 확인하고 싶
었다. 제복 경관은 처음엔 이유를 묻다가 진석의 아
들이 아직도 집에 안 돌아와서 그런다고 말하자 바로
연락처를 알려주었다.

"겁을 많이 먹었나 보더라고요. 잘 달래주세요."

은나는 전화를 끊은 후 피해 여학생에게 전화를
걸었다. 여학생은 전화를 받지 않았다. 모르는 번호라

받지 않는 건가 싶어 은나는 문자를 보냈다. 자신은 경찰이며, 사건과 관련해서 좀 더 이야기할 게 있다고 하자 답장이 왔다.

왜 만나야 해요? 저 신고 취소했는데요?

은나는 문자를 보자마자 바로 전화를 걸었다. 이 번에도 여학생은 전화를 받는 대신 문자만 보내왔다.

전화 받는 거 무서운데 그냥 문자로 하면 안 돼요?

은나는 한숨을 길게 내쉬며 답장을 보냈다. 일단 신고를 했으니 보다 정확한 상황 파악이 필요해서 그 런다, 만나서 이야기를 좀 더 듣고 싶다, 라는 요지의 장문을 보내자 조금 지나 다시 답장이 왔다.

만나는 건 무서워요. 그냥 전화 주세요.

가까스로 통화가 시작됐다. 상당히 조용한 가운데 사람들의 말소리며 웅성거리는 소리가 간간이 들렸다.
"문자 보낸 형사예요. 당시 어떤 상황이었는지 좀

더 자세히 들어야 해서 그래요. 학생들이 화장실에 갔을 때 아무도 없었는데, 갑자기 남학생이 튀어나온 거예요?"

"네, 갑자기 튀어나와서 가슴을 만지고 도망쳤어요."

"내가 알아봤는데 학생들 거기 학원 안 다닌다던데? 왜 그 시각에 그 건물 화장실에 가 있었어?"

은나는 슬그머니 말을 놓았다.

전화 반대편에서 웅성거리는 소리가 났다. 여학생들이 여전히 다 함께 모여 있는 모양이었다. 한참 답이 없던 중에 다른 아이의 목소리가 들려왔다.

"화장실 귀신 확인하러 갔어요."

"화장실 귀신이라고?"

은나는 저도 모르게 되물었다.

"네, 그 건물 3층 여자 화장실 세 번째 칸에 왕따당해 죽은 여중생 귀신이 나오거든요. 그 귀신을 만나려면 아무도 없을 때 혼자 가야 해요. 그때 이상하긴 했어요. 노크를 하고 아무리 기다려봐도 세 번째 칸에 있는 사람이 안 나오는 거예요."

여학생들은 설마 진짜 귀신이라도 있나 싶었다. 그래서 다 같이 양옆 칸 변기 위로 올라가 내부를 확인하려 했다. 그런데 갑자기 세 번째 칸 문이 열리면서 남학생이 튀어나왔다.

"신고는 왜 취소했어?"

"처음엔 뭔가 나쁜 놈 혼쭐을 내줘야 할 것 같아서 경찰에 신고했는데요. 엄빠를 부르라잖아요. 그럼 그때 거기에 왜 갔느냐고 백 퍼 혼나잖아요."

은나는 일단 알았다고 하고 전화를 끊고 번호를 저장했다. 그런 뒤 화장실 곳곳의 사진을 찍었다. 특히 세 번째 칸 내부를 유심히 들여다봤다. 다른 칸과 별반 다르지 않았다. 중앙에 변기가 있고 우측에는 화장지와 쓰레기통이 있었다. 쓰레기통에는 탄산수 공병과 샌드위치 용기 등이 쓰레기와 섞여 있었다.

은나는 귀신의 존재를 믿지 않았으나 아무도 없는 곳에서 사진을 찍고 있자니 정말 귀신이 있는 건 아닐까 궁금해지긴 했다. 은나는 단체 대화방에 직접 찍은 사진과 여학생과의 통화 녹취 등 모든 정보를 공유한 후 진석과 통화한 내용을 알렸다. 이따가 만나기로 한 약속이 취소됐다는 이야기에 태을과 이삭은 아쉬워하면서도 납득했다. 그러도록 1은 사라지지 않았다. 하지만 율이 돌아오면 모두 끝날 일이기에 은나는 더는 신경 쓰지 않았다.

○

　함민은 눈도 깜빡이지 않고 단체 대화방에 올라온 기록들을 빠르게 훑었다. 연달아 의심스러운 것들을 찾아낼 수 있었다. 왜 율은 태블릿을 열심히 숨겨놨을까. 왜 율은 그런 짓을 했을까. 뭣보다 율은 어디로 사라진 걸까……. 그러다 마지막에 은나가 보낸 메시지를 보고 맥이 빠졌다. 사건 접수 취소.

　이 정도 의문은 함민의 충동을 부채질할 수준은 아니었다. 함민은 주먹에 들어간 힘을 풀고 진석에게 전화를 걸어서 율의 사정을 묻고 싶었지만 때는 고작 오전 9시가 조금 넘은 시각, 출근 직후라 한창 정신이 없을 터였다.

　함민은 일단 단골 카페에서 커피를 한 잔 마시기로 했다. 카페 사장과 세상 사는 이야기를 나누고 나면 진석에게 전화하기에 괜찮은 시간이 될 듯했다. 그렇게 무심코 양복을 꺼내 입으려다가 함민은 멈췄다. 이건 출근이 아니다. 정장을 입을 필요가 없다. 대신 함민은 평소 운동할 때 입는 트레이닝 복을 입었다. 운동화를 꺾어 신고 천천히 단골 카페로 향했다. 그렇게 카페 문을 열고 버릇처럼 사장에게 인사를 하려다가 뜻밖의 인물들을 발견하고 당황했다.

"너희들, 여긴 왜."

카페 입구와 가까운 자리에 은나와 이삭이 앉아 있었다. 그들을 발견한 함민은 갖가지 기분에 휩싸였다. 반가움과 미안함, 창피함과 당혹감 중 가장 먼저 든 기분은 불길함이었다. 출근 시간에 왜 카페에 와 있단 말인가.

"1이 지워졌더라고요."

은나가 말했다.

"카톡을 확인하셨기에 말이죠. 근처에 있다가 바로 댁으로 찾아가 뵐까, 싶어서."

이삭이 말했다.

"왜 날 찾는데?"

함민의 질문에 은나와 이삭은 즉답하지 못했다.

"커피 나왔습니다."

카페 사장이 슬그머니 끼어들었다. 탁자에 커피를 내려놓으며 자신은 아무것도 모른다는 듯 덧붙였다.

"편하게 앉아서들 이야기하세요."

카페 사장의 말에 함민이 일단 자리에 앉았다.

"그래서 왜 온 건데?"

함민은 뜨거운 커피 한 모금으로 목을 축인 후 다

시 한번 물었다. 이삭은 시선을 피했다. 괜히 손에 든
아이스 아메리카노를 빨대로 빨아 마시며 은나만 흘
낏거렸다.

은나는 여전히 답을 머뭇거렸다. 깍지 낀 손으로
머그잔을 감싸고 있다가 함민이 커피를 입에 한 번
더 갖다 대는 걸 보고서야 입을 열었다.

"율이가 안 돌아왔습니다."

함민은 커피잔을 든 채 그대로 멈췄다. 단체 대화
방을 봤을 때 사건은 해결된 분위기였건만 이게 무슨
소리인가.

"그리고 진석 선배도, 안 돌아왔습니다."

은나는 말을 이었다.

"어제저녁 이후 연락이 끊겼습니다. 휴대폰이 두
대 다 꺼져 있습니다."

탁. 함민이 커피잔을 소리 나게 내려놓았다. 현직
경관이 연락이 되지 않는 건 큰 문제였다. 무단으로
근무지를 이탈할 경우 징계 처분을 받을 수 있었다.
그걸 잘 아는 진석이 전화를 꺼놓는다는 건 말이 안
됐다. 사고를 당했거나 위험한 일에 휘말렸을 가능성
이 높았다.

"아직 상부에 보고를 올리지는 않았습니다. 알려

지면 무슨 일이 생길지 모르니깐요."

함민의 정직에 진석의 행방불명이라면 팀이 해체될 수도 있을 정도로 중대한 위기 상황이었다.

함민은 지금 상황이 잘 이해가 되지 않았다. 잠깐 잠들었던 사이 진석의 아들이 사고를 치고 가출을 했다. 연이어 진석의 휴대폰이 꺼지고 행방이 묘연해지다니, 꿈에서 덜 깬 건가 싶었다. 찰싹. 함민은 한 손으로 자신의 뺨을 때려보았다. 얼얼했다. 꿈은 아니었다. 그렇다면 지금 해야 할 일은 단 하나뿐이었다. 함민은 다시 커피를 손에 들었다. 아직 뜨거웠지만 그대로 단번에 털어 마셨다. 빈 컵을 테이블에 내려놓으며 말했다.

"현장으로 가자."

은나와 이삭은 잠시 놀란 표정으로 그런 그를 바라보았지만 일단 따라서 자리에서 일어섰다.

세 명은 바로 은나의 차에 올라탔다. 함민은 무심코 보조석에 타려다 자신의 옷차림을 떠올리고는 뒷좌석 가운데 자리에 앉았다. 은나와 이삭은 서로 마주본 후 앞 좌석에 탔다.

"채이삭."

차가 출발하자마자 함민이 말했다.

"그 괴담 제대로 처음부터 끝까지 말해봐."

"네?"

은나가 의아하다는 듯 되물었다.

"왜? 뭐 이상해?"

함민이 은나만큼 의아하다는 표정으로 말했다.

"아닙니다! 전혀 이상하지 않습니다!"

이삭이 보통 때보다 훨씬 의기양양해진 표정으로 말했다.

"지금 가는 건물 3층 여자 화장실에서 따돌림당하다 죽은 여중생 귀신이 나온다고 합니다. 이 귀신을 부르려면 아무도 없는 화장실에서 열세 번 빙글빙글 돈 후 세 번째 칸을 두드리며 우리 같이 놀자, 라고 말해야 합니다. 아, 선물도 잊으면 안 됩니다. 이 귀신은 초콜릿을 좋아하거든요. 초콜릿을 선물로 주면 소원을 이루어준다고 합니다."

함민은 팔짱을 끼고 생각에 빠졌다. 여중생들 사이에서 화장실 귀신 괴담이 퍼졌다면, 초등학생들 사이에서도 마찬가지였으리라. 그렇다는 건 율도 뭔가 소원을 이루려고 그 화장실에 들렀을 가능성이 있다는 소리였다. 그렇게 가정하더라도 가슴을 만지고 도망친 건 여전히 납득이 가지 않았다.

세 형사가 탄 차가 학원 건물 지하 주차장에 도착했다. 차에서 내린 후 함민은 진석과 은나, 이삭이 그랬듯이 엘리베이터 앞에 부착된 건물 안내도를 뚫어져라 쳐다보았다.

"CCTV는?"

"네?"

"사건 당시 3층 화장실 주변 CCTV는 어떻게 됐지?"

함민의 말에 은나와 이삭은 아차 싶은 표정이었다. 당시 용의자 정체에 너무 당황한 나머지 현장 영상을 확보하지 않은 상태였다. 함민은 크게 타박하지 않았다. 자신은 사건이 일어났을 당시 곰처럼 집 안에서 꼼짝도 하지 않고 있었다.

"이삭이는 CCTV 확보하고 따라와. 은나는 나랑 3층 가자."

함민은 은나에게 먼저 화장실에 들어가 사람이 있나 확인하게 했다. 아무도 없는 걸 확인하고 함민은 문을 활짝 연 상태에서 안으로 들어갔다.

함민은 다섯 개의 칸을 차례로 들여다보았다. 은나 역시 그런 함민의 시선을 따라 화장실을 유심히 관찰했다. 이틀 전과 딱히 달라진 건 없어 보였다. 함민은 모든 칸을 살핀 후 복도로 나왔다.

"근처에 편의점이 어디 있지?"

"바로 옆 건물 1층에 있습니다."

함민은 고개를 끄덕인 후 바로 그곳으로 향했다. 편의점 직원에게 이틀 전 태권도 학원이 끝난 시각부터 사건이 접수된 시각까지의 CCTV 영상을 부탁하며 진석의 사진을 내보였다. 곧장 어제 진석이 다녀갔다는 답을 들을 수 있었다.

"그 친구가 보고 간 영상을 부탁합니다."

편의점 직원은 바로 영상을 찾아주었다. 영상엔 율이 편의점에서 초콜릿과 장미꽃, 플라스틱 병에 든 음료수며 빵을 구입하는 모습이 찍혀 있었다.

"형사님 좀 특이하셨어요. 이 영상을 보신 후에 초콜릿이랑 장미를 똑같이 사서 가셨어요."

함민은 동영상을 공유받은 후 율이 구입한 것과 같은 장미와 초콜릿을 구입했다. 장미는 플라스틱 모조품이었다.

"쓰레기를 보고 짐작하신 거죠?"

은나가 편의점을 나오자마자 물었다.

"정답."

함민이 고개를 끄덕였다.

"편의점에서 나와 어디로 간 거냐, 진석아."

함민은 다시 단체 대화방을 살폈다. 은나는 그런 함민을 숨죽여 관찰했다. 함민이라면 자신들이 찾지 못한 뭔가를 발견해줄 것 같았으나 휴대폰에서 시선을 뗀 함민은 이렇게 말했다.

"모르겠네."

은나는 좀 맥이 풀렸다. 그런 은나에게 함민은 이렇게 덧붙였다.

"이삭이랑 합류해서 서로 돌아가."

"아직 CCTV 확보 안 됐는데요."

"단체방에 올리면 되잖아."

"팀장님, 지금이 그럴 상황이 아니지 않습니까. 진석 선배 없어진 거 서에서는 몰라요. 어서 찾아야죠."

"그러니 어서 돌아가라는 거야. 이건 나한테 맡기고."

말투는 부드러웠지만 표정은 경직되어 있었다. 은나는 불만 많은 표정이었지만 일단 빌딩 앞에 멈춰 섰다. 함민은 다시 한번 어서 돌아가라고 말한 후 건물로 들어갔다.

함민은 3층 현장으로 향했다. 편의점 영상을 본

순간, 함민은 어쩐지 율이 화장실 귀신에게 소원을 빌려고 했다는 확신이 들었다. 율이 구입했다는 장미와 초콜릿, 그건 귀신에게 바치는 공물이었으리라.

율은 귀신이 소원을 들어준다는 이야기를 진지하게 믿었다. 그렇기에 아무도 없는 여자 화장실에 들어가 소원을 빌었다. 정말 귀신이 나왔다면 어땠을까. 그 귀신이 율에게 그런 짓을 시켰다면, 성희롱을 해낸다면 소원을 이뤄주겠다고 말했다면 어떨까.

함민은 귀신의 존재를 믿었다. 전신 화상을 입었을 당시 본 소년은 유령이 분명했다. 그러니 화장실에서 율이 귀신을 만난 것도, 소원을 빌고 지시를 따른 것도 함민의 기준으로는 충분히 가능한 일이었다.

엘리베이터가 3층에 멈췄다. 함민은 여자 화장실 문을 열며 "경찰입니다. 잠시 들어갑니다"라고 외쳤다. 세 번째 칸 앞에 장미와 초콜릿을 놓은 후 이삭이 가르쳐준 대로 제자리에서 열세 번을 빙글빙글 돈 후 말했다.

"우리 같이 놀자."

함민은 생각했다. 만약 이 주문에 귀신이 나온다면, 어떤 소원을 빌까. 물론 한 가지밖에 없었다. 방화 충동을 멈추는 것, 그것만이 함민이 절실하게 원하는 소원이었다.

귀신은 나타나지 않았다. 주문이 잘못되었거나 헛소문이었으리라. 함민은 바닥에 놓은 장미와 초콜릿을 주워 변기 위에 다시 올려놓으려다가 이상한 사실을 한 가지 더 깨달았다.

'율이 산 장미와 초콜릿은 어디로 갔을까?'

단체방엔 장미와 초콜릿이 발견되었다는 언급은 없었다. 은나가 찍은 현장 사진에서도 마찬가지였다. 어쩌면 진석도 이 사실을 눈치챘을지 몰랐다.

함민이 다시 휴대폰을 켰다. 사건이 일어났을 당시의 현장 동영상을 새삼 더 꼼꼼히 살폈다. 여러 번 재생한 구간은 여중생들과 율이 실랑이하는 장면이었다. 그들의 모습 뒤로 세 번째 칸의 안쪽이 살짝 보였다. 함민은 그 부분을 자세히 확대해 본 끝에 장미와 초콜릿이 변기 위에 놓여 있는 것을 확인할 수 있었다. 장미와 초콜릿은 언제 없어졌을까. 함민은 이 부분을 확실하게 하고 싶었다. 당시 현장에 있었다던 제복 경관에게 전화를 걸어 자신의 신분을 밝힌 후 이 사실에 대해 물었다.

"없었습니다."

제복 경관은 가타부타 더 묻지도 않고 단번에 대

답하더니 이렇게 덧붙였다.

"이 전화는 못 받은 걸로 하겠습니다. 현재 정직 중이신 걸로 아는데요."

함민은 쓴웃음을 지으며 감사하다고 말한 후 전화를 끊었다.

변기 위에 장미와 초콜릿이 없었다. 숨길 수 있는 인물들은 정해져 있었다. 여학생들, 피해자와 같은 무리의 여학생들이었다.

'날 만나주려나.'

그들은 경계가 심하다고 들었다. 은나마저 만나주지 않았으니 함민을 피할 가능성은 더욱 높았다. 이럴 때 도움이 되는 건 이삭이었다. 이삭의 말솜씨라면 어렵잖게 여중생들과 만날 약속을 잡을 수 있으리라. 함민이 이삭에게 연락을 할까 망설이는데 은나에게 메시지가 왔다. 바로 옆 빌딩 코인노래방에서 여학생들과 만나기로 약속했다는 소식이었다.

은나는 서에 돌아가라는 함민의 말을 듣지 않았다. 그 사실에 함민은 약간 화가 나면서도 그가 자신과 비슷한 속도로 추리를 해낸 것에 솔직히 감탄했다. 함민은 바로 옆 건물로 이동했다. 코인노래방 입구에 은나와 이삭이 서 있었다. 함민은 이삭에게 장미와 초콜릿을 건넸다.

"잘했어."

"네?"

"여학생들. 네가 마술 부린 거잖아."

"아, 그게, 그냥 CCTV 확인하다가 그런 생각이 들었습니다."

CCTV에는 율이 장미와 초콜릿을 갖고 들어가는 모습만 찍혔지 다시 갖고 나오는 모습은 찍히지 않았다. 그렇다면 그 장미와 초콜릿은 어디로 갔을까.

"혹시 그 여중생들 중 한 명이 여자친구가 아니었을까, 하는 생각이 들었습니다. 어쩌면 그 사건도, 여자친구와의 갈등 때문에 일어난 게 아니었을까. 그래서 신고했다가 취소했다가 오락가락한 건 아니었을까 하고요."

함민의 생각에는 무리가 있는 추리였다. 아무리 싸웠다고 해도 경찰에 신고할 정도의 소동을 일으키는 건 지나쳤으나 의문점을 해소하기 위해 여학생들을 다시 만나기로 한 둘의 판단은 훌륭했다.

"그건 그렇고."

함민은 은나를 보며 말했다.

"나한테 맡기고 서로 돌아가라니까. 촌각을 다투

는 사건을 다뤄야지, 강력반이."

"현직 강력팀 형사가 아들과 함께 연락이 두절된 상태인데 이보다 더 급한 상황이 어디에 있습니까. 뭣보다 팀장님, 지금 당장 보십시오. 저희 없었음 애네를 어떻게 찾아내셨을 겁니까?"

은나는 방금 전보다 훨씬 단호하게 말했다. 잠깐 안 본 사이에 함민의 말에 대응할 멘트라도 강구한 모양이었다. 무엇보다 은나의 말이 구구절절 옳았기에 함민은 뭐라 할 수 없었다. 함민은 더는 잔소리하지 않고 은나, 이삭과 함께 노래방 안으로 들어갔다.

여학생들은 13번 방에 있었다. 세 형사는 방에 들어가기 전 복도에서 상황을 살폈다. 노래를 부르고 있다면 끝난 후 들어갈 셈이었다. 마침 그들은 노래를 부르지 않고 있었다. 형사가 온다는 연락에 긴장을 했는지 자리에 가만히 앉아 있었다.

세 형사가 문을 두드린 후 안에 들어갔다. 적당히 자리를 잡은 뒤 이삭이 가장 먼저 입을 열었다.

"그때 일로 좀 더 물어볼 게 있어서 왔어."

"뭔데요?"

중앙에 앉은 학생이 말했다.

"혹시 어제 이 형사 아저씨 화장실 앞에서 만난 뒤

에 다시 만났니?"

함민이 진석의 사진을 보였다. 다들 고개를 저었다. 뜻밖이었다. 함민은 진석이 자신과 같은 추리 끝에 이들을 다시 찾아갔을 거라고, 이들이 진석의 다음 행방을 알 것이라고 여겼다. 은나 역시 함민과 마찬가지로 뜻밖이라는 듯 그와 눈을 잠깐 마주쳤다.

"세 번째 화장실에 있던 장미와 초콜릿 어떻게 했을까?"

"장미와 초콜릿?"

"그 남학생이 나가고 나서 화장실에 남아 있었을 텐데, 아니야?"

"그런 게 있었나?"

"동영상에도 찍혀 있어."

이삭의 말에 그들은 휴대폰 화면으로 얼굴을 모았다. 동영상에 살짝 찍힌 장미와 초콜릿을 서로에게 보여주었다. 그러자 한 학생이 생각났다는 듯 말했다.

"혹시 그 오빠들이 가져갔나?"

"누구?"

"왜, 우리 영상에 찍힌 오빠들 있었잖아. 복도에 서서 구경하던 세 명."

"아!"

"맞다, 맞다."

"그 오빠들 무슨 가방 되게 많이 갖고 있었잖아. 거기 넣어서 갖고 간 거 아닐까?"

함민은 다시 동영상을 들여다봤다. 여중생들의 책가방에 꽃과 초콜릿을 숨기긴 어려워 보였다. 이에 반해 이 상황을 구경하며 복도에 서 있던 세 남학생은 커다란 종이 쇼핑백을 갖고 있었다. 여학생들의 이야기를 듣고 다시 보니, 함민은 바닥에 놓인 종이 쇼핑백 위로 삐죽 튀어나온 장미꽃 몇 송이를 발견할 수 있었다. 이걸 놓쳤다니.

"팀장님."

은나 역시 같은 장면에 주목하고 있었다. 함민은 고개를 크게 끄덕였다. 아마도 진석의 다음 행방을 아는 건 이 세 남학생일 듯했다.

○

진석은 신경이 곤두섰다. 처음 율이 집에 돌아오지 않았을 때만 해도 혼이 날까 무서워서 그러는 줄 알았다. 그런데 결국 율은 귀가하지 않았다. 진석은 정체불명의 여자친구가 마음에 걸렸다. 다시 한번 주변에 그에 대해 물어보았다. 율의 친구들은 여전히 아는 게 없다고 했지만 동생 운은 달랐다.

"사실 형, 여자친구 한 번도 만난 적 없어."

율과 여자친구는 SNS를 통해서 만났다. 그 후 둘은 전화 통화를 하거나 메시지를 교환하긴 했지만 실제로 만난 적은 없었다.

"그간 받았다는 선물이랑 용돈은 뭔데?"

"다 택배랑 코인 같은 걸로 받은 거랬어."

이 이야기를 듣고 나자 진석은 더욱 율의 연인이 의심스러워졌다. 흔히 말하는 로맨스 스캠이 떠오른 것이었다. 그러자니 율이 왜 하필 그 빌딩 3층 여자 화장실에 갔을까, 그 점에 의문이 생겼다. 다시 한번 동영상을 돌려보다가 진석은 세 번째 칸에 놓인 장미와 초콜릿을 발견했다. 처음 간 현장에선 그것들을 보지 못했다는 사실도 떠올렸다.

가장 먼저 진석은 율이 그것을 어디서 샀을까를 알아내기로 마음먹었다. 학원 근처 편의점부터 들러 물었더니 바로 율의 행적을 알 수 있었다. 혹시 그곳에 율의 여자친구가 함께 들르진 않았을까 기대했으나 그런 증언은 없었다.

진석은 율이 샀던 초콜릿과 꽃을 들고 빌딩 안으

로 들어갔다. 그런데 그날따라 엘리베이터에서 내리는 학생이 많았다. 그들은 하나같이 꽃이며 초콜릿, 엿 같은 것을 들고 있었다. 그러고 보니 내일이 수능이었다. 수능 응원 선물을 주고받은 모양이었다. 진석은 아이들을 눈으로 훑다가 현장 동영상에서 비슷한 장면을 본 듯한 기분이 들었다. 휴대폰을 다시 꺼내 들었다. 의식을 하고 보니 뜻밖의 인물들에게 시선이 갔다. 방관자들. 복도에서 구경하고 있던 고등학생들이었다. 어쩌면 이들이 뭔가를 보지 않았을까?

생각해보니 이 고등학생들에게는 당시 상황에 대한 이야기를 듣지 못했다. 진석과 은나, 이삭이 현장에 도착했을 때 그들은 이미 사라지고 없었다. 이후 율이 범인이란 사실에 혈안이 되어 그를 찾아다니느라 오히려 현장의 목격자를 등한시했다.

진석은 4층으로 향했다. 그곳에서 어렵잖게 영상 속 남학생들을 찾을 수 있었다. 마침 그들 중 한 명이 휴대폰을 들여다보며 복도로 나왔다. 진석은 그가 화장실에 가려는 건가 싶었으나 아니었다. 때마침 반대편 강의실 문이 열리더니 여학생 한 명이 나왔다. 마찬가지로 휴대폰을 손에 든 채 주변을 두리번거리더니 남학생과 눈을 마주치고 쑥스럽게 웃었다. 진석은 둘이 사귀는 사이인가 싶었다. 두 학생은 다음 순간 예상 밖의 행동을 했다. 여학생이 돈을 건네자 남학생이 주머니에서 붉은 장미 모양의 스티커를 꺼내어 여학생의 손목에 붙여주었다. 그러고는 서로 살짝 웃고 다시 각자의 강의실로 들어갔다. 얼마 후 같은 일이 반복됐다. 다른 강의실에서 새로운 남학생이 나오자 좀 전의 그는 새 남학생의 손목에도 붉은 장미 스티커를 붙여준 후 여분의 스티커를 따로 챙겨주기까지 했다. 스티커를 받은 남학생은 그걸 교복 주머니에 집어넣은 후 현금을 건넸다.

진석은 장미 스티커가 낯설지 않았다. 그 스티커는 아들이 여자친구에게 받았다던 태블릿에도 붙어 있었다.

쉬는 시간이 되었다. 각 강의실에서 학생들이 나왔다. 다수가 손목에 장미 스티커를 붙이고 있었다. 진석이 그들 중 한 명 앞을 막았다.

"저기, 그 스티커는 뭐니?"

"네?"

"아니, 아까 저 친구한테 돈을 주고 사는 거 같던데. 아저씨가 궁금해서 그래. 요즘 유행인가 하고. 아저씨 아들도 고3이거든."

"아······."

남학생은 진석의 말에 경계를 풀고 말했다.

"이거 집중력 스티커예요."

"집중력 스티커?"

"몸에 붙이면 집중력 좋아진대서 요즘 다 해요."

"아, 그렇구나. 고맙다."

진석은 학생의 말에 머리를 한 대 맞은 듯했다. 진석은 학생이 말하는 '집중력이 좋아지는 스티커'에 대해 전혀 다른 경위로 들은 적이 있었다.

'신종 마약.'

해외에서 밀수되는 마약 중에는 갖가지 모양의 스티커로 위장한 것들이 있었다.

'어떻게 서울도 아니고 평택에서. 그것도 동네 입시 학원에서.'

진석이 반신반의하는 사이 강의실 문이 열리며 방금 전 장미 스티커를 판 남학생을 비롯해 동영상에 찍혔던 세 명이 나왔다. 진석은 그들이 자신 쪽으로 다가오길 기다렸다가 말을 붙였다.

"잠깐 이야기 좀 할 수 있을까?"

가까이서 본 그들은 거구였다. 셋 다 180센티미터가 넘었다.

"아까 여학생이랑 뭘 주고받던데?"

"누구신데 그런 걸 물으세요?"

진석은 슬쩍 자신의 신분증을 내보였다.

"그것 말고도 물어볼 게 좀 있는데."

남학생들은 살짝 표정이 굳었다.

"네, 어디로 가면 돼요?"

그들은 진석을 따라 엘리베이터에 올라탔다. 진석은 역시 오해였나 싶었다. 덩치는 커도 애들이었다. 말만 잘하면 중요한 정황들을 들을 수 있으리라 여겼다. 율도 그러지 않았는가. 다음 순간 진석은 자신의 판단이 완전히 잘못되었다는 것을 깨달았다. 엘리베이터에서 내려 다른 층의 공실로 이동하자마자 그들은 태도를 바꿨다. 진석을 둔기로 내리쳤다.

○

세 형사는 다시 학원 건물로 돌아갔다. 4층에 있는 대입 입시 학원에 들러 직원에게 어제 형사가 왔다 갔느냐고 물었다. 예상대로 그랬다는 대답이 돌아왔다. 세 형사는 진석과 남학생들이 함께 있는 광경을 목격한 학생을 찾아 대화를 나눴다.

"형사가 왔던 게 몇 시쯤인가요?"

"저녁 6시 30분 정도였던 것 같아요."

진석의 휴대폰이 꺼진 시간대와 일치했다. 즉, 진석은 어제 남학생들을 만난 직후 사라졌다는 이야기였다. 그렇다면 남학생들 중 한 명에게 여동생이 있을까? 그 여동생이 율의 여자친구일까? 진석은 여자친구와 율을 찾아낸 후 어떤 우여곡절 끝에 행방이 끊긴 걸까?

"형사와 학생들은 그 후 다시 보셨습니까?"

"형사님은 못 봤고요, 형들은 바로 돌아왔어요."

"학생들만 돌아왔다고요?"

"수능 전날이니까요. 한 30분쯤? 밖에 있다 돌아온 것 같은데요. 마지막 스퍼트 내야 하니까."

"수능 전날이라면 설마, 고3입니까?"

"네, 지금 한창 수능 보고 있겠네요."

일이 꼬여버렸다. 하필이면 수능을 보는 학생들이 중요한 단서를 잡고 있다니.

수능 시험장은 일종의 밀실과 같다. 시험 당일에 외부와의 연락이 철저히 금지된다. 세 형사가 시험장에 들어가 그들을 조사하려면 상부의 허락을 맡아야 한다. 그러려면 진석의 실종 사실을 보고해야 했다. 그

건 안 될 말이었다. 진석이 실종 상태에다 이를 숨겼다
는 사실이 밝혀지면 징계감이다. 게다가 정직 중인 함
민과 팀원들이 무단으로 수사를 했다는 사실까지 알려
진다면 정직 정도가 아니라 팀이 해체될 수도 있었다.

"일단 빌딩 CCTV를 확인하자."

함민의 말에 살짝 굳었던 이삭과 은나의 표정이
풀렸다. 그의 말이 옳다. 남학생들의 증언이 없어도
CCTV로 그들의 경로를 추적한다면 진석의 행방을
알아낼 수 있으리라.


CCTV 영상을 보관하는 관리실은 지하 1층에 있
었다. 세 형사가 관리원과 함께 안에 들어가자 구식
컨트롤 룸이 나타났다.

"아까도 말씀드렸지만 저희 건물은 2002년에 지
어져서요. CCTV는 각 층 로비에만 있습니다."

그는 퉁명스럽게 말하며 커서를 움직여 폴더를 클
릭한 후 어제 날짜의 동영상을 찾았다. 동영상 파일명
은 층별로 나뉘어 있었다.

세 형사는 4층의 저녁 시간대 동영상을 부탁했다.

관리원의 말처럼 영상은 상태가 좋지 않았다. 흑
백에다 흐릿하기까지 했으나 실루엣이나 옷차림 등을

통해 인물 구별이 가능했기에 세 형사는 진석과 남학생들을 어렵잖게 찾아낼 수 있었다. 오후 6시 42분, 커다란 가방을 메고 한 손엔 종이 쇼핑백까지 든 세 남학생이 진석과 함께 4층 로비의 엘리베이터 앞에 섰다. 그렇다면 다음으로 확인해야 할 건 엘리베이터 CCTV였다.

"엘리베이터 CCTV 부탁드립니다."

"없어요. 몇 달 전에 누가 깨버려서 못 쓰고 있어요."

"누가 그런 짓을 했어요?"

"모르죠, 뭐. 아무튼 수리는 곧 할 거예요."

관리원이 변명하듯 말했다. 앞으로도 수리할 생각은 없어 보였다.

세 형사는 어쩔 수 없이 각 층 CCTV 영상을 일일이 확인해야 했다. 그 결과 3층 영상에서 진석과 세 남학생이 발견되었다.

넷은 3층에서 내려 바로 옆으로 연결된 복도로 이동했다. 그 후 인기척은 없었다. 엘리베이터가 열리는 일도, 화장실에 드나드는 사람도 없었다. 그러다 30분 후, 남학생 세 명이 커다란 가방을 들고 다시 로비에 등장했다. 그 시각은 진석의 전화가 꺼졌던 시각과 같았다. 빠르게 뒤로 영상을 돌려봤지만 진석이 로비로 나오거나 남학생들이 4층으로 돌아간 모습이 포착된 장면은 발견할 수 없었다.

이걸로 됐다. 진석은 건물 3층 복도 쪽 어딘가에 있다는 뜻이었다. 남학생들이 수능이 끝나길 기다릴 필요도 없이 진석의 행방을 찾을 수 있으리라.

"3층에 공실이 많습니까?"

"층마다 있죠."

"확인 좀 부탁드립니다."

관리원은 약간 짜증이 난 듯했지만 싫은 소리는 하지 않았다.

○

진석은 어둡고 좁은 곳에 갇혀 있었다. 입과 눈, 귀는 물론이고 온몸에 테이프가 감겨 있었다. 발버둥을 쳐봤지만 소용 없었다. 상대는 고등학생이었지만 마약을 다뤘다. 만만한 상대일 리 없건만 방심했다. 어느 순간부터는 시간 감각이 사라졌다. 한 시간이 지난 것도 같았고 반나절이 지난 것도 같았다. 별의별 망상이 다 들었다. 율은 어떻게 됐을지, 저들이 율도 가둔 걸지, 대체 현직 형사한테 이런 짓을 하고 뭘 어

쩔 셈인지……. 그렇게 갖가지 생각을 하자면 마지막
에 떠오르는 건 결국 함민이었다.

함민이라면 분명 자신을 쉽게 구출해주리라. 무엇
보다 이 건물엔 CCTV가 있지 않은가. 그것만 잘 추
적한다면 자신이 어디서 사라졌는지 찾아낼 수 있으
리라.

진석의 기대와 달리 수색의 기색은 없었다. 눈과
입, 귀를 가렸더라도 누군가 소리 치거나 다가오면 울
림은 느껴질 터였지만 주변은 잠잠하기만 했다.

대체 어떻게 된 것일까.

왜 아무도 이곳에 오지 않는 것일까.

그러자 떠올린 것은 층별 안내도였다. 이곳은 공
실, 아무도 없는 곳이기에 진석이 있다고는 상상조차
못 하고 있는 것이리라.

○

세 형사는 3층으로 향했다. 관리인은 공실이 보이
는 족족 문을 열어 세 형사가 안을 들여다보게 해주
었다. 공실은 말 그대로 텅 비어 있었다. 아무 집기도
없어 단번에 내부가 들여다보였다. 혹시 모른다는 생

각에 숨은 공간이 있는 건 아닐까 살폈지만 그런 건 없었다.

"혹시 이쪽에 비상계단 같은 건 없습니까?"

만에 하나의 가능성을 염두에 두고 함민이 물었다.

"없죠. 계단은 이게 전부예요."

마지막 가능성마저 사라졌다.

"저 관리실 돌아가야 하는데 어떻게, 열쇠 빌려드릴까요? 실컷 보고 돌려주실래요?"

세 형사는 혹시 모른다는 생각에 열쇠를 받아 공실을 더 살폈다. 소화전 등 숨은 공간을 꼼꼼히 살펴봐도 진석이 보이지 않자 아예 반대쪽 복도의 고입입시 학원에 들렀다. 어떤 착오로 영상의 좌우가 바뀐 건 아닐까 생각해본 것이었지만 학원의 안내 데스크 직원은 모르는 이들이 불쑥 들어온 일은 없었다고 했다.

대체 진석은 어디로 사라진 걸까. 더불어 고3 세 명은 어떤 마술을 부려 진석을 사라지게 한 걸까. 질문에 답을 구하려면 주동자로 보이는 셋을 만나는 수밖에 없었으나 수능이 끝나려면 앞으로도 반나절은 더 기다려야 했다.

"하는 수 없지."

함민이 태블릿 화면에 영상을 띄우며 말했다.

"일단 다시 한번 CCTV를 확인해보자고."

영상을 샅샅이 살펴도 이상한 부분은 없었다.

"추리소설에 나올 법한 비밀 공간이라도 있는 거 아닐까요? 건물이 지어진 지 오래니까 그런 게 있을지도 모르잖아요."

평소라면 이삭의 이런 말은 무시를 당했다. 이번에는 달랐다. 함민과 은나는 이 말을 진지하게 받아들였다. 이번에는 3층 각 공간의 벽과 기둥을 두드려봤으나 그런 틈은 없었다.

결국 세 형사는 성과 없이 로비로 돌아왔다. 이런 상황이라면 시험이 끝난 후 남학생들을 만나는 게 더 빠르겠다는 생각이 들 정도였다.

"사건 당일 CCTV도 볼까? 일단 같은 3층이니까 혹시 모르잖아. 이걸로도 안 되면 상부 보고하고 건물 전체 탐색하자고."

함민이 말했다. 그러고 보니 확보한 CCTV는 아직 확인하지 않았다. 진석의 행방을 알아내기 위해 동분서주하느라 잠시 잊었다.

태블릿에 다시 한번 낯익으면서도 조금 다른 분위기의 건물 내부 모습이 떠올랐다. 어두운 화면, 흑백의 로비, 분주하게 오가는 학생들, 복도 앞에 서 있는 남학생 세 명과 사건 발생 뒤 경찰이 나타나 목격자들과 대화가 오가는 장면들이 이어졌다. 그러더니 얼마 지나지 않아 경찰들과 여학생들이 옆으로 밀려나고, 여자 화장실 건너편에 있는 남자 화장실 방향 복도에서 학생들이 우르르 몰려나왔다. 그들은 엘리베이터에 타거나 화장실에 떼로 들어가는 등 분주했다. 거의 동시에 엘리베이터에서 또래의 중학생들이 타고 내렸다. 학원 건물에서 흔히 볼 법한 광경이었다. 별다를 건 없었다…….

○

인간은 아무것도 먹지 않고 마시지 않고 며칠이나 견딜 수 있을까. 그 전에 남학생들은 진석을 구하러 올까. 아니면 이대로 죽기를 기다릴까. 진석은 설마 그렇게까지 할까 싶었다. 우연히 진석이 마약을 거래하는 걸 목격한 정도로 살인까지 벌일까. 조금 더 지나니 그러고도 남으리라는 생각이 들었다. 그 정도 겁 없는 인간들이기에 현직 형사를 이런 곳에 가둔 거겠지. 자신이 이렇게나 힘든데 아들 율은 어쩌고 있을지 궁금해서 미칠 것도 같았다. 그때였다. 누군가 진석의 얼굴에 손을 갖다 댄 것은. 그의 눈을 가린 테이프를 떼며 이름을 부른 것은.

"경진석!"

함민이었다.

"선배!"

가까스로 초점이 맞은 눈앞에는 은나와 이삭도 있었다.

"5층이었어요! 선배는 5층에 있었다고요!"

이삭이 흥분해 말했다.

"그래, 여긴 5층이야."

지금까지 진석은 5층에 갇혀 있었다. 그걸 왜 저렇게까지 흥분하며 말하는 걸까.

"5층과 3층 CCTV 영상이 바뀌어 있었어, 선배."

은나가 말했다.

함민은 사건 당일 3층 영상을 들여다보다가 위화감을 느꼈다. 영상 속 복도에는 사람들이 상당히 자주 드나들었다. 엘리베이터며 화장실에 가는 사람이 많았다. 그런데 진석이 찍힌 어제 날짜의 3층 CCTV 영상은 달랐다. 진석과 남학생들이 공실 방향으로 사라진 사이 아무도 복도를 지나가지 않았다. 이게 마음에 걸렸다. 3층 학원으로 가서 어제 혹시 학원이 쉬는 날이었냐고 물었다. 물론 아니었다. 어제도 그 시각에는 수많은 학생이 복도를 오갔다. 그런데 왜 영상에는 다른 학생들이 찍히지 않았을까. 함민은 다시 관리원에게 부탁해 영상 파일의 정보를 하나하나 확인했다. 그 결과 누군가 파일명을 바꿔놓았다는 사실을 알아낼 수 있었다. 3층 영상이 5층 것으로, 5층 것이 3층 것으로 바뀌어 있었다. 함민과 형사들은 바로 5층으로 향했다. 모든 곳을 뒤진 끝에 각기 다른 공실 속 커다란 플라스틱 박스에 갇혀 있던 진석과 율을 찾아냈다.

"다행이다. 아무 일도 없어서 정말 다행이야."

함민은 울 것 같은 표정을 지으며 진석을 끌어안았다.

진석은 그런 함민에게 괜찮다고, 율이부터 병원에 데려가달라 말하고 싶었다. 또 남학생들의 정체에 대해서도 말해야 했다. 마약 사범이라고, 그 사실을 눈치챘다가 이 꼴이 되었다고 말해야 했다. 그러나 말이 나오지 않았다. 자신과 율 둘 다 구출되었다는 안도감에 잠이 쏟아졌다.

○

　그날 오후 이삭과 은나, 진석은 한 중학교 앞에 서 있었다.

　"장미와 초콜릿은 정말 귀신 주려고 산 거래요?"

　이삭이 물었다.

　"그렇대."

　진석이 말했다.

　"정말 믿지는 않았는데, 이상한 목소리가 들렸다고 하네."

　정신을 차린 율은 진석에게 말했다. 귀신이 시켰어. 가슴을 만지라고 했어. 아니면 아빠랑 나 둘 다 죽을 거랬어.

　"갇혔을 때 꿈이라도 꾼 거 아닐까?"

　은나가 말했다.

　"지금부터 알아낼 일이지."

　함민이 턱짓으로 우르르 몰려나오는 학생들을 가리키며 말했다.

　수능이 끝났다. 세 남학생은 학교 정문을 지키고 있는 진석과 경찰차를 보고는 상황을 짐작한 듯 저항하지 않았다.

처음 그들은 진석의 일에 대해서만 인정했다. 스티커에 대해서는 어디까지나 호기심이었고 마약인 줄 몰랐다고 말했으나 통하지 않았다. 이미 경찰들이 그들의 집과 학원을 급습해 상당량의 마약을 확보한 후였다. 동급생들의 말에 따르면 공부 잘하는 스티커라며 나눠준 게 반년이 넘었댔다. 그 시기는 건물 엘리베이터 CCTV가 망가진 때와 비슷했으니 CCTV 고장 역시 그들이 일으켰을 가능성이 높았다.

남학생들은 건물 5층 공실이 전혀 관리가 안 된다는 사실을 이용해 그곳에 마약을 보관해왔다. 이후 율을 비롯한 초등학생을 운반책 및 홍보책으로 활용했다. SNS를 이용해 아이들에게 접근한 후 가상의 여자친구나 남자친구 행세를 해서 심부름을 시켰다. 초등학생들이 주변인들의 경계를 사지 않는다는 점을 악용했다.

개중에 자꾸 만나자고 조르는 아이들이 있었다. 그럴 때면 그들은 약점을 잡아 아이들을 겁박했다. 그래도 말을 안 들으면 가출로 보이게끔 상황을 꾸민 후 납치해 인신매매했다.

율에게도 그럴 셈이었다. 억지로 마약을 하게 만들거나 범죄를 저지르는 동영상을 찍으려 들었다. 율

은 저항했으나 소용없었다. 아무리 율이 태권도 고단
자라 해도 성인 못지않은 덩치의 고등학생들을 이길
수는 없었다. 그들은 율을 단번에 제압했다. 테이프로
온몸을 포박한 후 빈 박스에 넣어버렸다. 수능을 치른
후 율을 인신매매 집단에 넘길 셈이었다.

그런 상황에서 진석이 찾아왔다. 하필 마약을 거
래하는 모습을 목격했다. 어쩔 수 없이 진석 역시 기
절시켜 박스에 가뒀다. 그들은 예상치 못한 상황 전개
에 동요했다. 경찰이라서 인신매매로 처리가 안 되면
그때엔 어떻게 해야 하나 싶었으나 일단 수능은 마쳐
야 했다.

"미래가 달린 일이니까 일단은 수능을 보고 나서
완벽하게 처리할 셈이었어요."

혹시 몰라 일단 CCTV 영상은 교체했다. 관리실
의 CCTV 관리가 허술하다는 점을 악용했다.

"구체적으로 어쩔 셈이었는데?"

진석이 물었다.

세 남학생은 대답하지 않았다. 입을 꾹 다문 채 대
답을 피했다. 진석은 그들이 무슨 말을 삼키고 있는지
알 것 같았다.

'죽일 셈이었군.'

세 남학생의 범죄에 살인미수가 추가된 순간이었다. 세 형사는 남학생들을 경찰차로 연행했다. 그들을 태운 후 문득 생각났다는 듯 이삭이 말했다.

"잠깐만요, 가슴 만지라고는 안 했다고 하지 않았어요? 설마 정말 귀신이 시킨 거라면?"

은나와 진석은 그 말을 무시했다.

함민도 웃지 않았다.

# 기차 시간표 트릭

"제 남자친구 해주실래요?"

갑작스런 은나의 말에 함민은 먹던 커피를 뿜을 뻔했다.

함민이 정직당한 지 보름이 지났다. 그사이 팀원들은 하루가 멀다 하고 함민을 만나기 위해 그의 단골 카페를 찾았다. 함민은 오늘 역시 그런 날들 중 하루가 될 거라고 믿어 의심치 않았다. 그런데 은나가 자리에 앉기 무섭게 고백을 했다.

은나의 표정으로 볼 때 진심이었다. 은나와 함께 온 이삭과 진석도 못지않게 심각한 표정이었다. 함민이 진지하게 받아들여야 한다는 뜻이었다.

"나는 지금 누굴 만날 준비가……."

"저도 누구 만날 준비 안 됐거든요!"

함민의 말이 끝나기도 전에 은나가 울컥했다. 그의 말을 끊은 은나는 아이스 아메리카노를 단숨에 들이켜더니 탁 소리 나게 잔을 내려놓으며 말했다.

"남자친구 행세를 부탁드린다고요!"

은나는 작년에 이혼했다. 이후 전남편과 가끔 통화만 하는 정도의 사이를 유지해왔다. 일주일 전부터 전남편의 태도가 달라졌다.

"진석 씨 큰일 있었다며. 당신은 괜찮아?"

은나는 또 시작이다 싶었다. 애당초 이혼 사유가 전남편의 과도한 집착이었다. 그는 은나가 형사 일을 하는 것을 무척 불안해했다. 헤어지고 다 잊고 사나 싶었는데, 진석 사건 이후 연락이 잦아졌다. 답장을 하지 않는데도 한 시간에 한 번씩 문자를 보내는가 하면 아침저녁으로 전화를 걸어 안부를 물었다. 은나는 참다못해 그만해달라고 말했더니 전남편은 이렇게 말했다.

"당신 혼자잖아. 불안해서 못 놔두지."

"내가 혼자면 뭐 어떤데?"

"세상이 험하잖아. 진석 씨가 그런 일을 당할 정도면 여자는 더하지 않겠어?"

대체 여자가 혼자인 게 뭐가 어떻다는 건지 은나는 짜증이 났지만 전남편의 성격상 은나가 정법으로 따진다고 "아 그렇구나" 하고 수긍할 리 없었다. 그런 성격이었다면 애당초 이혼하지도 않았다. 그래서 은나는 거짓말을 해버렸다.

"나 혼자 아닌데? 만나는 사람 있어."

"당신 집이랑 경찰서 외에 뭐 딱히 가는 곳도 없으면서. 만나는 사람도 다 정해져 있잖아."

전남편은 은나의 말을 믿지 않았다. 은나에 대해 너무 많은 걸 알고 있는 탓이었다.

그 후로도 전남편의 집착은 변함이 없었기에 결국 질려버린 은나는 있지도 않은 남자친구와 삼자대면을 시켜주겠다고 말해버렸다.

"진석 선배랑 이삭이는 둘 다 불가능하고 남은 건 팀장님뿐이더라고요."

"제 생각에도 팀장님이 적임입니다."

진석이 진지한 표정으로 말했다.

"팀장님은 부임한 지 1년이 조금 더 지났으니깐요. 그사이 연인 사이가 됐다고 하면 충분히 그럴듯합니다."

"제가 증거 조작을 맡으려고 하는데요. 일단 두 분함께 찍은 사진이 있나 좀 찾아봤습니다."

이삭이 휴대폰 사진을 보여주며 말했다. 함민이 장미와 초콜릿을 든 채 심각한 표정으로 은나와 대화를 나누는 모습이었다.

"이 사진을 증거로 보여주면 어떨까 하고요. 11월 11일, 빼빼로데이에서 며칠 지나지 않아 서로 마음을 확인하고 사귀게 되었다고 하면 어떨까요?"

"그럴듯해."

진석이 고개를 끄덕였다.

"훌륭해."

은나도 동의했다.

이대로라면 함민이 은나의 남친 행세를 진짜로 해야 할 분위기였으나 아무리 생각해도 그건 아닌 것 같았다. 부탁을 들어주기 싫어서가 아니라 이 작전이 먹힐 리 없다는 생각 때문이었다.

함민이 지금껏 알고 지낸 은나는 공과 사가 뚜렷한 사람이었다. 그런 은나가 직장에서, 그것도 새로 온 팀장과 연애를 하다니, 말이 안 됐다. 함민이 이렇게 생각할 정도인데 함께 살았던 전남편이 그 말을 믿을 리 없었다. 은나가 연애를 한다면 전혀 뜻밖의 인물이어야 할 것 같았다. 경찰과 거리가 먼 전혀 다른 직종, 시종일관 강한 모습만 보여야 하는 은나의 마음을 누그러뜨릴 수 있는 부드러운 성정의 인물……

"서비스입니다."

한참 심각한 표정을 짓고 있는 네 형사 사이에 카페 사장이 끼어들었다. 그는 탁자 중앙에 작은 접시를 내려놓았다. 고풍스러운 느낌의 흰 접시 위에 둥근 모양으로 푼 치즈 네 덩이가 올려져 있었다.

"우유가 많이 남아서 만들어본 치즈입니다. 커피랑 드시면 맛있어요."

치즈를 입에 넣은 순간 형사들의 표정이 풀어졌다. 은나의 눈이 특히 동그래졌다. 치즈를 꿀꺽 삼키더니 카페 사장과 눈을 마주치며 말했다.

"이걸 직접 만드셨다고요?"

"별것 아닌 잔재주입니다. 입에 맞으시면 좀 챙겨드릴까요?"

"그래주시면 너무 좋죠. 와인이랑도 잘 어울리겠어요."

"아!"

함민은 카페 사장과 은나가 대화하는 모습을 가만히 바라보다가 소리쳤다.

"이거다! 이거라고!"

은나와 카페 사장이 의아한 표정으로 함민을 쳐다봤다. 그러다 카페 사장이 조심스럽게 말했다.

"함 팀장님도 치즈 챙겨드려요?"

"아니, 그게 아니라 딱이라고요! 은나랑 사장님, 완벽한 커플이라고요!"

함민은 자신의 아이디어를 말했다. 이야기를 들은 은나와 형사들의 표정도 점차 밝아졌다.

"사장님이라면 은나 전남편이 믿을 것 같은데, 어떻게 부탁 좀 들어주시겠습니까?"

카페 사장은 함민의 말에 심각한 표정이 되었다. 매일 입는 갈색 앞치마 위로 팔짱을 낀 채 잠시 생각에 잠기더니 조심스레 답했다.

"제가 돌아오는 크리스마스에 케이크를 팔아볼까 생각 중인데요. 케이크 예약을 열 건 이상 받아주시면…… 해드릴게요."

"배포가 작으시네요. 스무 건도 가능합니다."

은나가 정색을 하고 말했다.

"좋습니다."

"정식으로 통성명하죠. 제 이름은 연은나입니다. 사장님은?"

"아, 저는 가민규입니다."

"잘 부탁드립니다. 오늘부터 1일입니다."

"그건 곤란하지 않을까요. 제 생각엔 11월 11일부터 1일이 나을 것 같습니다."

민규와 은나가 결탁하자 전남편 문제는 단숨에 해결됐다. 전남편은 은나와 민규를 보자마자 바로 납득했다. 민규의 양손을 꽉 잡고 이렇게 말했다.

"이제 은나를 졸업할 수 있을 것 같습니다. 민규 씨라면 은나를 잘 지켜줄 것 같네요."

전남편의 양 눈에는 살짝 눈물도 고여 있었다.

이걸로 사소한 해프닝은 끝났다고 생각했다. 그런데 뜻밖에도 민규와 은나는 그 후 진짜로 가까워져갔다.

일단 둘은 와인 취향이 비슷했다. 민규는 그걸 계기로 은나에게 자주 치즈를 만들어주었다. 둘은 자연스레 바깥에서도 만나게 되었다. 함민은 그런 그들을 보는 게 좋았다. 행복한 그들을 보자면 앞으로 자신이 없는 강력 1팀의 미래는 잊을 수 있었다.

복귀가 가까워질수록 함민은 "그래도 될까?" 하는 의문이 깊어졌다. 함민은 결국 평택에서도 방화 사건을 일으켰다. 그런 그가 아무 일 없었다는 듯 강력 1팀으로 돌아가는 것은 말이 안 됐다.

함민의 머릿속에는 역시 다른 지역으로 떠나야 한다는 생각이 가득했다. 다음 순간 떠오른 고민은 어디로 가야 하는가였다.

　　방화를 벌일 때마다 함민은 다른 경찰서로 적을 옮겼다. 계속 이동하다 보니 이제 수도권에서는 갈 곳이 없었다. 고민 끝에 함민이 향한 곳은 평택역이었다. 평택역에는 지하철과 기차가 함께 다녔다. 함민은 그곳에서 노선도를 보며 자신이 갈 만한 곳을 찾았다. 시나브로 함민은 단골 카페보다 평택역에 있는 시간이 더 많아졌다. 그만큼 향후 거취에 대한 고민이 크다는 뜻이었다. 이삭과 진석 역시 그런 함민을 따라 평택역에 더 오래 있게 되었다. 셋은 함민이 민규의 카페에서 그랬듯이 이제 평택 역사 안에 있는 프랜차이즈 카페에서 자주 커피와 도넛을 먹었다. 조금 지나자 함민은 커피 대신 다른 음료를 시켰다. 단골 카페의 진한 커피 맛에 익숙해진 함민에게 이곳의 커피는 지나치게 밍밍했다.

　　12월 10일 오전 10시 2분, 함민은 그날도 평택역에서 도넛을 먹으며 기차 노선도며 전광판을 들여다보고 있었다. 얼마 지나지 않아 이삭과 진석이 나타났다. 둘은 평소보다 훨씬 더 굳은 표정으로 카페에 들어섰다. 함민은 팀원들의 표정만 봐도 무슨 일이 있는지를 어림짐작할 수 있었다. 새롭게 맡은 사건에 애를 먹고 있는 듯했다.

진석 사건 당시 함민은 얼결에 힘을 보탰다. 상황이 상황인 만큼 어쩔 수 없었다. 떠나려는 마음이 강해질수록 팀원들이 독립적으로 수사를 해내는 게 중요하다는 생각도 강해졌다. 실제로 함민이 개입하지 않아도 팀원들은 웬만한 사건을 원만히 해결했다. 그러나 이번에는 둘 다 끈질겼다. 오히려 더 정색을 하며 말을 이었다.

"피의자한테 알리바이가 있었습니다. 그것도 추리 소설에서나 볼 법한 트릭을 써서 만든."

이삭의 말을 듣자마자 함민의 손이 근질거렸다. 저도 모르게 주머니에 손을 넣고 라이터를 찾았다. 진석이 정색을 하고 "팀장님, 손" 하고 지적하지 않았다면 계속 그랬을 것이다.

"라이터 없어. 그냥 버릇이라고."

함민은 민망했다. 탁자 위에 빈손을 올려 보였다.

"화장실에 마가 끼었나 봅니다. 이번에도 화장실입니다."

이삭은 함민의 손이 빈 것을 확인하고 나서야 말을 이었다.

"모산근린공원 화장실에서 살인 사건이 일어났습니다. 피해자는 32세 남성 조명주. 사망 추정 시각은 어제 12월 9일 14시 30분부터 16시 0분 사이로 추정 중입니다. 둔기로 후두부를 여러 번 맞아 사망한 것으로 보입니다. 살인 무기는 아직 특정되지 않았습니다."

"살인 추정 시간이 비교적 정확한데, 그 이유는?"

"피해자 조명주가 집을 나선 시각이 14시 20분, 이후 남자 화장실 문이 안 열린다는 신고가 들어와서 공원 관리인이 확인한 시각이 16시 정각입니다."

"주요 참고인은?"

"화장실 주변 감시 카메라가 망가져 있었습니다. 의도적인 것으로 보입니다. 주변 감시 카메라를 모두 확인했습니다만 딱히 수상하다 싶은 인물은 없었습니다. 다만 피해자 주변을 탐문한 결과 강력한 살인 동기가 있는 인물을 발견할 수 있었습니다."

"피해자와 동갑 남성인 윤해환입니다."

진석이 이삭의 말을 받았다.

"피해자와는 대학 동창이자 오랜 친구였으나, 작년 사이가 틀어졌다고 합니다."

"오랜 친구 사이라······."

"그런데 특이한 점이 있습니다."

"특이한 점?"

"둘 다 현직 추리소설가입니다."

추리소설가의 추리소설 같은 살인.

함민의 손가락이 또다시 본능적으로 꿈틀거렸다. 그건 충동이 고개를 내밀기 시작했다는 뜻이었다. 함민은 다시 주머니로 들어가고 싶어 하는 손가락을 가까스로 막기 위해 셜록 홈스 흉내를 냈다. 양손 네 손가락 끝을 맞대 삼각형을 만들고는 진석을 가만히 바라보며 말했다.

"계속해봐."

조명주와 윤해환은 둘 다 평택 소재 대학교 문예창작과 출신이다. 둘은 대학 시절부터 사이가 무척 좋아 같은 시기에 군대에 가고 복학도 동시에 했다. 그렇게 잘 지낸 이유는 둘의 취미와 목표가 같은 데 있었다.

둘 다 추리소설, 그중에서도 특히 탐정물을 좋아했다. 자연스레 둘의 장래 희망은 추리소설가가 되었으나 데뷔가 쉽지 않아 졸업 후 공모전에서 연거푸 낙방했다. 그러다 작년, 서른한 살의 나이에 윤해환이 먼저 추리소설가로 데뷔했다.《홈즈가 보낸 편지》라는 제목의 장편소설로. 셜록 홈스의 조수라고 스스로 칭하는 인물이 우연히 일제강점기 우리나라에 들렀다가 살인 사건을 푸는 내용이었다.

이 소설은 참신한 설정과 후반부의 트릭이 상당한 반향을 일으켰다. 덕분에 윤해환은 추리소설가, 그중에서도 국내 최초의 셜록 홈스 패스티시 장편소설을 쓴 인물로 유명세를 날렸다.

이런 윤해환의 소설이 표절이라고 주장한 인물이 나타났다. 조명주였다. 조명주는 윤해환이 자신이 대학 시절 써서 한 인터넷 사이트에 발표한 단편 〈뤼팽이 부친 전보〉의 주요 설정과 트릭을 그대로 베꼈다고 주장했다.

조명주의 소설에서는 셜록 홈스의 조수가 아닌 뤼팽의 딸이 우연히 조선에 들렀다가 사건을 해결한다. 이 소설의 주요 트릭이 윤해환의 작품과 꼭 같았다.

윤해환은 바로 자신의 SNS 계정에 반박문을 올렸다. "단편 〈뤼팽이 부친 전보〉의 주요 트릭은 학창 시절 조명주와 함께 떠올린 것이니 표절이 아니다"라는 주장이었다. 이에 대해 조명주는 "당시 자신에게 트릭을 써도 좋다고 해놓고 사전에 아무 상의 없이 같은 트릭으로 장편소설을 발표한 것은 잘못이다"라고 반박했다.

윤해환과 조명주 양측 다 일리가 있었다. 문제는 둘의 사회적 입지였다. 지금 막 이름을 알리기 시작한 윤해환은 잃을 게 많았다. 표절 의혹이 제기되자 인터넷 서점 리뷰에 악평이 잔뜩 달렸다. 조명주에게 동조하는 사람들이 불매운동을 선동하자 판매량도 뚝 떨어졌다. 그 탓에 예정되었던 속편 계약도 물 건너갔다.

이에 반해 조명주는 이 사건으로 이름을 날렸다. 그가 예전에 〈뤼팽이 부친 전보〉를 발표한 사이트에 성지순례라며 많은 네티즌이 들르는가 하면, 한 출판사에서는 그 작품을 장편소설로 개작하자는 제안까지 해 왔다.

이에 격분한 윤해환은 자신의 SNS에 이런 글을 올렸다.

태어나서 처음 살의가 무엇인지 알았다. 다음 소설 속 피해자 이니셜은 JMJ로 정했다.

이 글을 본 조명주는 물론 바로 반격했다.

내 소설 속 살인자는 늘 YHH가 될 것이다. 다들 기억하라.

이것이 1년 전 2021년 12월 9일,《홈즈가 보낸 편지》가 출간된 직후 일어난 소동이었다.

이후 둘의 악연은 끝나는가 싶었건만 지난달 11일, 조명주가 자신의 SNS에 〈뤼팽이 부친 전보〉의 장편 소설 출간이 임박했다는 소식을 알리면서 2차전이 시작됐다. 조명주가 하필 작년 윤해환이 책을 낸 12월 9일에 《뤼팽이 부친 전보》를 출간하고 북토크까지 준비 중이라고 예고한 탓이었다.

윤해환은 바로 그 소식에 반응했다.

**12월 9일, 조명주의 북토크는 불발할 것이다!**

당시 윤해환의 글은 단순히 분노한 이의 감정적인 글로 치부되었으나 조명주가 살해당한 후, 이 글의 의미가 전혀 다른 식으로 사람들 사이에서 회자되기 시작했다.

"그게 살인 예고였다고 다들 말하고 있습니다."

"참고인 조사로 윤해환부터 불러들이면 되겠네."

"불가능합니다. 윤해환에게 강력한 알리바이가 있습니다."

윤해환은 해당 글 뒤에 이런 문장을 덧붙였다.

같은 날 저녁 6시 대구역 인근 서점 환상문학에서 《홈즈가 보낸 편지》 북토크가 있기 때문이다!

윤해환은 작년 조명주와의 일로 충격을 크게 받아 차기작을 쓰지 못하고 있는 상태였다. 가까스로 마음을 다스리고 있었는데 조명주가 과거의 상처를 들쑤시며 신작을 발표하자 마음이 힘들었다. 그래서 마음을 다스리기 위해 일부러 같은 날, 상대적으로 거리가 먼 대구에서 항의와 해명의 목적을 띤 북토크를 했다는 거였다. 환상문학은 작년에도 윤해환의 해명 북토크를 연 장르 전문 서점으로, 서점 사장이 윤해환의 팬이었다.

일반적인 상황이라면 납득 가는 말이었으나 살인 사건이 일어난 직후에 보니 의심스럽기 짝이 없었다. 조명주가 살해당한 시각, 윤해환이 정확히 기차 안에 있었다는 사실은 우연이라기엔 지나치게 절묘했다.

"무궁화호 타는 척하고 안 탄 거 아닌가?"

"그건 아닙니다. 사건 당일 14시 1분 윤해환의 모습이 CCTV에 찍혀 있었습니다. 그는 일부러 눈에 띄려고 작정한 사람처럼 새빨간 야구 모자를 쓰고 있었습니다. 그 새빨간 야구 모자를 쓴 남자는 17시 8분,

대구역에서 목격되었습니다. 당연히 북토크도 예정대로 진행됐고요. 참석자들 전부가 증인인 셈이죠."

"혹시 무궁화호에서 중간에 내린 건 아닌가? 무궁화호 내부 CCTV는 확인해봤나?"

"무궁화호에는 CCTV가 없다고 합니다. 내년까지 모두 설치할 예정이라고 합니다."

함민은 진석의 말을 듣자마자 다시 한번 모든 정황이 지나칠 정도로 공교롭다는 생각이 들었다. 그러자 다시 생각나는 것은 라이터였다. 불을 지르고 싶은 충동, 이 지독한 갈등을 달래기 위해 함민이 할 수 있는 일은 단 하나밖에 없었다. 함민이 주머니에 손을 넣었다. 이번엔 라이터가 아닌 휴대폰을 찾기 위해서였다. 함민은 휴대폰을 꺼내 조작하며 질문했다.

"조명주는 왜 그 시각에 공원에 가 있었나?"

"가족들은 산책하러 나갔을 거라고 하더군요. 신빙성은 떨어집니다. 조명주는 산책을 갈 땐 늘 개와 함께였는데 이날은 혼자였거든요. 게다가 조명주가 입고 있던 옷이 산책 복장은 아니었습니다. 그보다는 누군가를 만나려고 준비한 듯했습니다."

"윤해환이 불러냈을 가능성이 있겠군. 윤해환의 짓이라면 조명주 최근 통화 목록, 이메일 등에 흔적이 남아 있을 거야."

"둘이 전화나 이메일로 이야기를 나눈 흔적은 전혀 없었습니다."

이삭이 말했다.

"조명주와 윤해환은 동삭동에 위치한 같은 아파트 단지 바로 옆 동에 사는 사이입니다. 예전엔 사이가 좋았기에 일부러 근처에 산 것으로 보입니다. 그런 둘이니 마음만 먹으면 언제든 만나서 이야기를 나눌 수 있었습니다. 실제로 작년 사건 이후 그 공원에서 우연히 만나 멱살잡이를 하다가 경찰이 출동한 일이 있었다고 합니다. 조명주와 윤해환이 우연히라도 산책로에서 만나 이야기를 나누다 약속을 잡았을 가능성도 충분합니다."

"견원지간이 된 윤해환의 제안에 조명주가 응했다는 건 생각해볼 여지가 있어. 이 부분을 둘이 조사해보도록 해. 또 만약 윤해환이 범인이라고 할 경우 열차 안에서 정말로 그를 목격한 사람이 있는지도 확보하고. 아, 가능하면 신원도 확보해놓으면 좋겠네. 도주할 수 있으니."

함민은 한참 휴대폰을 조작하더니 자리에서 일어났다.

"팀장님은 어디 가시게요?"

"대구."

함민이 진석과 이삭에게 휴대폰 화면을 보였다. 평택에서 대구로 향하는 무궁화호 승차권이 떠 있었다.

"가까스로 하나 잡았다."

형사는 상부의 허락 없이 관할 지역을 떠나서는 안 된다. 사건을 수사 중일 땐 더더욱 그렇다. 정직 중인 함민은 예외였다. 자유롭게 기차를 타고 다른 지역으로 이동할 수 있었다. 함민은 이 기회를 십분 이용할 셈이었다.

"잘 다녀오십쇼."

함민은 고개를 살짝 꾸벅인 후 카페를 나섰다. 기차 출발 시각이 코앞이었다.

○

윤해환은 평소처럼 정오가 다 되어 잠에서 깼다. 침대에서 바로 일어나지 않고 휴대폰부터 들었다. 자신의 이름 석 자 '윤해환'을 포털 사이트에 검색하기 위해서였다.

조명주가 죽은 뒤 예상대로 윤해환은 경찰에게 연

락을 받았다. 물론 그는 완벽한 알리바이 트릭이 있었기에 그 외에 다른 조치는 없었다. 분명 주요 참고인으로 용의 선상에 올랐을 터였다. 이 사실이 경찰서 출입 기자들에게 알려졌다면 분명 인터넷은 관련 뉴스로 떠들썩해졌으리라. 그런데 이상했다. 윤해환과 관련된 기사는 단 하나도 없었다. 조명주로 검색해봐도 결과는 마찬가지였다. 대구, 추리소설가, 살인 등의 키워드를 입력해도 별다른 내용이 없었다.

이럴 리 없었다. 윤해환은 유명 추리소설가였다. 조명주도 자신과 관련된 논란을 일으킨 당사자였다. 그런 조명주가 살해당했는데 왜 기사가 뜨지 않느냔 말이다.

생각해보니 취재 전화도 한 통 없었다. 윤해환은 오늘 마음의 준비를 단단히 하고 있었다. 기자들의 요청에 일일이 다 응하겠다고, 이참에 책 홍보도 하겠다고 생각했건만 세상이 왜 이렇게 조용한지 알 수 없었다.

"전화가 와야 한다고! 전화가!"

갑갑한 나머지 윤해환은 휴대폰에 대고 소리 질렀다.

이때 정말로 전화가 왔다. 발신자 정보가 뜨지 않

았다. 윤해환은 흥분해서 바로 전화를 받았다.

"윤해환 작가님 전화 맞습니까?"

부드러운 목소리의 여성이 었다.

"네, 네! 맞습니다!"

"반갑습니다. 작가님, 저는 평택시도서관 소식지
에 기사를 싣는 배윤지 기자라고 합니다. 갑작스러운
부탁입니다만 혹시 오늘 시간이 되실까요? 저희가 작
가님 인터뷰를 꼭 싣고 싶어서요. 갑자기 무리한 부탁
을 드려서 죄……."

"합니다, 무조건 합니다!"

"아, 네? 아…… 네, 가, 감사합니다. 그, 그럼 오후
2시에……."

윤해환은 신이 나서 시간과 장소를 들은 후 바로
나갈 준비를 했다. 중앙 일간지도 아니고 평택시도서
관 소식지라니 좀 급이 떨어진다는 느낌은 있었으나
시간을 버리는 것보다는 뭐라도 하는 게 나았다. 무엇
보다 소식지와 인터뷰하다가 주요 언론사에서 연락
이 오면 그 자리에서 전화를 받아 자신의 위상을 보
여줄 수 있으니 그걸로 됐다고 생각했다.

○

　함민이 예매한 기차는 10시 51분 출발하는 부산행 무궁화호였다. 평택역에서 출발하는 그다음 열차는 11시 14분에 출발하는 ITX-새마을호로, 함민이 탄 무궁화호보다 23분 늦게 출발하지만 대구역에 더 일찍 도착했다.

　5량짜리 무궁화호는 정각에 평택역에 도착했다. 꽤 많은 승객이 평택역에서 내렸다. 함민의 좌석은 5호차였으나 1호차에 탔다. 기차의 분위기를 파악하고 승객들의 경향을 살피기 위해서였다.

　무궁화호는 만석이었다. 카페 차량 역시 사정이 비슷해 입석 승객들로 자리가 차 있었다. 함민이 예매한 좌석 역시 마찬가지였다. 그의 좌석에는 젊은 남자가 커다란 배낭을 끌어안고 단잠에 빠져 있었다. 서울에서 탄 입석 손님인 듯했다. 함민은 그를 깨우지 않았다. 그보다는 어제 윤해환이 탔을 당시에도 이런 상황이었을지 확인할 필요가 있었다. 함민은 차장을 찾기 위해 다시 다른 차량으로 건너갔다. 차장이 그런 함민을 먼저 발견해 다가와 승차권을 요구했다. 함민은 자신의 승차권을 보이며 궁금한 것들을 물었다.

"제 자리에 누가 앉아 있던데, 이런 일이 많나요?"

"연말이잖습니까. 게다가 주말이고."

"어제저녁에도 그랬을까요?"

"비일비재하죠. 출퇴근 정기권 쓰시는 손님도 많으니까요. 어떻게, 깨우기 곤란하시면 제가 대신 해드릴까요? 멀리 가셔야 하는데."

"괜찮습니다. 나중에 제가 이야기해도 됩니다. 아, 그리고 궁금한 게 하나 더 있는데요. 무궁화호는 CCTV가 없다는 말을 들었는데 정말인가요?"

"네, 사실입니다. 많이들 문의하시죠. 내년 4월까지 모든 객실에 CCTV를 달 예정입니다. 소지품 보관에 주의해주십시오. 즐거운 여행 되십시오."

"그러겠습니다. 감사합니다."

차장은 가볍게 인사한 후 다른 승객에게 다가갔다. 이번 승객은 종이 티켓을 꺼내 보였다. 함민과 달리 역에서 직접 예매한 모양이었다. 함민은 갑자기 윤해환이 승차권을 앱으로 구매했을지, 아니면 창구에서 샀을지 궁금해졌다. 함민은 단체방에 바로 질문을 띄웠다.

**은나** 앱으로 구매했습니다.

진석 선배랑 이삭이에게 상황 전해 들었습니다.

공원으로 가서 현장 사진 전달하겠습니다.

안 그래도 함민은 돌아가는 대로 현장에 들를 셈이었으나 제때 도착할지 확신할 수 없었다. 대구역 가는 기차표를 구하느라 꽤나 애를 먹었기에 평택행 표도 비슷할 듯했다. 이런 상황에서 은나가 현장에 가준다니 든든했다.

함민이 열차 안을 찬찬히 살피며 단서를 찾는 사이 기차가 천안역에 도착했다. 함민은 생각보다 시간이 빠르게 흐른다고 생각하며 기차의 이동 경로를 확인했다.

함민이 탄 열차는 총 열다섯 개 역을 이동해 3시간 16분 후 목적지에 도착할 예정이었다. 갑자기 함민은 윤해환이 탄 무궁화호의 경로가 궁금해졌다. 바로 두 개의 경로를 비교했다.

**함민의 열차**

평택 – 천안 – 전의 – 조치원 – 부강 – 신탄진 – 대전 – 옥천 – 심천 – 영동 – 추풍령 – 김천 – 구미 – 왜관 – 대구

**윤해환의 열차**

평택 – 천안 – 조치원 – 대전 – 옥천 – 심천 – 영동 –
황간 – 추풍령 – 김천 – 구미 – 왜관 – 신동 – 대구

윤해환이 탄 14시 1분에 출발하는 무궁화호는 총
열네 개 역을 지나 3시간 7분 후 동대구역에 도착했
다. 두 사람이 탄 열차가 함께 지나지 않는 역은 전의,
부강, 신탄진, 황간 등 네 개 역이었고, 이 중 윤해환
이 탄 열차만 지나는 곳은 황간역이었다.

함민은 황간역이 신경이 쓰였다. 자신이 가지 못
하는 역에 뭔가 중대한 단서가 숨겨져 있을 것만 같
은 예감이 든 탓이었다.

바로 휴대폰으로 황간역을 검색해보니 그곳은 무
궁화호만 지나는 역으로, 서울에서 출발해 동대구와
부산으로 향하는 열차가 하루에 총 7회 정차했다. 이
와 더불어 함민은 반대 방향인 서울행 열차가 하루에
몇 대나 황간역을 지나는지 확인했다. 총 여섯 대의
열차가 통과하고 있었다. 함민은 이 중 부산행 열차와
비슷한 시각에 황간역에 도착한 열차가 있는지 확인
했다. 윤해환이 황간역에서 내린 후 서울행 무궁화호
로 갈아탔을 가능성을 따지기 위해서였다.

윤해환이 탄 열차는 15시 49분에 황간역에 도착해 15시 50분에 출발했다. 그맘때 황간에 도착한 서울행 열차는 없었다. 가장 빠른 열차가 16시 17분에 도착, 16시 18분에 출발하는 열차로 그걸 타고 윤해환이 평택으로 돌아와 살인을 저지르고 다시 대구로 갔다기엔 시간이 맞지 않았다. 그렇다면 윤해환이 이 역을 일부러 가야 할 이유는 없었다. 이 덕에 함민은 새로운 가능성을 떠올릴 수 있었다. 윤해환이 무궁화호를 타고 가다가 어떤 역에서든 중간에 내려 다시 평택으로 돌아가 살인을 저질렀을 가능성이었다. 함민은 바로 기차 시간표를 보며 가능성을 따져보았다.

평택 – 천안 14:01 – 14:13
천안 – 평택 14:20 – 14:32

환승 가능한 열차는 생각보다 쉽게 찾아낼 수 있었다. 윤해환이 이 같은 방법을 사용했다면 사망 추정 시각과도 맞아떨어졌다. 다음 문제는 다시 대구로 제시간에 도착하는 방법이었다. 시간표를 찾아보니 살해 추정 시각 이후 평택역에서 대구로 가는 기차는 무궁화호밖에 없었다. 무궁화호로 가면 무조건 행사 시간에 늦는다. 함민은 자동차로 이동했을 가능성을 따졌다. 윤해환이 평택의 공원에서 조명주를 살해한 후 차로 대구역까지 이동할 경우 예상 소요 시간은 2시간 34분이었다.

平택 – 천안  14:01 – 14:13
천안 – 평택  14:20 – 14:32
살인 및 이동 14:47 – 17:21

살인 및 이동 시간을 최소한으로 잡아도 17시 8분까지 대구역에 도착하는 건 불가능했으나 이것만으로 성과가 있다고 생각해 지금까지 떠올린 것을 단체방에 공유했다.

**함민**  천안역 CCTV를 확인해봐.
기록으로 남는 앱으로 기차표를 구매하진 않았을 테니 자동판매기나 창구에 모습이 찍혔을 수도 있어.

팀원들은 이 가설을 중심으로 모산근린공원 주변의 감시 카메라를 통해 윤해환과 인상착의가 비슷한 인물을 찾는 일에 더욱 박차를 가했다.

○

　오후 2시, 윤해환은 인터뷰가 예정된 카페에 들어
섰다. 그는 상대가 알려준 전화번호로 연락하는 대신
주변을 두리번거렸다. '일상 추리'에 도전하기 위해서
였다. 추리소설에서 가장 중요한 논리적 사고력을 키
우기 위한 윤해환의 버릇이었다.

　'나에게 전화를 걸어온 상대는 여성이었다. 게다
가 평택시에서 근무한다고 하니 공무원, 분명 복장은
가벼운 정장 차림일 거야. 나 정도의 유명 작가를 취
재하려면 분명 카메라 기자도 따로 데려왔을 테고.'

　윤해환은 자신의 추리에 맞는 인물을 물색했다.

　카페에는 자리마다 사람이 앉아 있었다. 그중 여
성은 두 명이 있었다. 한 명은 남성과 나란히 한쪽 의
자에 앉아 있었고, 다른 한 명은 남성과 마주 보고 앉
아 있었다. 윤해환은 그 둘을 번갈아 보다가 콧방귀를
크게 뀌었다.

　'수수께끼는 모두 풀렸다!'

　윤해환은 남성과 나란히 앉아 있는 여성에게 다가
갔다.

　"안녕하세요, 윤해환입니다."

윤해환은 기세등등한 표정으로 말했다. 여성은 잠시 멍한 표정을 짓더니 갑자기 정신이 든 표정으로 벌떡 일어났다.

"아, 안녕하세요, 작가님! 바, 반갑습니다!"

여성은 크게 허둥댔다. 옆자리의 남성 역시 놀라서 벌떡 일어나 함께 인사했다. 윤해환은 자신의 추리가 맞은 게 흡족했으나 몇 가지가 마음에 걸리긴 했다.

일단 첫 번째는 여성의 목소리. 이 여성의 목소리는 전화할 때와 좀 달랐다. 두 번째는 함께 앉아 있던 남자의 복장. 자리에서 일어난 남자는 무슨 까닭인지 갈색 앞치마를 두르고 있었다. 카메라 기자 복장이라기엔 좀 어색했으나 추리가 틀릴 리는 없으니 이건 그냥 사소한 오류일 뿐이리라.

윤해환은 의기양양한 표정으로 자리에 앉았다. 여성과 남성은 어설프게 웃으며 그를 따라 자리에 앉았다. 서로를 잠시 쳐다보며 눈빛으로 의견을 교환하는 듯했다. 물론 윤해환은 그들이 무슨 대화를 하는지 이미 다 파악하고 있었다.

"제가 어떻게 두 분이 기자인지 눈치챘는지가 궁금하신 거죠?"

남성이 다시 한번 당황한 표정을 지었다.

"아, 네. 그렇죠. 그렇습니다."

여성이 남성을 대신해 윤해환에게 말했다.

"작가님, 정말로 어떻게 알아보셨죠? 저희가 기자 인 걸?"

"저에게 전화를 걸어온 사람은 여성이었습니다. 그러니 기자님은 여성이겠죠. 카페에 들어와 보니 여 성 손님은 두 명뿐이었습니다. 이 중 안쪽 자리 즉, 상 석을 비워 둔 사람은 기자님밖에 없었습니다. 그래서 저는 기자님이 제가 만날 상대라고 눈치챘습니다. 또 저 같은 유명 작가를 만날 때엔 당연히 카메라 기자 도 함께 오죠. 이 남성 분은 카메라 기자이실 테고요."

"아, 네. 그, 그렇습니다."

"그런데 어째 카메라가 안 보이네요?"

"다, 다른 자리에 있습니다."

남성이 허둥대며 말했다.

"아하하, 가져올 겁니다. 하하. 네, 그럼요. 다, 당 장 가져오겠습니다!"

그러더니 벌떡 일어나 카페 주방으로 향했다.

○

14시 7분 정각, 함민은 대구역에 도착했다. 기차를 타고 오는 내내 함민은 윤해환이 정말 평택에서 살인을 저지르고 대구역에 17시 8분까지 도착할 수 있었을까 생각했으나 아무리 머리를 굴려도 이렇다 할 방법이 떠오르지 않았다. 얼마나 갑갑했던지 비행기나 헬리콥터를 대여했을 가능성과 평택항에서 배로 이동하는 방법까지 진지하게 고려했을 정도였다. 끝나지 않는 미궁에 함민은 방화 충동을 느끼고 있었다. 잡생각을 가라앉히는 가장 좋은 방법은 분주하게 움직이는 것이었다. 함민은 일단 돌아가는 기차를 예매하기로 정한 후 입석이 있을지도 모른다는 생각에 창구로 향했다.

"평택행 기차표를 구하는데요?"

"저희는 없고요. 동대구역에 가보세요. 지하철로 금방이에요."

"동대구역이요?"

"네, SRT요. 그쪽이 훨씬 빠르니까요."

"SRT!"

함민은 한 대 맞은 듯한 표정이 되어 외쳤다.

"그렇죠! SRT가 있죠! 평택까지 얼마나 걸리죠?"

"한 1시간 20분인데요."

"1시간 20분! 딱 좋네요! 감사합니다! 감사합니다!"

매표 창구 직원은 어리둥절한 표정이었다. 함민은 그런 직원의 표정을 전혀 신경 쓰지 않고 잔뜩 상기된 얼굴로 창구에서 벗어났다.

평택에는 SRT가 다니는 평택지제역이 있다. 윤해환이 살인을 저지른 후 평택지제역으로 이동해 그곳에서 SRT로 동대구역에 간 후 다시 대구역으로 왔다면 살인이 가능해진다. 함민은 바로 자신의 가정을 메모해보았다. 평택에서 동대구역까지 16시 30분 정도에만 돌아와도 일정에 무리가 없었다.

평택 – 천안 14:01 – 14:13

천안 – 평택 14:20 – 14:32

이동 및 살인 14:32 – 15:22

평택지제 – 동대구 15:22 – 16:42

동대구 – 대구 16:42 – 17:02

예상대로 각기 일정에 충분한 여유 시간을 줬는데도 일정에 전혀 무리가 없었다. 희열이 찾아옴과 동시에 자신을 지독하게 괴롭히던 방화 욕구가 말끔히 사라졌다. 함민은 기세등등해 SRT 앱을 깔았다. 자신의 가설을 확인하기 위해서였다. 예상치 못한 변수가 있었다. 평택지제역에서 출발하는 SRT 열차의 시간표였다.

평택지제 – 동대구 14:52 – 16:10
15:57 – 17:15

평택지제역에서 동대구역까지 가는 열차는 한 시간에 한 대꼴로 운행했다. 15시 57분에 출발하는 기차의 도착 예정 시각은 대구역에서 윤해환이 목격된 시각보다 늦었다. 윤해환이 살인을 저지른 후 대구역까지 이동하려면 14시 52분에 평택지제역에서 출발하는 기차를 타는 선택지밖에 없었다.

함민은 지도 앱을 켜서 평택역에서 범죄 현장인 공원 화장실에 들렀다가 평택지제역으로 갈 경우 차로 이동하는 예상 시간을 계산해보았다. 총 소요 시간은 24분이었다. 이 역시 시간 오버였다. 이대로 포기할 수 없었다. 어떻게 떠올린 가능성인데, 실제로 검증도 안 해보고 가설을 버린단 말인가.

함민은 단체 대화방에 자신이 생각한 경우의 수를 공유했다. 팀원들에게 평택역에서 공원으로, 그리고 그곳에서 살인을 저지른 후 평택지제역으로 갈 경우의 소요 시간을 계산해달라고 부탁한 후 동대구역으로 향했다.

○

오후 2시, 오랜만에 민규의 카페는 만석이었다. 좋은 의미의 만석은 아니었다. 손님은 모두 잠복 중인 경찰이었다.

함민은 어떻게 해서든 트릭을 깰 것이 분명했다. 그러니 가장 중요한 것은 윤해환의 신원을 확보하는 일이었다.

어떻게 할까 고민하던 중 이삭이 꾀를 냈다.

"윤해환이 작가니까 기자인 척 인터뷰하자고 불러내면 어때요?"

괜찮은 생각이었다. 인터뷰 중간중간 슬그머니 그의 알리바이와 관련된 유도신문도 가능할 듯했다.

은나는 바로 기자 역할을 해줄 사람을 섭외했다. 경무과에서 홍보를 담당하는 여성 경관이 협조하기

로 했다. 만에 하나 윤해환이 도주할 것을 우려해 시
간이 비는 다른 경관들에게도 협조를 요청했다. 진석
과 이삭이 함민의 트릭 깨기에 협조 중인 탓이었다.

하나 마음에 걸리는 건 윤해환이 인터뷰를 거절하
는 상황이었지만 윤해환은 바로 승낙했다. 당일에 만
나자는데도 적극적으로 응해 와서 오히려 이쪽이 당
황할 정도였다. 거절하면 사례금을 준다든가 하는 식
으로 설득할 셈이었는데 그럴 필요가 없어졌다.

은나는 기자 역할을 맡은 경관 바로 뒤에 등을 바
싹 붙이고 앉았다. 숨을 죽이고 출입문의 동태만 지켜
보는데 민규가 다가와 그의 옆에 슬쩍 앉았다.

"다들 너무 긴장한 것 같아요."

민규의 손에는 수제 치즈가 담긴 접시가 들려 있
었다.

"원래 이래요?"

"일할 땐 긴장해야죠. 언제 무슨 일이 생길지 모르
니까요."

"조금 멋진데요?"

민규는 그렇게 말하며 슬그머니 은나의 손을 잡았
다. 은나는 얼굴이 살짝 붉어졌지만 무어라 말은 하지
않았다.

딸랑.

풍경 소리와 함께 문이 열렸다. 키 170센티미터 정도에 머리가 조금씩 벗어지기 시작한 통통한 체형의 남성이 등장했다. 사진으로 본 윤해환과 인상착의가 정확히 일치했다. 윤해환은 주변을 두리번거리더니 기자 팀 쪽으로 다가갔다. 은나는 숨을 죽이고 다음 순간 일어날 일에 대비했다.

그런데 예상 못 한 일이 일어났다. 윤해환이 은나와 민규 앞에 섰다. 그와 민규를 보며 씩 웃더니 말했다.

"안녕하세요, 윤해환입니다."

○

함민이 동대구역에 도착할 즈음 전화가 왔다. 함민은 팀원들이 이렇게 빨리 연락해 오다니 검증이 성공적인 건가 싶어 기대에 차 전화를 받았다.

"평택역에서 공원까지 가는 것만 차로 15분이 걸렸습니다. 역 앞에서 빠져나오는 데 애를 먹어서요."

"제기랄!"

함민은 저도 모르게 욕설을 내뱉었다. 이번에야말로 풀었다고 생각했는데 아니라니 크게 화가 났다. 함민은 그대로 휴대폰을 바닥에 집어던질 뻔했다. 가까스로 참고는 일단 호흡을 가다듬으며 말했다.

"혹시 모르니 평택지제역 CCTV를 확인해봐. 우리가 모르는 방법으로 살인을 저지르고 역에 도착했다면, 분명 카메라에 윤해환의 모습이 찍혔을 거야. 특히 52분 기차를 타는 승객들을 유심히 관찰하라고."

전화기 너머에서 대답이 돌아오지 않았다.

"알아들었어?"

함민은 초조한 목소리로 물었다.

"이 가능성을 떠올리신 것만으로 대단하신 겁니다. 아시죠?"

이삭의 목소리가 들렸다. 그의 목소리엔 염려가 가득했다.

"평택지제역에 가보겠습니다. 분명 다 잘될 겁니다."

연이어 진석의 목소리가 전해졌다. 스피커폰으로 다 같이 듣고 있던 모양이었다. 함민은 창피함에 얼굴이 다 화끈거렸다. 아직 그는 정직 중이었다. 그런데 명령을 내리고 짜증까지 냈다. 이런 상황에서 팀원들은 그를 오히려 걱정하고 있었다.

"소리 질러서 미안하다."

함민은 아까보다 차분해진 목소리로 말했다.

"해답을 갖고 돌아갈게."

전화를 끊은 함민은 동대구역 매표 창구로 향했다. 아까 대구역에서처럼 혹시 창구 직원에게 힌트를 얻을 수 있을까 하는 기대감에서였다. 이번엔 별다른 말이 오가지 않았다. 마침 15시 18분에 출발하는 SRT 표가 남아 있어서였다. 창구 직원은 표를 끊어주는 것으로 대화를 끝냈다.

함민은 김이 빠졌다. 표를 들고 플랫폼으로 내려갔다. 의자에 앉아 다시 수첩을 꺼내고 지금껏 떠올린 가설을 돌이켜봤다. 아무리 생각해도 마지막 방법이 정답이었다. 윤해환이 함민과 형사들이 예상하지 못한 어떤 방법으로 20분 안에 살인을 마치고 평택지제역으로 갔고, 그곳에서 SRT를 타고 동대구역 이동, 대구역으로 향했다는 게 가장 유력한 시나리오 같았다.

무슨 수를 썼는지 아직 알아내지 못했지만, 20분 안에 살인할 방법이 있는 게 분명했다. SRT에는 CCTV가 있다. 평택지제역도 마찬가지다. 해당 열차의 CCTV를 확인하면 분명 윤해환을 열차 안에서 발견할 수 있으리라.

○

윤해환은 기자들의 태도가 매우 마음에 들지 않았다. 그들의 질문은 너무 피상적이었다. 예를 들어 이런 식이었다.

"작가님, 작년에 수상하셨을 때 어떤 기분이 드셨나요?"

"작가님이 소설을 쓰실 때 겪은 재미있는 에피소드가 있다면요?"

"작가님께 셜록 홈스는 어떤 의미인가요?"

"차기작 준비는 어떻게 되어가고 있나요?"

윤해환은 슬슬 신경이 곤두섰다. 자기 입으로 사건에 대해 말할 수는 없었다. 이 두 기자는 자신의 소속을 평택시 도서관이라고 밝혔다. 그런 둘에게 갑작스레 "사실 제가 살인 사건의 용의자가 되었습니다" 같은 말을 할 순 없었다.

'뭔가 방법이 없을까, 방법이…….'

윤해환은 휴대폰 화면을 켜서 시간을 확인하다가 아이디어를 떠올렸다.

"아, 여보세요?"

윤해환은 재빨리 전화가 온 척했다.

"아, 네. 평택경찰서요? 네, 네! 네? 조명주 작가가 죽어요?"

이 말에 두 기자가 크게 놀란 얼굴이 됐다. 특히 취재 기자는 휴대폰을 들더니 누군가에게 급히 메시지를 보내는 것 같았다.

'분명 도서관장에게라도 연락하는 거겠지. 이 이야기를 기사에 실어도 되는지 허락을 받으려고.'

윤해환은 콧방귀를 흥흥 내뿜은 후 더욱 과장된 행동을 보였다.

"이쪽으로 오시겠다고요? 수사 협조요? 네, 물론이죠. 제가 취재 중이긴 한데 오십시오. 아, 제가 취재를 하는 게 아니고 인터뷰 요청이 들어와서. 하하, 작가 일이 이렇습니다. 네, 그럼 잠시 후 뵙겠습니다."

윤해환이 전화를 끊자 기다렸다는 듯 기자가 질문했다.

"경찰이 온대요? 무슨 일이 있나요?"

"아, 그게, 제 동료 작가가 살해당했다네요."

"살해를 당했다고요?"

"네, 그런데 아무래도 제가 주요 참고인인 모양입니다."

윤해환은 기다렸다는 듯 자신의 이야기를 시작

했다.

○

SRT가 대전역을 지날 때 팀원들에게서 다시 전화가 왔다. 평택지제역에서도, 천안역에서도, 윤해환의 모습을 발견하지 못했다는 이야기였다.

"천안역에서 타는 티켓은 미리 구매해놨다고 하면 말이 됩니다. 평택지제역은 모르겠네요. 혹시 몰라 그 시간대 부산행 SRT 내부 CCTV도 확인했는데 윤해환이나 그와 인상착의가 비슷한 인물은 찾을 수 없었습니다."

"알았어. 수고해."

함민은 한숨을 길게 쉰 후 전화를 끊었다. 곧 평택지제역이었다. 더는 함민이 할 수 있는 일이 없었다. 함민은 무력감을 느꼈다. 짜증과 불안감도 확 치밀어 올랐다.

'불을 지르고 싶다.'

이제 함민은 반복해서 단 하나의 생각을 하고 있었다. 불행 중 다행인 건 요즘 함민이 라이터를 안 갖고 다닌다는 사실이었다. 함민은 자신의 집에 불을 지른 후 라이터를 버렸다. 부엌의 가스도 일찌감치 끊어 버렸다. 집주인은 이 기회에 아예 내부 인테리어를 대폭 바꿨다. 주방의 가스레인지를 인덕션으로 교체했다. 한동안 잘 버텼건만 트릭을 푸는 데 애를 먹자 방화 충동이 거세졌다. 팀원들의 얼굴을 떠올리며 다독이려 애썼지만 소용없었다. 함민은 SRT가 천안아산역에 진입한다는 안내 방송을 듣자마자 벌떡 일어났다. 라이터를 살 셈이었다.

○

은나는 진지하게 의심하고 있었다.

'윤해환은 진범이 아닐 듯.'

윤해환은 수다스러웠다. 묻지도 않은 자기 신상을 알아서 늘어놓아 딱히 질문할 거리도 없었다. 한마디로 자의식 과잉. 요즘 유튜브에서 자주 언급되는 나르시시스트의 화신 같았다. 윤해환은 주변 추리소설가들의 사적인 이야기며 새우젓 이론이니 작법론이니 하는 말들을 쉴 새 없이 떠들어댔다. 은나가 그런 윤해환의 말에 별 반응을 보이지 않고 작품에 대한 질문만 하자 그는 자기 입으로 조명주 이야길 꺼냈다.

자신과 조명주가 얼마나 오랜 친구 사이인지, 작년 수
상 직후 조명주가 표절 의혹을 제기해서 자신이 얼마
나 큰 배신감과 충격을 받았는지 숨도 안 쉬고 떠들
어댔다. 어찌나 침을 튀기던지 은나가 몸을 뒤로 슬쩍
빼야 할 정도였다. 그렇기에 그가 진범이 아닐지도 모
른다는 생각이 더 강해졌다. 윤해환은 객관적으로 너
무 멍청했다. 얼마나 멍청하면 말도 안 되는 추리 끝
에 은나를 기자로 착각하느냔 말이다. 윤해환의 건방
진 태도는 상대가 거부감을 갖게 할 만했다. 이게 진
짜 인터뷰였다면 그에게 호의적인 기사를 쓸 리 없었
다. 은나는 아무리 생각해도 윤해환이 스스로 놀라운
트릭을 짰다기 보다는 조명주의 트릭을 베꼈다는 편
이 훨씬 더 믿음직스러웠다. 그러자면 결국 또 같은
생각으로 돌아오는 것이었다.

　'이런 멍청한 인간이 기차 시간표 트릭 같은 걸 짰
을 리 없다.'

　인터뷰를 한 시간쯤 했을까, 윤해환이 갑자기 전
화기에 대고 야단을 떨기 시작했다.

　"아, 네. 평택경찰서요? 네, 네! 네? 조명주 작가가
죽어요?"

　"이쪽으로 오시겠다고요? 수사 협조요?"

은나는 당황했다. 그의 사건은 은나를 비롯한 강력 1팀이 담당 중이었다. 각기 흩어져 증거를 찾느라 바쁘다. 그런데 누가 여길 온다는 건가? 은나는 허둥지둥 진석에게 카톡을 보냈다. 혹시 윤해환을 만나러 오기로 한 거냐고 물어봤으나 바로 'ㄴ' 한 글자가 돌아올 뿐이었다.

'대체 뭐지?'

은나는 윤해환이 전화를 끊자마자 물었다.

"경찰이 온대요? 무슨 일이 있나요?"

"아, 그게, 제 동료 작가가 살해당했다네요."

"살해를 당했다고요?"

"네, 아무래도 제가 주요 참고인인 모양입니다."

그러더니 콧김을 뿜어대며 이야기를 시작했다.

"제가 어제 대구에서 북토크가 있었습니다. 제가 대구를 오가는 사이에 추리소설가 조명주가 살해당했다네요. 절 의심하는 모양인데, 말이 안 되죠. 저는 그 시각에 기차를 타고 있었거든요."

그제야 은나는 알 수 있었다. 윤해환은 제 입으로 저 이야길 하고 싶어서 전화가 걸려 온 척했다는 사실을.

'역시, 이 인간이 기차 시간표 트릭 같은 걸 짤 수

있을 리 없어……'

○

    기차가 천안아산역에 서기가 무섭게 함민은 바로 플랫폼에 뛰어내렸다. 그대로 편의점을 찾아 두리번거리다가 바닥에 있는 '1호선 아산역 갈아타는 곳'이라는 안내 문구를 발견했다.

    그걸 본 함민의 머릿속에 새로운 가능성이 떠올랐다.

    '윤해환이 천안아산역에서 SRT를 탔다면 어떨까?'

    함민이 기억하기로 평택역에서 아산역까지는 지하철로 30분이 채 걸리지 않았다. 그렇다면 윤해환이 애초에 평택지제역이 아닌 천안아산역으로 가서 SRT를 타고 17시 8분까지 동대구역으로 이동하는 것도 가능하지 않을까?

    함민은 서둘러 SRT 앱을 열어 천안아산역에서 동대구역으로 가는 SRT를 검색했다.

천안아산 – 동대구역 15:04 – 16:10

15:09 – 16:15

15:14 – 16:26

15:34 – 16:45

15:39 – 16:50

해당 시각에 기차가 무려 다섯 대가 있었다. 다음으로 함민은 살해 현장인 공원에서 천안아산역까지 가는데 소요되는 시각을 교통수단별로 확인해보았다.

지하철

14:40 – 15:07

15:27 – 15:55

15:47 – 16:14

기차

13:46 – 14:12

15:21 – 15:47

지하철과 기차 모두 예상 시각이 맞지 않았다. 남

은 방법은 차를 타고 이동하는 것뿐이었다.

평택 – 천안 14:01 – 14:13

천안 – 평택 14:20 – 14:32

평택 – 공원 14:32 – 14:42

공원 – 천안아산 14:50 – 15:30~40

천안아산 – 동대구 15:34 – 16:45

동대구 – 대구 16:45 – 17:08

'이거다.'

함민은 다시 한번 강한 확신을 느꼈다. 희열과도 같이 끓어오르는 기분은 방화 욕구를 완벽히 사그라 들게 했다. 이대로 안심해서는 안 됐다. 아까도 기대 했다가 오히려 더 실망하지 않았던가. 함민은 심호흡 을 크게 했다. 팀원들의 단체방에 자신이 지금까지 알 아낸 것을 알리며 윤해환의 신병을 확보해두라고 말 했다. 바로 은나가 답을 보내왔다.

**은나** 이미 전담 마크 중입니다.

은나는 무려 윤해환과 함께 찍은 사진도 보내왔

다. 무슨 요술을 부린 건지는 몰라도 은나는 민규의 카페에서 윤해환과 커피를 마시고 있었다. 함민은 은나가 보낸 사진을 보자니 새삼 민규의 커피가 간절해졌다.

함민은 한시라도 빨리 사건을 해결한 후 민규의 카페에 가겠다고 다짐하며 다시 한번 구체적인 검증 방법과 확보해야 할 CCTV를 전달했다.

**이삭**    ㅁㅊ 이걸 다요?

**진석**    헐 ㅋ?

함민의 말에 이삭과 진석이 장난 섞인 답을 보내왔다. 함민이 요청한 CCTV 영상이 예상보다 훨씬 광범위했기 때문이었다. 하지만 은나만 반응이 달랐다.

**은나**    만세!!!!!!!!

ㅠㅠ 제발 검거 빨리 증거 ㅠㅠ 제발 명령 좀!

"얘는 반응이 왜 이래?"

함민은 은나가 대화방에 감정을 드러내는 걸 처음 봤다. 의아한 마음이 들었지만 왜냐고 묻지는 않았다.

지금 이 순간 자신이 할 수 있는 게 없어서 그런가 보다 하고 무덤덤한 답을 보낼 뿐이었다.

**함민** ○○

○

**함민** 증거 확보 완료. 검거해.

'마침내……'

은나는 함민이 보낸 메시지에 눈물이 날 것 같았다.

지난 한 시간 동안 은나는 윤해환이 얼마나 조명주를 싫어하는지를 끊임없이 들었다. 중간에 화장실을 가려고도 했으나 윤해환은 틈을 주지 않았다. 민규 덕에 버텼다. 민규는 탁자 밑에서 손을 꼭 잡은 채 악력으로 응원을 보냈다.

"그만!"

은나가 자리에서 벌떡 일어났다. 윤해환의 입을 한 손으로 틀어막으며 말했다.

"평택경찰서 연은나 형사입니다. 당신을 조명주 살인 사건의 피의자로 검거합니다."

윤해환은 은나의 손에 입이 막힌 채 눈을 동그랗게 떴다. 하고 싶은 말이 많다는 표정을 지었지만 은나는 틈을 주지 않았다. 더욱 세게 그의 입을 틀어막은 후 미란다 원칙을 빠르게 내뱉고는 함민이 전해준 트릭의 진실을 말했다.

"당신이 계획한 일정은 완벽하게 실현하려면 연습이 필요했어요. 매일 같은 시각 집을 나와 이 계획을 실험했죠. 당신이 가장 신경 썼던 건 모산근린공원에서 천안아산역까지 차로 이동한 후, 그곳에서 SRT를 무사히 타는 것이었어요. 실제로 당신은 여러 변수 때문에 처음엔 몇 번이고 실패했어요. 흥분할 때면 혼자서 어쩔 줄 몰라 하기도 했죠. 그런 모습이 천안아산역 CCTV에 모두 찍혀 있었습니다. 물론 사건 당일도 마찬가지였고요. 그 모습들은 이 살인이 결코 우발적으로 일어난 게 아니라는, 계획 살인이라는 걸 증명합니다."

입이 막힌 윤해환의 어깨가 처졌다. 은나는 이제 입을 다물겠지 안심하고 손을 뗐다.

"작년 대구에 북토크를 하러 갔을 때 기차를 활용한 트릭을 떠올렸습니다."

은나는 주먹을 불끈 쥐었다. 한 대 확 때려버리고

싶은 마음을 가까스로 억누르며 억지웃음을 지었다.

"윤해환 씨, 나머지는 서에서 마저 말씀하시……."

"아까 말씀드린 새우젓 이론 기억하시죠?"

물론 윤해환은 은나의 말을 듣지 않고 이야기를 줄줄 이어갔다.

"오랜 시간 소재를 잘 재워서 쓴다는 그 이야기 말입니다. 본래는 그 트릭을 잘 재워서 차기작에 쓸 셈이었어요. 그런데 조명주가 건드리는 바람에 도저히 참을 수가 없었습니다. 신간 출간 이야기를 듣고 울화통이 터져서 그를 모산근린공원으로 불러냈습니다. 어떻게 불러냈는지 궁금하시죠? 제가 화해를 청하는 척했습니다. 출간 기념 화해 북토크를 하자니까 흔쾌히 오케이 하더라고요. 작년에 받았던 수상 트로피와 똑같은 걸 제작해 화해 기념으로 나눠 갖자고 제안했습니다. 애초에 그런 건 만들지 않았습니다. 모산근린공원 화장실로 불러낸 후 작년 트로피를 보이고 '이게 그렇게 갖고 싶다면 가져가라! 가져가!' 외치고 그의 후두부를 마구 내리쳤습니다. 그 트로피를 들고 대구에서 북토크를 했습니다."

은나는 더 이상 윤해환을 상대하고 싶지 않았다. 서둘러 그를 진석이나 이삭에게 떠넘기고 싶을 뿐이

었으나 윤해환은 은나와 함께 카페에서 나서는 순간
에도 말을 멈추지 않았다. 은나는 더는 듣고 싶지 않
았지만 귀에 들리는 재잘거림을 막을 방법은 없었
다…….

○

　자정에 가까운 시각 함민과 진석, 이삭이 다 함께
카페에 들어섰다. 은나는 넋이 나간 듯한 표정으로 민
규와 함께 앉아 있었다. 민규도 좀처럼 보기 힘든 무
표정한 얼굴이었다. 함민 일행이 본 민규는 커피를 준
비하겠다며 자리에서 일어섰다.

　"나, 깨달았어."

　은나가 말했다.

　"나는 말 많은 남자는 딱 질색이야. 정말 죽여버리
고 싶을 정도로 싫어."

　"죄송합니다."

　은나의 말에 뜻밖에 이삭이 반응을 보였다.

　"저 말 줄일게요."

　보통 이럴 때면 네 이야기가 아니라는 반응이 나
와야 했지만 은나는 이렇게 말했다.

"고마워."

오늘 윤해환에게 심하게 덴 탓이었다. 이삭은 상처받은 표정을 지었으나 은나는 그에 대해 아무런 말도 하지 않았다.

"윤해환의 가장 큰 살해 동기 말인데요."

진석은 울상이 된 이삭과 은나를 번갈아 보다가 다시 입을 열었다.

"처음에 윤해환은 정말 사과와 화해의 북토크를 하는 편이 더 좋은 게 아닐까도 생각했다네요. 하지만 화해를 제안한 윤해환에게 조명주가 차기작 이야기를 들려준다며 한 말에 살의를 굳혔다고 합니다."


당시 조명주는 이렇게 말했다.

"차기작으로 완전범죄소설을 기획 중이야."

"완전범죄, 좋지. 나도 괜찮은 트릭을 떠올려서 구상 중이야."

"네가? 완전범죄를?"

조명주는 윤해환의 말에 코웃음을 쳤다.

"쓸 수 있겠어? 잘해 봐야 표절이겠지."


"그 말에 자존심이 상해서 참을 수 없었다고 하

네요."

"난 조명주의 말에 동의해."

은나가 괴로운 표정으로 말했다.

"윤해환이 추리소설을 쓴다는 게 믿기지 않아. 분명 이 기차 시간표 트릭도 표절일 거야. 난 절대 믿지 않아."

진석은 말없이 은나의 어깨에 손을 올려 힘내라는 듯 몇 번 두드린 후 손을 내렸다.

"사막 심리 테스트라는 게 있어."

그런 둘을 보며 함민이 말했다.

"사막에 갈 때 어떤 동물을 끝까지 남길지 고르는 심리 테스트지. 사자, 말, 소, 양, 원숭이를 데리고 가다가 하나씩 떠나보내는 거야. 어떻게 하겠나?"

"글쎄요. 원숭이, 사자, 양, 소, 말일까요."

진석이 대답했다.

"저는 사자, 원숭이, 소, 말, 양."

은나가 말했다.

"저라면 사자, 소, 말, 양, 원숭이?"

마지막으로 이삭이 말했다. 함민은 고개를 끄덕이다가 마침 치즈를 갖고 다가오는 민규에게도 같은 질문을 했다. 그러자 민규는 말했다.

"원숭이, 양, 말, 소, 사자?"

"왜 사자를 마지막까지 데리고 가죠?"

"무슨 일이 생길지 모르니까. 나 자신을 보호해야
죠. 그래서 이건 무슨 심리 테스트죠?"

"인생에서 어려운 상황에 닥쳤을 때 버리는 것들
순서라고 합니다. 사자는 자존심, 말은 가족, 소는 직
업, 양은 사랑, 원숭이는 친구라는군요. 진석이는 가
족, 은나는 사랑, 이삭이는 친구를 끝까지 챙기고, 사
장님은 자존심을 챙기시는군요. 저는 생각했습니다.
이 살인 사건 속 윤해환 역시 마지막에 사자를 남길
사람이라고. 자존심이 상하는 것을 참을 수 없었기에
살인을 저질렀다고……."

"그러는 팀장님은요?"

민규가 함민에게 물었다.

"사실 저도 마지막에 사자를 남겼습니다."

"팀장님은 저랑 같은 과이시군요."

"그래서 사장님의 커피를 좋아하나 봅니다."

"영광입니다."

함민의 말에 민규가 활짝 웃어 보였다. 함민 역시
그런 민규를 따라 함께 웃었다.

# 뷔슈 드 노엘

함민은 당연히 지금 집에서 더는 살지 못할 거라고 생각했다. 방화를 일으킬 때마다 모두 집을 빼라는 말을 들은 탓이었다. 뜻밖에도 이번 집주인은 함민에게 계속 살아도 좋다고 하며 대신 부탁을 해 왔다.

"내가 여기 말고 건물이 하나 더 있어. 투룸인데, 거긴 보증금 없이 단기 임대로 운영을 해. 그런데 그 집에 살던 인간이 돈을 안 주고 튀었네. 어떻게 좀 도와줄 수 있을까?"

함민의 집주인은 60대 후반 여성이었다. 알부자로 함민이 사는 빌라 말고도 평택 내에 건물을 몇 채 더 갖고 있었다. 그 건물들 중 하나에서 문제가 생겼다는 말이었다.

"미리 돈 받지 않으셨어요?"

"받았지."

집주인은 도수가 높아 보이는 안경을 벗어 웃옷으로 대충 닦으며 말을 이었다.

"그놈이 처음엔 일주일 임대를 했어. 그런데 연장을 하겠다면서 알아서 입금부터 하더라고. 그러고 일주일 후에 또 한 번 연장할 때도 미리 돈을 넣더니 아예 한 달로 연장을 하재. 그러고 입금을 안 하는 거야. 지금까지 돈을 제때 꼬박꼬박 넣었으니 믿어봤는데 일주일이 지나도록 입금이 안 되니 뭔가 이상한 거지. 그래서 연락했더니 자기는 사실 거기에 안 산대. 신분만 빌려줬다네. 그럼 대신 돈을 내줘야 할 것 아니냐니까 직접 받아내라고 오리발이야. 내 참 기가 막혀서."

"거참…… 갑갑하실 만하겠네요. 제가 뭐 가능하면 도와드려야죠."

"그럼 나가자고."

"네?"

"일 쉬는 중이라며. 당장 가서 좀 봐줘."

함민은 떨떠름해하면서도 일단은 집주인을 따라 집을 나섰다. 이 집에서 계속 살게 해주었으니 차마 거절할 수 없었다. 집주인은 이동하는 내내 한참을 하소연했다. 월세가 몇 달이고 밀렸는데도 못 받는 경우가 부지기수라는 둥 전세 계약이 종료되었는데 다음 입주자를 구하지 못해 생돈을 물어주는 일이 있다는 둥 연이은 하소연에 함민은 예, 예, 대충 대답하며 속으로는 난감해했다.

'왜 하필 오늘이야.'

인간의 행동에는 패턴이 있다. 그런 패턴을 찾아 범인을 잡는 게 함민의 직업이다. 단기 임대를 하고 튄 세입자를 찾아달라는 건 어려운 부탁이 아니었으나 오늘은 함민의 복직 바로 전날이었다. 함민은 하루 종일 차분하게 앞으로의 거취를 고민할 셈이었다.

언젠가 함민은 서점에서《걱정을 해서 걱정이 없어지면 걱정이 없겠네》라는 인상적인 책 제목을 본 적이 있었다. 그 말처럼 자신의 상황이 걱정을 한다고 해서 달라지지 않는다는 건 잘 알고 있었다. 그래도 걱정하고 싶었다.

"여기야, 여기."

집주인이 자신의 차를 법원 인근의 한 건물 앞에 세웠다. 함민은 차에서 내리며 CCTV부터 찾았다. 다행히 이 건물에는 시선을 두는 곳마다 CCTV가 있었다. 건물이 법원 바로 옆에 있는 덕인 듯했다.

"이 건물 302호야."

그렇게 말한 후 집주인은 앞서 걸었다. 3층에 도착한 그가 302호의 문을 열자 매캐한 냄새가 흘러나왔다.

"어이쿠, 냄새."

"잠깐만요."

집주인이 바로 안으로 들어가려는 걸 함민이 막았다. 현관문 앞에 쌓인 택배 박스 탓이었다. 탑을 이룬 택배 박스의 수취인은 모두 조정훈, 택배가 도착한 날짜는 각기 12월 7일부터 10일 사이로 다양했다.

'뭔가 이상하군.'

정체불명의 세입자 조정훈이 작정하고 주세를 안 내고 내뺄 셈이었다면 택배를 여기로 받지 않았을 것이다.

"건물 CCTV 영상 구할 수 있죠?"

"왜? 뭐 이상해?"

"12월 7일 아침 것 좀 확인해주시겠어요? 조정훈 씨 나가는 모습 있으면 알려주세요."

"얼굴 모르는데."

"뭔가 낯설다 싶은 남자면 맞을 거예요. 제가 괜찮다고 하기 전까지는 집 안에 들어가시면 안 됩니다."

함민은 집주인에게 주의를 단단히 준 후 파카 안 주머니에 손을 넣어 비상용으로 갖고 다니는 커다란 검은 봉지 두 개를 꺼냈다. 함민은 그걸로 신발을 싸

맨 후 302호로 들어갔다. 함민이 느낀 위화감은 조정
훈이 놓고 간 물건들을 보며 더 커졌다. 하나같이 다
명품이었다. 이것들만 팔아도 주세를 내고도 남을 터
였다. 그런 조정훈이 갑자기 잠적했다는 건 이치에 맞
지 않았다. 차라리 사고를 당해 돌아오지 못하게 됐다
는 편이 설득력 있었다.

"이 사람, 좀 이상한 것 같네."

함민이 집 안을 한 바퀴 도는 사이 집주인이 유의
미한 CCTV 영상을 확보했다. 함민 또래로 보이는
남성 한 명이 12월 6일 밤 건물을 나서는 모습이었다.
함민이 봐도 이 남성이 조정훈일 듯했다. 그의 옷차림
탓이었다. 남성은 백만 원이 훌쩍 넘는 가격의 오리털
파카 차림이었다. 이런 고가의 옷을 입는 인물이 강력
사건에 휘말렸다면 실마리를 쉽게 찾을 가능성이 높
았다. 함민은 영상을 강력 1팀 단체 대화방에 띄웠다.

**함민**  이 남자 신원이랑 소재 좀 알아볼 수 있을까?

바로 진석에게 전화가 왔다.

"12월 6일 동자동에서 발견된 소사체(燒死體)와
같은 인물로 보입니다."

남자가 마지막으로 모습을 보인 날 동자동 주택 개발 지구 일대의 공사 중인 빌라 건물 2층에서 화재 신고가 접수되었다. 검시 결과 단순 소사가 아니라 살인 사건이었다. 범인은 신원 파악이 어렵도록 피해자의 얼굴과 치아를 손상시켰다. 지문과 족적 등 혹시 모를 흔적을 없애기 위해 불을 질렀다. 함민이 보낸 영상 속 인물이 이 소사체와 같은 옷을 입고 있었다.

"바로 출동하겠습니다."

"조심해서 와라."

함민은 전화를 끊은 후 잠시 생각에 잠겼다.

12월 6일과 7일 양일이라면 함민이 평택역에서 시간을 때우던 때였다. 팀원들은 그때에도 변함없이 함민을 꼬박꼬박 찾아와서 시시콜콜 떠들었다. 귀찮을 정도로 현재 수사 중인 사건에 대한 의견을 물었다. 그중 이 사건은 없었다. 화재와 결부된 사건이라서 자신에게 이야기를 안 했다는 게 마음에 걸렸다. 그건 앞으로도 비슷한 사건을 숨길 가능성이 있다는 뜻이었다.

'역시 그만두는 편이 나을까.'

강력 1팀은 인원이 부족했다. 함민이 그만두면 팀이 해체될 가능성이 높았다.

'아니, 그만둘 수는 없지.'

"저기, 뭐가 어떻게 되어가는겨?"

집주인의 말에 함민은 잡념을 중단했다.

"단순히 돈을 내기 싫어 도망친 게 아닌 것 같습니다. 이름을 빌려줬다던 사람 신분증이랑 연락처 주고 돌아가 계세요. 제가 다시 연락드릴게요."

집주인은 찝찝해하면서도 일단 함민의 말에 따랐다.


가짜 임차인의 이름은 오태식, 나이는 35세였다. 주민등록증을 발급받은 건 2017년으로 주소지는 대전이었다.

'화재, 살인, 소사체에 이어 대전이라니……'

단어의 공교로운 조합에 함민의 손끝이 근질거리기 시작했다. 함민은 그런 자신이 영 미덥잖았다.

'이러니 팀원들이 나한테 사건 이야길 가려 하지. 역시 그만두는 편이……'

"팀장님!"

방금 전에는 집주인 덕에, 이번에는 예상보다 훨씬 일찍 등장한 은나 덕에 정신을 차렸다.

"어떻게 벌써 왔어?"

"근처에 있었어요."

함민은 순간 은나가 민규랑 있었던 게 아닐까 생각했지만 입 밖으로 소리 내어 묻지는 않았다.

"소사체 말인데요. 원한으로 인한 살인으로 보고 있습니다."

은나는 평소처럼 바로 본론으로 들어갔다.

"범인이 지갑이며 휴대폰은 가져갔지만 다른 고가의 물건은 그대로 뒀거든요. 그리고 사인 말입니다. 소사가 아니라 과다 출혈입니다. 흉기에 찔려 숨졌습니다."

"칼이면 칼, 가위면 가위지 그냥 흉기는 뭐야."

"특정이 안 됐습니다. 얼굴을 망가뜨린 돌은 있는데 흉기만 없었어요."

"공사 현장이었다며, 제대로 찾아본 거야?"

"지나치게 열심히 찾았죠. 저희 때문에 공사 못 들어간다고 원성이 엄청났어요."

"범인이 가져갔다는 뜻인가. 또 뭐 나온 게 있나?"

"부검 결과 흉기 외에 특별한 것은 없었습니다."

은나는 태블릿을 내밀었다. 화면에 부검 보고서가 떠 있었다. 함민은 빠르게 내용을 훑었다. 범인은 얼굴과 손발을 불로 태웠다. 치아를 모두 뽑았다. 결정

적 사인은 복부의 자상, 무려 여덟 번을 찔렀다. 흉기
가 일반적인 도검류에 비해 뭉툭한 탓이었다. 위장에
서 초콜릿과 빵, 라면, 알코올 성분 등이 발견되었다.
은나가 말한 것처럼 가장 신경이 쓰이는 것은 수수께
끼의 흉기였다. 살인범은 진검과 비슷한 모양의 무언
가로 복부를 수차례 찔렀다. 상처 부위로 볼 때 끝부
분이 너비 2센티미터, 두께 5밀리미터의 직사각형 모
양인 긴 물체로 추정되었다. 아마도 이것이 범인을 특
정할 가장 중요한 단서가 될 듯했다.

"50센티미터 철제 자, 날이 긴 가위, 톱칼, 사시미
칼 등으로 유추 중입니다."

은나는 그렇게 말하더니 잠시 뜸을 들인 후 말했다.

"사건 누락 전달, 죄송합니다."

은나는 늘 이렇게 정곡을 찔렀다. 처음 은나의 직
설을 들었을 땐 적잖이 당황했지만 적응이 되자 오히
려 편했다.

"내가 불쾌하다고 말할 사정이 아니잖아. 이제라
도 알았으니 됐어."

"감사합니다."

곧이어 과학수사반이 도착했다. 가장 먼저 보인
건 태을이었다. 태을은 함민을 보자마자 소리부터 질

러댔다.

"야, 너! 옷차림이 그게 뭐냐! 넥타이랑 구두 어쨌어!"

"정직 중인데 양복 입고 다니리?"

"아직도 정직이냐?"

"내일 복귀다."

"그럼 민간인은 아웃해주시라."

태을의 말에 함민은 피식 웃으며 뒤로 빠졌다. 이삭과 진석도 함민을 보자마자 죄송하다고 말했다. 함민은 그런 둘에게 은나에게 한 말을 반복했다.

"됐다. 내가 서운해할 처지도 아니고."

함민은 머릿속으로 다른 생각을 반복하고 있었다.

'수수께끼의 인물과 소사체가 정말 같은 인물이라면 이게 복직 후 첫 사건이 되는 것 아닌가? 그렇다면…… 초동수사에 참여하지 못한 게 수사의 걸림돌이 되겠는데?'

함민은 CCTV 영상 추적에 들어갔다. 오태식은 조정훈이 사라진 6일 이후에도 빌라를 다녀갔다. 8일 오전, 오태식은 건물에 들러 한 손에 묵직한 명품 가방을 든 채 급히 빌라를 나와 화재 현장 근처 신축 빌라로 향했다.

"소사체 건으로 이 사람 만났던 것 같아요."

이삭은 빌라 앞에서 담배를 피우는 남성을 가리키며 말했다. 확인해보니 12월 8일에 강력 1팀이 오태식이 사는 빌라를 탐문한 기록이 남아 있었다. 건물 각 층에 사는 입주자는 20~30대로 젊었다. 직업은 주로 대학생, 회사원이었고 평균 귀가 시간은 저녁 7시였다.

현재 시각 오전 11시, 오태식이 집에 없을 가능성이 높았다. 혹시 모른다는 생각에 다 함께 빌라로 이동했으나 예상대로 안에는 아무도 없었다.

함민은 팀을 나누기로 했다.

"이삭이랑 은나는 여기서 오태식 기다리고, 진석이는 나랑 가자."

함민과 진석은 곧바로 주변 부동산으로 향했다. 신축 빌라가 여럿 지어지다 보니 근처에 부동산이 많았다. 뜻밖에도 가장 먼저 들어간 곳에서 중요한 이야기를 들을 수 있었다.

"이 사람 알죠. 최근 근처 부동산에서 한 번에 신축 빌라를 여덟 채나 구매했거든요. 그것만으로 부족했는지 좋은 물건 나오면 연락 달라고 했대요."

"그렇게 집을 많이 사는 이유가 있을까요?"

"부익부 빈익빈이라고 요즘엔 한 채 산 사람이 서
너 채 사요."

"그래도 여덟 채나요?"

함민은 미심쩍었다.

"저도 여덟 채는 처음 보긴 했는데 요즘 평택 집값
보면 이해가 안 되는 건 아니에요. 갭투자 노리는 거죠."

"계약 날짜가 언제쯤인지 아십니까?"

"일주일 안 된 것 같아요."

"혹시 계약금을 모두 현금으로 내진 않았습니까?"

진석이 물었다. 진석은 오태식이 조정훈의 집에서
챙겨 나온 묵직한 명품 가방을 떠올렸다.

"예, 맞아요. 요즘에도 현금 갖고 다니는 사람이
있더라고요."

함민과 진석이 서로 마주 보고 고개를 살짝 끄덕
였다. 사라진 명품 가방 안에 현금이 들어 있었을 가
능성을 떠올린 것이다.


"오태식이 돌아왔습니다."

함민과 진석이 부동산을 나설 무렵 이삭과 은나에
게 연락이 왔다. 둘은 다시 오태식의 빌라로 향했다.
은나와 이삭은 현관에, 함민과 진석은 도주 상황에 대

비해 베란다 아래쪽에 차를 대고 대기했다.

"진작 팀장님한테 의논할 걸 그랬네요."

이삭이 무전기에 대고 말하며 2층으로 향하는 계단을 올랐다.

"이렇게 쉽게 풀릴걸. 선배들이 그러는 거 아니래서 괜히 끙끙댔네요, 오버."

"그건 아니지. 어디까지나 우연이 겹친 거잖아."

은나가 퉁명스럽게 대꾸하며 그런 이삭의 뒤를 따랐다.

"은나 말이 맞다."

함민은 무전 너머에서 은나의 편을 들었다.

"내 힘 안 빌리고 사건 해결하는 게 맞지, 오버."

"2층 도착했습니다. 벨 누릅니다, 오버."

은나가 벨을 누르며 말했다. 현관문 너머에서 인기척이 났다.

"오태식 씨? 문 좀 열어주세요. 안에 계신 것 압니다."

은나가 다시 한번 문을 두드리며 큰 소리로 말하자 답이 돌아왔다.

"누구세요?"

"경찰입니다. 근처에서 일어난 화재 사건으로 여쭤볼 게 있어서요."

"전에 했잖아요."

"저희 일이 이렇습니다. 공무에 협조 부탁드려요. 이거 해야 저희도 퇴근해요."

현관문 안쪽에서 "아 진짜, 귀찮게"라는 소리가 나더니 현관문이 열렸다. 안전 고리가 걸린 상태였다.

"이것 좀 풀고 이야기하면 안 될까요?"

이삭이 말했다.

"그냥 하면 안 돼요?"

"이야기가 길어질 수 있어서 그럽니다."

"공무원이 이래도 돼요?"

이삭이 끼어들었다.

"저희도 빨리 하고 정시 퇴근하고 싶습니다. 협조 부탁드려요."

"아, 진짜."

오태식은 짜증을 내면서도 일단 안전 고리를 풀었다. 이삭이 열린 현관문을 잡아 활짝 열었다. 동시에 은나가 신발을 벗고 안으로 들어가며 말했다.

"이렇게 좋은 집은 얼마나 해요?"

"지금 뭐 하는 겁니까?"

오태식은 당황해서 은나를 따라갔다. 은나는 들은 체도 하지 않고 안방으로 향했다.

"이건 붙박이장이에요?"

은나는 넉살 좋게 물으며 벽장 문을 열었다. 낯익은 명품 가방이 들어 있었다. 은나는 바로 가방을 열어 내용물을 확인했다. 휴대폰으로 증거 사진을 찍으며 무전기를 들고 소리쳤다.

"가방 발견! 5만 원권 현금 다발이 가득 들어 있다, 오버!"

"자, 잠깐만요! 저기요! 이게 무슨!"

"조정훈 씨 아시죠?"

오태식의 표정이 굳었다. 주변을 두리번거리다 욕설을 내뱉으며 이삭의 배를 팔꿈치로 가격하고는 동시에 은나를 향해 손을 뻗었다.

"비켜! 저리 비키라고!"

여자라고 만만하게 본 것이다. 은나에겐 어림없는 일이었다. 은나는 오태식이 손을 뻗자마자 바로 몸을 살짝 틀며 그의 손목을 잡고 품 안으로 파고들었다. 몸을 숙여 오태식을 등 너머로 넘겼다.

쾅.

오태식이 바닥에 내리꽂혔다. 이삭은 오태식이 팔꿈치로 찍은 배를 한 손으로 문지르며 무전을 쳤다.

"연은나 선수 엎어치기 한판승, 오버."

"과잉 진압 아닌가, 오버."

이삭은 신음하는 오태식을 흘낏 보며 말했다.

"기절은 안 했다, 오버."

함민과 진석이 2층에 도착했을 때 오태식은 짜증이 잔뜩 난 표정으로 거실 소파에 기댄 채 바닥에 앉아 있었다.

"오태식 씨, 이거 어디서 났어요?"

함민이 명품 가방을 오태식 앞에 던지며 말했다.

"주인 동의 없이 가져오는 건 절도예요, 알아요?"

"연락이 안 되니까 직접 가서 가져온 것뿐이에요."

"현관 비밀번호는 어떻게 알고?"

"비상 상황에 대비해 받아둔 거라고요."

"명의만 빌려준 사이인데 비밀번호를 왜? 정말 모르는 사이 맞아요?"

"아, 알았어요. 사실 제가 고등학교 후배예요."

"그래서?"

"진짜 정말 십몇 년 만에 연락한 거예요. 저보고 큰돈 만져보지 않겠냐고 좋은 방법 있다고 해서 도운 거라고요."

"뭘 어떻게 도왔는데?"

"지훈 선배가 자기는 바빠서 가끔 연락이 안 될 수도 있다고 했다고요. 중요한 건 일단 좋은 물건을 확보하는 거라고, 무조건 계약부터 하라고 했다니깐요."

"그래서 조지훈이랑 뭘 할 셈이었는데?"

함민은 오태식의 말에 따라 슬그머니 조정훈을 조지훈으로 바꿔 불렀다.

"빌라…… 요."

"크게 말하세요. 안 들립니다."

"빌라왕이요! 여기서도 전세 사기 치려고 공사 중이었다고요! 됐어요?"

빌라왕이라니, 이게 무슨 소린가. 함민 일행이 오태식을 찾아온 이유는 어디까지나 조지훈 사망 사건 때문이건만 오태식은 다른 이야기를 하고 있었다. 조지훈이 빌라왕이고, 이곳에서 전세 사기를 치려고 했다고. 오태식은 자신이 그런 조지훈의 바지 사장이라고 이야기한 것이었다.

"실종자 신원 파악 완료, 오버."

거의 동시에 현장 검증을 끝낸 태을에게서 연락이 왔다.

"조정훈의 본명은 조지훈. 대전에서 전세 사기로 지명수배가 내려진 상태였다, 오버."

다음 날 저녁, 태을이 탁구채를 들고 강력 1팀을 찾았다. 태을은 태블릿에서 시선을 떼지 못하는 함민의 어깨를 탁구채로 가볍게 건드리며 말했다.

"오랜만에 한판 어때?"

함민은 대답 대신 태을을 잠시 멍청한 표정으로 올려다봤다. 그러더니 한 박자 늦게 말했다.

"보면 모르냐. 바쁘다."

"그 이야기 좀 하자고. 대전 가야 한다며."

"누구한테 들었어?"

태을은 턱짓으로 팀원들의 책상을 가리켰다.

"알았다. 나가자."

함민은 한숨을 쉬며 책상 서랍의 가장 아래 칸을 열어 나란히 정리된 서류 옆에 세로로 꽂힌 탁구채를 꺼내 자리에서 일어났다. 그런 함민의 옷차림은 어제와 같았다. 파카에 티셔츠, 청바지.

함민은 하루 일찍 복귀했다. 오태식을 검거한 후 사건이 걷잡을 수 없이 커졌다. 조지훈의 정체 탓이었다. 대전경찰서에 연락을 취했더니 오태식이 수상하다는 의견을 보내왔다. 오태식은 조지훈의 행방을 알고 있던 데다 현금이 든 가방도 챙겼다. 금품을 노린 범행이 아니냐는 주장이었다.

함민은 이 가설에 동의할 수 없었다. 사정 청취에서 DNA 감식 결과를 내보이며 소사체와 조지훈이 동일인이란 사실을 말했을 때, 오태식이 보인 반응은 거짓으로 볼 수 없었다. 뭣보다 가장 중요한 건 베일에 싸인 흉기였다. 오태식의 집에서는 조지훈을 살해한 흉기가 발견되지 않았다.

함민은 이런 사실을 전하며 대전서에 조지훈 개인에 대한 조사를 더 진행해달라고 요구했다. 대전서는 이 요구를 받아들이지 않았다.

"그렇게 궁금하면 대전에 오셔서 직접 수사하시죠."

함민은 대전서가 왜 이런 식으로 반응하는지 어렴풋이 짐작이 갔다. 진행 중인 사건의 주범이 소사체로 발견되어 예민해진 탓이리라. 평소의 함민이었다면 이런 사정을 헤아려 담담하게 받아들였겠으나 그곳은 하필 대전이었다. 1993년 방화 사건을 겪은 후 함민이 단 한 번도 찾지 않은 대전. 앞으로도 절대 가지 않을 그곳에서 "직접 오라"라는 연락을 받았다. 함민은 울컥했다. 그게 그렇게 쉬웠다면 이렇게 살지도 않았다. 사건이 해결되지 않을 때마다 불을 지르고 싶은 충동을 느끼지도 않았을 테고, 한 군데 몸담을 수 없어 경기도 전역을 돌아다니지도 않았으리라. 물론 경찰을 그만두고 싶다는 고민에 이르지도 않았을 거다. 대전에서는 이런 함민의 내적 갈등을 알 리도 없고 알 필요도 없었지만 함민은 치밀어 오르는 감정을 참을 수 없었다. 전화기에 대고 소리를 지르고 말았다.

"아 그래, 대전 간다고. 직접 가면 될 거 아냐!"

홧김에 대전에 간다고 말은 했지만 쉬운 일이 아니었다. 대전에서 가까스로 잠재운 자신의 죄의식이 다시 들끓을 것 같아 두려웠다. 물론 대전에 팀원을 보내는 수도 있었다. 진석과 은나, 이삭 중 누구를 보내도 함민만큼, 아니 함민 이상의 무언가를 알아낼 가능성이 높았다. 정말 그래도 될까. 함민은 대전으로 가는 이가 자신이 되어야 할 것 같았다. 그곳에서 당시 사건을 마주 봐야 앞으로의 거취에 대한 결론을 내릴 수 있을 것 같았다. 거듭된 생각 끝에 도달한 건 대전에 갔다가 다시 불을 지를지도 모른다는 불안감이었다. "대전에 오라"라는 말을 들은 것만으로 예민하게 반응하는 함민이었다. 이런 함민이 대전에 간다면 충동을 억누르지 못할 가능성이 컸다. 태을이 나타난 건 그즈음이었다. 그가 모든 걸 다 알고 왔다는 듯 탁구를 권했을 때 함민은 거절할 수 없었다.

태을과 함민은 경찰서 지하 탁구장으로 향했다.

늦은 시각이라 탁구대는 모두 비어 있었다. 둘은 각자 탁구채를 들고 자세를 잡았다.

"이번 기회에 대전 다녀오는 것도 좋잖아."

태을이 먼저 서브를 넣었다.

"가는 김에 거기 무슨 유명한 빵집에서 빵도 좀 사오고."

"직접 가서 사 먹어라. 넌 손이 없냐 발이 없냐."

함민이 빠르게 공을 받아쳤다.

"말로는 그러면서 사다줄 거 다 알거든?"

태을은 가볍게 공을 받아 함민의 코트로 넘겼다.

"시끄럽다."

함민은 있는 힘껏 공을 받아쳤다. 공은 빠른 속도로 네트를 넘더니 태을 쪽 코트 귀퉁이에 경쾌한 타격음을 내며 내리꽂혔다. 그렇게 함민이 먼저 득점했다.

"너 나랑 처음 탁구한 날 기억나냐?"

태을이 새 서브를 넣으며 말했다.

"그걸 어떻게 잊냐?"

함민은 이번엔 가볍게 공을 받았다.

30년 전, 화재로 전신 화상을 입은 후 함민은 다시 일상으로 돌아오기까지 오랜 시간이 걸렸다. 몇 번이고 피부 이식을 받은 뒤로 가장 힘들었던 것은 다시 근육을 쓰는 일이었다. 팔을 들고 걷는 일에 익숙해진 함민은 조금씩 운동을 시작했다. 마음속에는 예전 체력을 복구할 수 없으리라는 비관적인 관측이 가득했다. 더불어 예전으로 쉽게 돌아가서는 안 될 것도 같았다. 함민은 죄인이었으니까. 이런 함민에게 태을은 탁구를 칠 때마다 말했다.

"함민, 너는 영웅이다. 너는 사람들을 화재에서 구했다. 그러니 죄책감을 가지지 않아도 된다."

함민은 지금까지 태을의 말을 외우고 있었다.

"너는 내 말을 늘 부인했어. 진범이 잡힌 이후로도 늘 그랬지. 네가 불을 지르기라도 한 것처럼 늘 괴로워했지."

"시끄럽다!"

함민이 강하게 공을 쳐냈다. 공은 다시 한번 태을과 그의 코트 귀퉁이를 노렸다.

"그래, 지금처럼!"

이번엔 태을이 빨랐다. 태을은 온몸을 날려 공을 받아쳤다. 대신 반동으로 바닥에 쓰러졌다.

"너는 그 이야기만 나오면 심각한 표정이 됐어. 나를 탁구로 깔아뭉갤 듯이 굴었지."

함민은 그 공을 받아낼 수 없었다.

"나는 그래서 네가 대전에 가야 한다고 생각한다."

태을이 일어났다. 먼지를 턴 후 다시 자세를 잡으며 말했다.

"내가 아무리 말을 해도 믿지 않으니까 네가 직접 대전에 가야 한다고, 30년 전 일어난 사건의 진상을 파악해야 한다고 말하는 거다. 그러면 네 머릿속에 있는 그 이상한 죄의식으로부터 졸업할 수 있지 않을까?"

함민이 서브를 넣을 차례였지만 그럴 수 없었다. 멍청히 태을을 볼 뿐이었다.

"……나, 잠깐 집에 좀."

함민은 한참이 지나서야 가까스로 입을 열었다. 넋이 나간 표정으로 경찰서를 나와 집을 향해 걸었다. 하루 만에 맞는 겨울바람은 생각보다 차가웠다. 함민은 가까스로 계절감을 느꼈다. 그의 머릿속엔 단 한 가지 생각만 가득한 탓이었다.

'내가 직접 사건의 진상을 파악한다고……?'

지금껏 함민은 단 한 번도 사건을 있는 그대로 들여다볼 생각을 하지 못했다. 기억만 믿고 자신이 진범이라고 생각해왔다. 병원에 입원했을 때에도, 몸 상태가 호전된 후에도 함민은 몇 번이고 자수를 했다. 그

때마다 경찰의 반응은 늘 같았다. 함민이 사고 충격으로 이상한 말을 한다고 여겼다. 함민은 미칠 것 같았다. 자신이 범인이라고 말해도 믿어주지 않는 현실은 그를 더욱 괴롭게 만들었다. 그래서 아예 외면해버렸다. 진실을 말해봤자 소용이 없다고 생각하며 해당 사건을 피해왔다.

집에 도착했다. 함민은 계단을 뛰듯이 올라 집 안에 들어섰다. 인테리어 공사를 완료한 실내는 깨끗했다. 함민은 그런 풍경에 자신의 현재 모습을 투영했다.

'나는 달라졌다. 더는 어린아이가 아니다.'

30년 전, 함민의 말이 먹히지 않은 건 그가 중학생인 탓이었다. 어디까지나 전신 화상을 입은 불쌍한 아이였기에 자신의 말이 받아들여지지 않은 거다. 이제 함민은 어른이었다. 강력팀장이라는 직위도 있었다. 이런 함민이 30년 전 사건의 진상을 밝힌다면 더는 무시할 수 없으리라. 함민은 깔끔하게 샤워를 하고 면도까지 마친 후 화장실을 나왔다. 옷장에서 와이셔츠와 정장을 꺼내 입었다. 지난 한 달간 한 번도 입지 않은 정장과 겨울 코트는 새 옷 냄새를 풍겼다. 함민이 거울 속의 자신을 보며 말했다.

"대전으로 가자."

2022년 12월 13일, 함민은 기차 안에서 밀린 업무를 처리하느라 정신이 없었다. 이삭은 그런 함민을 자꾸 흘끗거렸다.

"또 왜?"

함민은 그럴 때마다 지금처럼 이삭에게 말을 걸었다. 다른 팀원들은 이삭의 우스갯소리를 흘려들었으나 함민은 달랐다. 늘 귀 기울여줬다. 이삭은 그런 함민을 동경했다. 언젠가부터 그를 흉내 내 정장을 고집했다. 오늘도 이삭은 함민과 마찬가지로 정장 차림이었다.

"프랑스에서는 크리스마스를 노엘이라고 한대요. 라틴어로 탄생일이라는 뜻이랍니다. 그래서 프랑스의 크리스마스 케이크는 뷔슈 드 노엘이라고 불린다네요."

"호오."

"나무토막처럼 생긴 케이크 말입니다. 이른바 통나무 케이크라고도 하죠. 이게 두 가지 유래가 있어요. 하나는 전년에 남은 땔감을 크리스마스에 모두 태워서 액땜을 했다는 데서 나왔다는 설이고요, 다른 하나는 가난한 애인이 선물로 준 나무 땔감으로 크리스마스를 따뜻하게 보냈다는 데서 나온 설이에요. 팀장님은 어떤 게 마음에 드십니까?"

"케이크의 유래가 전부 불을 질렀다는 거네. 우리
이삭이가 나보고 그중 어떤 게 좋은지 고르라고 물은
거네, 그치?"

"아, 죄송합니다."

"놀린 거다, 인마."

"아무튼 이 이야기를 한 건 말입니다. 케이크가 기
대된다는 뜻입니다. 뷔슈 드 노엘이라니, 이런 멋진
이름의 케이크는 난생처음 먹는단 말입니다."

단골 카페 사장 민규가 크리스마스를 기념해 뷔슈
드 노엘을 준비하고 있었다. 민규는 오늘 강력팀에게
시식을 부탁했다.

"사장님 솜씨가 보통이 아니니 분명 끝내주겠죠.
갈 때 샴페인이라도 사 갈까요?"

"무알코올이라면."

"무알코올을 무슨 맛으로 먹어요?"

"케이크 맛."

함민은 이삭의 말을 적당히 무시하며 일에 집중했
으나 이삭은 여전히 함민을 빤히 바라보고 있었다. 계
속 그러자 함민이 다시 물었다.

"또 왜?"

"아, 아닙니다."

"짜식, 싱겁긴."

사실 이삭이 자꾸 함민을 흘낏거린 건 출발하기 전 들은 태을의 당부 탓이었다.

"함민이가 대전에서 1993년 당시 사건을 다시 들여다볼 예정이다."

이삭에게는 태을의 말이 이렇게 들렸다.

"함민은 자신을 당시 사건의 진범이라고 생각하고 있다."

이삭과 진석, 은나가 태을에게 과거 사건에 대해 물었을 때 태을은 이상한 상상하지 말라고 했다. 하지만 정말 그럴까. 10년이면 강산도 변한다. 이삭만 해도 10년 전에는 평택에서 형사를, 그것도 강력팀 형사를 하게 될 줄 상상하지 못했다. 하물며 30년이다. 중학생 시절의 함민은 지금과 전혀 다른 모습이었다. 그땐 과학수사도 제대로 자리 잡기 전이었다. 당시의 부실 수사로 중요한 단서를 놓쳤을 가능성이 컸다. 이삭은 결심을 다졌다. 만에 하나 함민이 30년 전 사건의 진범이라는 결론이 나와도 놀라지 않겠다, 진실을 알아내고도 무마하려 든다면 자신의 손으로 수갑을 채우겠다, 그리하여 함민이 불을 지르는 걸 막겠다, 라고.

함민과 이삭이 대전역에 도착했다. 그들은 잠시 주변을 두리번거렸다.

"왜 그러십니까?"

"대전서에서 마중을 나오기로 했어. 어디 계시려나."

함민은 그렇게 말하며 수첩에 따로 적어둔 대전 경찰서 형사의 전화번호를 휴대폰에 차례차례 입력했다. 숫자를 몇 개 입력하지 않았을 때 '대전 마필정 형사'라는 저장명이 자동으로 떴다. 기이한 일이었다. 함민은 마 형사의 전화번호를 저장한 기억이 없었으나 무의식중에 저장했을 가능성이 있었기에 찝찝했지만 일단 전화를 걸었다. 거의 동시에 대합실 한쪽에서 손을 흔드는 사람이 보였다. 마중을 나온 마 형사였다. 그는 예전보다 많이 노쇠해 보였다.

"안녕하십니까. 마필정입니다."

마 형사가 악수를 권하며 말했다.

"팀장급을 오시게 해서 송구합니다. 이번 사건이 워낙 규모가 크다 보니 어쩔 수 없었습니다. 여기, 스케줄 표입니다."

마 형사가 종이 한 장을 내밀었다. 종이에는 아침부터 밤까지 끊임없이 이어지는 미팅 스케줄이 적혀 있었다.

"함 팀장님이 거론하신 인물들은 모두 넣었는데요, 마음에 드십니까?"

"완벽한 일정표입니다."

함민은 진심으로 감탄했다.

"감사합니다. 이동하시죠."

이삭은 마 형사의 나이대가 마음에 걸렸다. 1993년 사건이 떠오른 탓이었다. 이삭은 함민이 이동 중에 그 이야기를 꺼낼까 긴장했다.

차를 타고 5분쯤 갔을 때 마 형사가 대로변에 보이는 10층짜리 건물을 가리키며 말했다.

"조지훈의 아버지 조기식이 소유한 메디컬빌딩입니다. 조기식은 대전에서 모르는 사람이 없는 지방 유지입니다. 이 빌딩 3층과 4층에서 치과를 운영 중입니다. 조지훈의 형 조정훈 역시 치과 의사죠. 조기식과 양미경은 아들의 혐의를 완강하게 부인 중입니다. 오늘 만남에서도 방어적일 가능성이 높습니다. 협조를 해주지 않아 저희는 상당히 애를 먹고 있습니다."

그제야 함민은 대전서에서 팀장급을 부른 속뜻을 이해할 수 있었다. 사건 규모가 큰 데다 조지훈의 부모가 비협조적이다 보니 그를 상대하기 힘들어 나온 말이었으리라.

10분 후 세 형사가 탄 차가 조지훈의 본가에 도착했다. 자동으로 셔터가 열리는 차고에는 수입 중형 세단이 몇 대 세워져 있었다. 그 가운데 마 형사의 경차가 놓이니 무척 초라해 보였다.

차고에 주차하는 것과 동시에 노년의 가사도우미가 마중을 나왔다.

"기다리고 계십니다."

세 형사는 안내를 따라 이동했다.

거실에는 가사도우미와 동년배로 보이는 여성이 앉아 있었다. 조지훈의 모친 양미경이었다. 양미경은 값비싸 보이는 찻잔에 담긴 커피를 홀짝이다가 세 형사가 다가가자 찻잔을 내려놓고 자리에서 일어나 상체를 살짝 굽혀 인사했다.

"먼 길 오시느라 고생 많았습니다. 조지훈의 모 양미경입니다."

이삭은 양미경의 반응에 속으로 당황했다. 수사에 방어적인 반응을 보였다고 해서 초반부터 흥분하거나 대놓고 따지고 들지 않을까 싶었다. 진석의 아들 율이 휘말렸던 사건에서 피의자 부모 중 한 명도 자식의 범행을 받아들이지 못했다. 그는 흥분한 나머지 이삭의 멱살을 잡고 욕설까지 내뱉었다. 그에 비하면

양미경의 반응은 우아하기 짝이 없었다. 이게 방어적
인 태도라니, 이삭은 마 형사가 괜한 겁을 준 게 아닐
까 싶었다.

양미경은 형사들이 입을 열기 전 알아서 조지훈
이야기를 꺼냈다. 그의 말에 따르면 조지훈은 우수한
성적으로 학창 시절을 보냈으며, 뛰어난 운동 신경과
인덕으로 주변 사람들을 사로잡는 인물이었다.

자식 자랑이 30분이 넘도록 끝나지 않자 이삭은
지겨워졌다. 슬그머니 함민의 눈치를 봤다. 함민은 표
정의 변화가 없었다. 이삭의 시답잖은 농담을 들어줄
때와 마찬가지로 진지하게 양미경의 이야기를 경청
했다.

"조지훈 씨 방을 좀 보고 싶은데, 괜찮을까요?"

함민이 입을 연 건 양미경의 이야기가 마침내 끝
난 후였다.

"얼마든지. 형사님은 싫은 소리를 안 하시니깐요."

양미경이 활짝 웃으며 답했다.

"대전 형사님들은 제가 말할 때마다 말도 안 되는
소리로 토를 달더라고요. 아주 불쾌했어요."

양미경은 가사도우미에게 세 형사를 조지훈의 방
으로 안내해주라고 말했다. 이삭은 가사도우미를 따

라 이동하면서 마 형사에게 작은 목소리로 물었다.

"저분 직업이 뭔가요?"

이삭은 양미경의 본업이 무엇일지 궁금해졌다. 저렇게 말을 잘하다니 그와 관련된 직업일 듯했다.

"우리나라 1세대 치과 코디네이터 중 한 명이라고 하더군요."

"코디네이터요? 그게 뭐죠?"

"왜, 유명한 성형외과나 피부과 같은 데 가면 있잖습니까. 시술 종류나 가격을 상담해주는 사람이요. 양미경은 1980년대부터 서울의 성형외과에서 경력을 쌓은 후, 조기식과 결혼해 치과에서 실장 일을 맡았다고 하더군요. 조기식이 빌딩을 세운 것도 양미경의 말솜씨 덕이라는 소문이 자자합니다."

이삭은 양미경이 사람들을 설득하는 모습을 아주 쉽게 상상할 수 있었다. 양미경이 저런 표정으로 "이렇게 치료해야 합니다"라고 말했다면 정말 그렇게 해야 하는 기분이 들 것 같았다.

양미경이 말한 조지훈의 방은 사전적인 의미와 달랐다. 그는 부모가 사는 주택이 아닌 복도를 통해 연결된 2층 건물에서 살았다. 별채 1층은 독자적인 거실과 주방까지 완비되어 있어 독립적인 생활이 충분

히 가능했다. 가사도우미는 형사들에게 얼마든지 둘
러보라며 자리를 피해주었다.

이삭은 1층 거실부터 샅샅이 살펴보았다. 2층까지
이어지는 널따란 벽은 상장과 트로피, 기념사진으로
가득 차 있었다. 그중 조지훈의 것은 찾을 수 없었다.
전부 조정훈의 이름이 박혀 있었다.

이삭은 평택에서 조지훈이 무척 불편했을 거라고
생각했다.

'이렇게 모든 게 완벽하게 갖춰진 집에서 살다가
텅 빈 집에서 살려면 힘들었겠다.'

조지훈의 방에 들어서자 그런 생각은 깡그리 사라
졌다. 조지훈의 방은 매트리스와 붙박이장 외에 아무
것도 없었다. 평택에서 숨어 지내던 방과 꼭 닮은 풍
경이었다. 이삭은 조지훈의 평택 집이 휑한 이유가 수
배 중이라 그렇다고 생각했으나 이곳을 보니 본래 그
런 성격인 듯했다. 아니, 이 집이 그곳보다 더 심했다.
조지훈의 방에는 벽지조차 없었다. 손 가는 대로 벽지
를 뜯었는지 시멘트 벽이 본래의 모습을 있는 그대로
드러내고 있었다. 군데군데 못이 박힌 자국이 있었다.

"여기엔 뭐가 걸려 있었을까."

함민이 벽을 바라보며 말했다.

"상장과 사진들이네요."

마 형사가 붙박이장에서 꺼낸 커다란 앨범을 보이며 말했다. 앨범 안에는 벽지가 멀쩡했을 당시 찍은 조지훈의 사진이 있었다. 사진 속 조지훈은 활짝 웃으며 손으로 브이 자를 그린 채 벽 앞에 서 있었다.

"벽 앞에서 찍은 사진이 여러 장 있었습니다. 거실처럼요. 사진 속 모습으로 볼 때, 조지훈이 성과를 거둘 때마다 사진을 찍은 것 같아요."

나이가 들수록 조지훈의 사진은 줄어들었다. 조지훈의 표정도 달라졌다. 나날이 어두워져 성인이 된 무렵 찍은 사진에서는 벽지가 다 뜯어진 지금의 상태에 이르러 있었다.

처음 이삭이 본 조지훈은 소사체였다. 새까맣게 타고 움츠러들어 형체를 알아볼 수 없었다. 다음으로 본 것은 CCTV 영상과 대전에서 보내준 서류 더미 속 모습이었다. 이삭은 그런 모습만 봐왔기에 조지훈의 표정을 알아볼 수 없다고 생각했다. 아니었다. 조지훈은 본래 무표정했다. 나이가 들수록 조지훈의 텅 빈 듯한 표정은 더 짙어졌다. 그렇기에 이삭은 그의 사진들에서도 표정을 읽을 수 없었다.

문제는 이삭이 최근 조지훈과 꼭 닮은 얼굴을 목

격했다는 사실이었다. 지금 이 순간 앨범을 들여다보고 있는 함민의 얼굴이었다. 평택역에서 전광판을 빤히 바라볼 때면 함민은 저런 표정을 짓곤 했다. 이삭은 불안해졌다. 함민이 가끔 조지훈과 같은 표정을 짓는다는 것이 그가 오래전 사건의 진범일 가능성이 높다는 뜻으로 해석되었기 때문이었다.

30분 후 세 형사는 조지훈의 집을 나섰다. 다음으로 향할 곳은 조기식이 소유한 빌딩 근처 커피숍이었다. 그곳에서 조정훈을 만나기로 했다. 양미경이 주선해 성사된 만남이었다.

이삭은 조정훈을 만나는 게 무슨 소용이 있을까 싶었다. 양미경은 지나치게 조지훈을 싸고돌았다. 조정훈은 그의 단 하나뿐인 형이니 마찬가지의 반응을 보일 가능성이 컸다. 그보다는 조지훈의 친구를 찾아 이야기를 듣는 게 나을 듯했지만 애써 만들어진 자리를 피할 수는 없는 노릇이니 이삭은 그를 적당히 상대하다 빠져나올 셈이었다.

세 형사는 조정훈을 바로 알아보았다. 워낙 사진을 많이 본 덕이었다. 조정훈은 양미경과 마찬가지로 세 형사가 음료 시킬 틈조차 주지 않고 입을 열었다.

"하다 하다 전세 사기라니……. 가문의 망신입니다. 죽어줘서 정말 다행입니다."

이삭의 생각에 직접 본 조정훈은 사진에서보다 훨씬 더 조지훈과 닮아 있었다. 그런 조정훈이 죽은 동생을 욕하는 모습은 기묘했다. 이삭의 눈에 그건 조지훈이 스스로에 악담을 퍼붓는 것처럼 보였다.

"동생분에게 원한을 가질 만한 사람이 많다는 이야기로 들리는데요."

마 형사가 말했다.

"그 자식을 싫어하지 않는 사람을 찾기 어려울 정도죠. 유학 갔을 땐 여자 끼고 살고, 마약하고, 아주 난리였습니다. 초등학생 때부터 본드 불더니만."

"초등학생이 본드를요?"

"그렇다니까요?"

"뭔가 사연이 있을 것 같은데요."

"왕따를 당했습니다."

"왕따당하게는 안 생겼는데."

"3학년까지는 왕따를 주도했었는데요. 4학년 때부터 상황이 달라졌어요."

"정확히 기억하시네요?"

"사건이 있었으니깐요. 가해자인 게 들통나서 도

리어 왕따를 당하고 전학 갔거든요. 그때부터 지훈이
가 대놓고 엇나갔죠."

조지훈은 새 학교에서 기선부터 제압했다. 동급생
들을 겁박하고 안 좋은 무리와 어울리며 본드를 시작
했다. 중학생이 된 조지훈은 '일진'이 됐다. 몸을 키우
는 한편 선배들에게 약을 배웠다. 이후 실컷 약을 하기
위해 필리핀으로 유학을 갔다. 서른 살 생일, 교통사고
를 크게 당할 때까지 조지훈의 일탈은 계속되었다.

"20대의 마지막이라며 술이랑 마약에 절어서는 오
토바이를 몬 거예요. 그러다가 차선을 넘었는데, 반대
차선에서 오던 차에 치여 말 그대로 튕겨져 나갔죠."

"부검 결과로는 조지훈 씨 사체에 과거 사고 흔적
이 없었는데요."

"기적이었죠. 헬멧도 안 쓴 놈이 약간의 타박상 외
엔 상처도 입지 않았어요. 대신 그 자식이랑 같이 오
토바이를 탔던 여자애는 머리가 터져 즉사했어요."

이 사고로 조지훈은 정신을 차리는 것도 같았다.
이후 그는 자진해서 아버지와 형을 돕겠다고 나섰다.
치과 의사 면허가 없었기에 엄마와 같은 일을 할 생
각이었다.

조지훈은 상담에 재능이 있었다. 그는 자신의 말

발로 많은 환자가 다양한 시술을 받도록 했다. 한편으로는 마취제를 조금씩 빼돌렸다. 평소 마약을 즐기던 조지훈에게 어떤 의미로 보자면 그곳은 천국이었던 셈이다.

조지훈의 이런 행각은 얼마 안 가 아버지에게 들통나고 말았다. 조기식은 직업에 대한 사명감이 강한 사람이었기에 이번만큼은 봐주지 않았다. 조지훈과 부자의 연을 끊겠다고 하는 것을 양미경이 말렸다.

'네 그릇이 너무 커서 그래. 이번 기회에 제대로 네 적성을 살린 사업을 해보자.'

양미경의 말은 조지훈을 고양시켰다. 역시 자신은 잘못한 게 없다고, 스케일이 너무 크다 보니 다들 감당을 못 한 거라고 진지하게 생각하고는 '제대로 된 사업'을 구상했다.

그렇게 생각해낸 사업이 자신의 삶을 영화로 만드는 것이었다. 조지훈은 당장 인터넷에 시나리오 작가 구인 광고를 냈다. 급여가 워낙 높다 보니 경력이 꽤 있는 시나리오 작가들의 이력서를 받을 수 있었다. 조지훈은 그중 가장 화려한 이력의 작가와 계약했다. 그렇게 완성한 시나리오. 조지훈의 마음속 자신은 히어로인데 작품 속 조지훈은 인간 말종이었다.

"혹시 형사님들 〈혐오스런 마츠코의 일생〉이란 영화 아세요?"

"제목은 들어봤습니다."

"시간 되면 보십시오. 걸작입니다. 지훈이 시나리오가 그 영화 같았어요. 솔직히 그 자식의 인생을 예술로 끌어올려준 거죠."

조지훈은 작가에게 욕설을 퍼붓고 계약을 해지했다.

"그 시나리오 저희가 좀 볼 수 있을까요?"

"가능하려나. 그 자식이 마음에 안 든다고 다 없애버렸던 것 같은데."

"혹시 찾으시면 연락주십시오."

함민이 조정훈에게 자신의 명함을 건네며 말했다.

"그래보죠. 만약 있다면 서재에 보관되어 있을 거예요."

조정훈의 휴대폰이 울렸다.

"아, 이런 병원이네요. 슬슬 들어가야겠습니다."

"시나리오 건, 꼭 좀 부탁드립니다."

함민의 목소리에는 진심이 담겨 있었다.


조정훈이 카페를 나선 후 마 형사가 말했다.

"조정훈 씨가 말한 선배는 전세 사기 공범 나윤석

을 말하는 겁니다."

2년 전, 조지훈은 우연히 중학생 때부터 따르던 나윤석과 재회했다. 조직폭력배로 살아가던 나윤석은 사망한 부모에게 물려받은 땅에 빌라를 세운 후 건물주가 되어 떵떵거리며 살고 있었다.

조지훈은 이거다, 싶었다.

아버지도 매달 자신의 빌딩에서 월세를 받고 있었다. 아버지가 한다면 자신이 못할 리 없었다. 조지훈은 당장 빌딩을 사들일 셈이었으나 생각보다 필요한 현금이 많았기에 새로 빌라를 지어 직접 임대하기로 마음을 바꿨다.

순조로워 보였던 계획은 매매가가 떨어지면서 제동이 걸렸다. 어느 순간 전세금보다 매매가가 더 낮아지자 조지훈은 계약 만료된 세입자에게 빚을 내 보증금을 돌려줘야 하는 지경에 이르렀다. 그러다 조지훈은 전세 사기에 대해 알게 되었다. 이 방법을 알려준 이 역시 나윤석이었다.

"나윤석은 구치소에 수감 중입니다. 자세한 이야기를 듣고 싶으시다면 추가로 일정을 잡을 수 있습니다."

마 형사의 말에 함민은 미리 공유받은 스케줄 표를 확인한 후 말했다.

"나윤석을 만나는 건 뒤로 미뤄도 될 것 같습니다."

"왜죠?"

"시간이 한정되어 있으니깐요."

"나윤석은 용의자일 가능성이 낮다고 판단하시는 군요?"

"아뇨."

함민이 무뚝뚝하게 대꾸했다.

"안면을 익혔으니 마 형사님께 부탁드려도 될 것 같다고 판단했습니다. 아까 말씀하시는 걸 보니 매우 날카로우시더라고요."

함민의 말에 마 형사가 웃음을 터뜨렸다.

"맞습니다. 안면 익혔으니 제가 대신 가드릴 수 있죠."

"송구합니다."

"아닙니다. 나윤석이 아니라 제 속마음을 꿰뚫은 생각이었다니, 다들 이래서 셜록 함스, 셜록 함스 하는구나 했습니다."

"그 별명을 어떻게 아십니까?"

"저희 경찰서에도 팀장님 팬이 한 명 있거든요. 우민학이라고."

우민학은 10년 전 함민이 광명경찰서에 몸담았을

당시의 팀원이었다. 함민을 비롯한 팀원들은 우 형사가 어리바리한 모습을 보일 때면 자주 '우왕좌왕' '앞뒤좌우' 같은 별명으로 그를 놀렸다.

"아무튼 셜록 함스는 잊어주십시오."

함민은 헛기침을 한 후 말을 이었다.

"조정훈 이야기를 듣다 보니 조지훈의 학창 시절과 여자친구 이야기, 두 가지가 마음에 걸리더군요. 학창 시절 따돌렸던 사람들 중 원한을 가진 상대가 있을 것도 같고요. 또 여자친구가 조지훈 탓에 교통사고를 당해 즉사했다면 유족들의 원한이 보통이 아닐 것 같습니다. 그쪽 이야기를 듣고 싶습니다. 스케줄 표에 적힌 다음 일정의 하윤지 씨가 혹시 그 관계자인가요?"

"맞습니다. 전 여자친구입니다."

"즉사했다고 하지 않았습니까?"

"조정훈이 잘못 알고 있는 겁니다."

마 형사가 쓴웃음을 지었다.

"양미경은 조지훈이 하윤지와 결혼을 전제로 사귀는 것을 탐탁지 않아 했습니다. 하윤지에게 위로금을 주고 입을 막고, 두 아들에겐 그가 죽었다고 했죠."

이삭은 그 여자라면 충분히 그럴 수 있겠다고 납

득했다.

하윤지가 지정한 장소는 카이스트 인근 2층 규모의 베이커리 카페였다. 이삭은 대전에 와서 만난 다른 사람들과 마찬가지로 이곳이 그저 약속 장소일 거라고 생각했으나 아니었다. 하윤지는 카페 사장이었다.

"어서 오세요!"

하윤지는 활짝 웃으며 직접 함민 일행을 맞았다.

이삭은 하윤지를 보자마자 그가 유력한 용의자일 거라는 생각을 접을 수밖에 없었다. 하윤지는 휠체어를 타고 있었다. 사건 현장은 공사 중인 빌라의 2층이었다. 이삭은 하윤지가 홀로 그곳에 올라가 범죄를 저지르는 모습을 상상할 수 없었다. 만에 하나 하윤지가 조지훈에게 안겨서 2층까지 올라갔다고 하더라도 어떻게 흔적 없이 내려온단 말인가?

'가능한 방법이 한 가지 있긴 하지.'

이삭은 오래전 봤던 외국 영화의 한 장면을 떠올렸다. 하반신 마비가 된 줄 알았던 남자가 휠체어에서 벌떡 일어나 총을 쏘는 반전이었다. 휠체어가 위장이라면 범행은 충분히 가능했다.

"다리를 심하게 다치셨습니까?"

마 형사 역시 이삭과 같은 생각을 한 듯했다.

"아, 이거요. 이미 아시는 그 사건으로 그만 이렇게 되어버렸네요."

하윤지는 한쪽 무릎 아래로 의족이었다. 좀 전의 의심을 불식시키는 확실한 증거 앞에 이삭은 다시 한 번 하윤지에 대한 의심을 접었다. 함민도 같은 생각이었는지 이곳으로 올 때와 달리 대화에 집중하지 못했다. 그는 탁자 밑으로 휴대폰만 계속 들여다보고 있었다. 함민이 입을 연 것은 모든 대화가 끝날 즈음이었다.

"혹시 파시는 케이크 중 뷔슈 드 노엘도 있습니까?"

"올해엔 슈톨렌으로 정했네요."

"슈톨렌은 뭡니까?"

"독일의 전통 크리스마스 케이크예요. 크리스마스 한 달 전 만든 후, 조금씩 잘라 먹는 발효 빵이죠."

"그럼 그거라도 주십시오."

하윤지는 직접 슈톨렌을 포장했다. 함민은 능숙한 손놀림으로 슈톨렌을 포장하는 하윤지의 양손을 한참 뚫어져라 보았다. 함민의 시선은 이삭이 알아채지 못한 것을 밝혀내겠다는 집념이 느껴질 정도로 집요했다.

이삭의 예상대로였다. 카페를 나온 함민은 마 형사의 차에 타자마자 빠르게 말했다.

"마 형사님, 스케줄 표에 없는 부탁을 좀 드려야겠습니다."

"말씀하십시오."

"하윤지 씨가 의족을 어느 정도로 활용할 수 있는지에 대한 정보가 필요합니다. 더불어 작년엔 어떤 크리스마스 케이크를 팔았는지도 알아봐주셔야겠습니다."

"의족을 하고 살인을 저지르는 게 가능할까요?"

"아까 휴대폰으로 검색해봤는데, 요즘엔 의족이 잘 나온다더군요. 적응만 하면 큰 무리 없이 활동이 가능합니다."

둘의 대화를 들으며 이삭은 카페로 시선을 돌렸다가 뜻밖의 광경을 목격했다.

하윤지가 서 있었다. 언제 앉아 있었냐는 듯 휠체어에서 일어나 똑바로 서서 빵을 진열하고 있었다.

"저, 저기. 저기!"

이삭이 놀라 손가락으로 카페를 가리키는 순간 마 형사가 말했다.

"하윤지는 자동차 면허가 있습니다."

마 형사는 휴대폰 화면을 보여주며 말했다.

"사건 당일 알리바이도 없습니다. 그리고 작년에 팔았다는 크리스마스 케이크는 무척이나 정교한 통나무 모양의 뷔슈 드 노엘이었다는군요."

사진 속 케이크는 얼핏 보면 그냥 통나무라고 생각할 정도로 껍질의 표현이 훌륭했다.

"이런 건 대체 어떻게 만드는 걸까요. 상상도 안 되네요."

"문제는 역시 흉기겠어. 그게 하윤지의 범행을 증명할 가장 큰 단서일 게 분명해. 대체 그게 뭘까."

함민은 하윤지가 진범이라고 거의 단정한 듯했다. 이삭 역시 함민의 가설에 납득이 갔지만 이렇게 쉽게 결론을 내도 되는 걸까 싶었다.

대전역으로 가는 길은 막혔다. 퇴근 시간과 겹쳐 그런 듯했다. 함민은 그 틈마저 업무에 썼다. 마 형사의 차 뒷좌석에 앉아 오늘 알아낸 정보들을 정리했다. 함민은 마 형사에게 30년 전 사건에 대해 물을 기색이 전혀 없었다. 본래라면 안심될 상황이었지만 이삭은 점점 이게 아닌 것 같다는 생각이 들었다. 그 사건을 조사하고 매듭을 짓는 게 함민의 미래를 위해 나은 일인 것 같았다. 그렇다고 이삭이 먼저 조사를 해 보자고 나설 수도 없는 노릇이었다. 마 형사가 예상치 못한 말을 꺼낸 것은 그때였다.

"함 팀장님, 우리 구면이죠?"

'먼저 질문을 해 올 줄이야.'

함민은 당혹스러웠다.

"처음 우리가 만난 건 30년 전이죠."

함민은 계속 갈등하고 있었다. 마음 한편으로는 자신의 사건을 조사해야 한다고 생각했다. 그랬기에 일부러 당시 사건을 담당했던 마 형사를 붙여달라고 대전서에 부탁한 거였다. 막상 그와 대면하자 겁이 났다. 그 사건을 똑바로 마주하고 그 결과를 감당할 자신이 없었다.

"함 팀장이 서울 병원으로 이송되기 전 몇 번이고 찾아갔었죠. 그때 저한테 했던 말 기억해요?"

함민이 대답을 망설이는 사이에도 마 형사의 이야기는 계속됐다.

"내가 불을 질렀다. 내가 바로 방화범이다. 숙소 앞의 드럼통에 버린 성냥이 잘못되어 불이 났다."

함민은 혼란스러웠다. 자신이 자수를 했다는 건 기억하고 있었으나 그렇게까지 자세히 말한 줄은 몰랐다.

"그래서요? 수사를 했습니까? 어떻게 됐습니까?"

대신 이삭이 끼어들었다. 함민보다 훨씬 더 조바심 난 말투였다.

"채 형사님은 어쩜 저렇게 우 형사 같은 반응이신지."

이삭의 말에 마 형사는 웃음을 터뜨렸다.

"우 형사도 저한테 그랬어요. 상사였던 함 팀장이 30년 전 대전에서 일어났던 화재 사건으로 괴로워하고 있다, 자신이 진범이라고 생각하는 것 같다, 제대로 수사를 해서 진상을 알아내야 한다, 그게 셜록 함스를 구할 유일한 방법이다, 라고요."

함민이 기억하는 막내 우 형사는 늘 나사 하나가 빠진 듯했다. 마지막으로 기억하는 모습은 함민이 화성경찰서로 가게 되었을 때 주변 시선을 전혀 신경 쓰지 않고 펑펑 우는 모습이었다. 그런 우 형사가 저런 말을 했다니, 함민은 한편으로 그럴 법하다고 생각했다.

"그래서요?"

이삭이 조급한 말투로 물었다.

"그래서 재수사는 진행됐습니까?"

"안 했습니다."

"은폐한 겁니까?"

이삭이 또다시 흥분했다.

"시효가 지났으니까? 한솥밥을 먹는 경찰이니까?
괜한 물의를 일으키지 않기 위해 묻었습니까?"

"다음 미팅까지 시간이 좀 있으니 잠깐 쉽시다."

마 형사는 이미 좌회전 차선에 들어와 있었다.

"곧 당시의 사건 현장이었던 아파트가 나옵니다.
그곳에서 뒷이야기를 계속하기로 하죠……."

얼마 안 가 신호가 바뀌었다. 마 형사가 부드럽게
핸들을 꺾었다.


함민은 눈앞의 아파트를 이상한 기분으로 바라보
았다.

1993년, 함민을 비롯한 일행이 이곳에 묵었을 당시
엔 이 아파트에 먼저 미래가 온 것 같았다. 그건 낮에
미국관이나 러시아관을 본 영향일 수도 있었다. 30년
이 지나 지금 보니 그저 평범한 아파트였다.

마 형사가 차를 적당한 곳에 세웠다. 복도식 아파
트 입구에 들어가며 말했다.

"당시 대부분의 학생들은 지금은 엑스포아파트라
고 불리는 엑스포타운에 묵었으나 숙소가 가득 차면

근처의 다른 아파트를 수배하는 경우도 있었습니다. 함 팀장이 졸업한 중학교가 그랬습니다."

세 형사는 엘리베이터에 올라탔다.

"이 아파트는 복도식입니다."

한 층 한 층 올라가는 동안에도 마 형사의 설명이 이어졌다.

"한 층에 1호부터 12호까지, 총 열두 채의 집이 있습니다. 지금 우리가 탄 엘리베이터는 이 중 A호기입니다."

마 형사는 3층 홀에 내린 후 좌우를 차례로 가리키며 설명을 이었다.

"보시다시피 좌측으로 1, 2호가, 우측으로는 3호부터 쭉 이어지죠."

마 형사가 306호 앞에 섰다. 현관문을 가리키며 말했다.

"함 팀장은 불이 나자 계단으로 뛰어올라와 이곳, 306호로 왔습니다. 같은 방 친구들을 깨워서 부축하며 빠져나와 계단으로 내려갔습니다."

마 형사는 누군가를 들쳐 업는 시늉을 했다. 함민은 그런 그를 보며 예전 기억을 되새겼다. 마 형사를 흉내 내며 온 길로 돌아 나가려고 했다.

"어딜 가십니까?"

마 형사가 함민을 제지했다.

"그쪽이 아니라 이쪽입니다."

마 형사는 온 길이 아닌 반대쪽으로 향하다 얼마 지나지 않아 나타난 홀에 멈춰 섰다.

"B홀입니다. 함 팀장은 이쪽 계단을 오르내리며 친구들을 밖으로 부축해 옮겼습니다."

7호와 8호 사이, 또 다른 엘리베이터가 오가는 홀이 있었다.

함민은 혼란에 빠졌다. 그의 기억 속 계단은 하나뿐이었다. 당연히 함민은 계단을 올라올 때 사용한 홀이 1, 2호 쪽이라고 생각했다. 그런데 마 형사는 다른쪽으로 갔다. 함민이 다른 계단을 통해 이동했다고 말했다.

세 형사가 계단을 통해 1층에 도착했다. 입구를 빠져나오자 차가운 맞바람이 불어닥쳤다.

"이곳에 드럼통이 있었습니다."

마 형사는 아파트 입구 바로 옆에 위치한 자전거 보관소를 가리키며 말했다.

"그곳이 함 팀장이 말한 발화점이었죠."

30년 전, 경찰은 함민의 말을 흘려듣지 않았다. 함

민의 증언이 워낙 구체적이었기에 그의 말에 따라 아파트 옆 드럼통을 일일이 조사했다. 그 결과 불길이 치솟은 드럼통을 찾아냈다.

"드럼통은 두 개가 있었습니다. 함 팀장이 담배를 몰래 피운 후 성냥을 던진 것과 방화범이 기름을 붓고 불을 지른 드럼통, 그렇게 두 개였죠. 함 팀장이 친구들을 구하기 위해 A홀 출입구로 아파트에 들어갔어요. 나올 땐 반대쪽 B홀 출입구로 나왔죠. 함 팀장은 B홀 출입구의 불타는 드럼통을 발견하고는 자신 탓에 화재가 일어났다고 착각을 한 거예요. 설마 같은 날 같은 장소에서, 두 개의 드럼통이 불타는 우연이 일어났을 거라고는 상상하지 못했겠죠."

"그럴 리가, 그럴 리가 없습니다."

함민은 성냥을 긋고 그냥 버렸다. 드럼통에서 불길이 치솟았다.

"분명 제가 성냥을 버린 드럼통에서 불길이 치솟았습니다. 건물로 불길이 옮겨붙었다고요."

함민은 단 한 번도 그 순간을 잊은 적 없었다. 지금도 손에 잡힐 듯 당시의 기억이 선명했다. 대체 마 형사는 무슨 소리를 하는 건가.

"함 팀장은 그런 주장을 계속했습니다. 저희뿐 아

니라 서울로 이송된 후로도 경찰과 주변 사람을 불러 자신이 불을 질렀다고 반복 자백했지만 아닙니다. 그건 발화점이 아니었어요. 결코 범죄와 연결되지는 않았어요."

함민은 마 형사의 말을 받아들일 수 없었다. 그렇다면 대체 왜 자신은 그 오랜 시간 동안 괴로워했단 말인가. 왜 아무도 자신에게 진실을 말해주지 않았단 말인가.

"왜 당사자인 팀장님께 아무도 그 사실을 알려주지 않은 거죠?"

이삭도 그 점이 의아한 모양이었다.

"거듭해서 자수를 할 정도로 괴로워했는데 대체 왜 아무도 말하지 않았단 말입니까?"

"했습니다."

"네?"

"했다고요. 형사들이 함 팀장을 찾아가서 이야기를 해줬다고요."

"그런 적 없습니다."

함민은 마 형사의 말을 이해할 수 없었다.

"전혀 기억이 나지 않습니다."

함민은 단 한 번도 진실을 들은 적이 없었다. 그렇

기에 지난 30년간 자신이 진범이라고 오인하며 괴로워했다.

"그러실 줄 알았습니다. 아니라면 평택서에 가기 직전에 저랑 또 통화한 걸 기억하지 못할 리 없죠."

"제가 형사님과 통화를 했다고요?"

"그때도 저는 팀장님께 지금처럼 찬찬히 당시 상황을 설명드렸습니다. 그게 처음이 아니었습니다. 팀장님은 다른 서로 이동할 때마다 되풀이해서 저에게 전화를 걸었어요. 자신이 방화 사건의 진범이라고 자백했어요."

"그때마다 마 형사님은 함 팀장님에게 아니라고 말했다고요?"

이삭이 말했다.

"네, 지금과 똑같은 말씀을 드렸습니다."

마 형사가 씁쓸하다는 듯 웃었다.

"인간은 지나치게 충격적인 경험을 하면 가끔 뇌의 기억 장치에 오류가 발생합니다. 선택한 것만 기억하거나 아예 그 사건 자체를 잊거나, 그도 아니면 기억을 편집하죠. 함 팀장님은 그런 경우였던 것 같습니다. 모두가 화재로 죽을 뻔했다는 사실, 전신 화상을 입었다는 사실의 충격이 너무 커서 상황을 오인한 거

죠. 그렇기에 주변에서 아무리 아니라고 사실을 말해
도 인정할 수 없었던 게 아닐까 싶습니다."

함민은 짚이는 게 있었다. 대전역에 도착했을 당
시 그가 마 형사에게 연락하기 위해 휴대폰에 전화번
호를 입력했을 때 주소록에 이미 연락처가 등록되어
있었다. 함민은 왜 단 한 번도 연락한 적 없는 그의 번
호가 저장되어 있을까 의아했다. 그땐 무의식중에 추
가하고 잊은 게 아닐까 생각했으나 지금 보니 그건 함
민이 꾸준히 마 형사와 연락해왔다는 증거였다.

"그럼, 제가."

함민이 가까스로 다시 입을 열었다.

"제가, 예전에도 대전에 온 적이 있습니까? 형사님
을 뵙고 이곳에 와서 지금과 같이 당시 현장 검증을
했었습니까?"

"대전에 오신 건 이번이 처음입니다. 그래서 일부
러 현장에 모시고 온 겁니다."

마 형사의 표정이 살짝 굳었다.

"오늘에야말로 당시의 진실을 두 눈으로 확인해
지독한 자책감에서 벗어나게 하자, 연거푸 불을 지르
는 충동을 멈추게 하자, 라고요……."

대전역으로 간 형사 일행은 마지막 일정으로 이문집과 만났다. 이문집은 조지훈의 어린 시절 이야기를 죽 늘어놓았다. 함민은 일단 이문집과 명함을 주고받긴 했으나 듣는 태도가 평소와 달랐다. 이야기에 집중하지 못했다. 어딘가 넋이 나간 것도 같았다.

"나, 잠깐 화장실 좀."

이문집과 헤어진 직후 함민이 말했다. 그는 대답을 기다리지 않고 급히 화장실로 향했다. 아까 먹은 빵이 얹힌 것 같았다. 다 토해내야 시원할 것 같았다. 화장실 칸에 들어가 변기를 끌어안고 한참 속을 게워냈다. 빵과 커피에 이어 위액이 나왔다. 이제 더는 토해낼 게 없었지만 함민은 개운하지 않았다.

함민은 바닥에 털썩 주저앉았다. 천장의 타공판을 바라보며 생각했다.

'어쩌면 내가 게우고 싶은 것은 자기혐오인가……'

마 형사의 이야기를 들은 후 함민은 계속 자신을 경멸했다. 계속해서 같은 질문을 해왔으면서 그 사실을 전혀 기억하지 못했다는 사실이, 어쩌면 오늘 이 만남조차 기억하지 못할 수도 있다는 사실이 창피했다.

'나는 또 마 형사에게 전화를 할까. 전화를 걸어 지금처럼 충격을 받을까. 그러고는 또 잊어버릴까. 언

제까지 이런 일을 반복해야 하지.'

더 두려운 것은 따로 있었다.

'대체 왜.'

함민은 자신의 양손을 뚫어져라 바라보며 생각했다.

'그럼에도 왜 나는, 불을 지르고 싶단 말인가…….'

지금까지는 1993년 사건이 변명이 되어주었다. 자신이 본래 방화범이라 그랬다고 여기면 방화 심리가 납득이 갔다. 하지만 그게 아니라면 대체 이 감정은 무엇이냔 말이다.

'이걸 어떻게 설명해야 하지. 어떻게 해야 내 충동을 합리화시킬 수 있지.'

생각이 여기에까지 이르고 나서야 함민은 알아버렸다. 그간 자신이 왜 1993년 당시 사건을 자신의 범행이라고 믿고 싶어 했는지를.

1993년, 함민은 자기 자신에게서 방화범의 기질을 발견했다. 이후 자신이 정말 방화범이 될까 두려워 불안에 휩싸였다. 그래서 차라리 자신이 방화범이라고 믿기로 했다. 가짜 죄책감으로 충동을 억누르고자 했던 것이다. 함민은 허탈했다. 갑자기 웃음이 터져 나왔다.

'되풀이되겠구나. 이 모든 일을 잊겠지. 내가 방화

범이라고 생각하고 괴로워하다가 마 형사에게 연락을 하겠지. 방화범이 아니라는 사실을 깨닫고 충격을 받겠지. 그럼에도 반복되는 충동에 의구심을 품겠지.'

이제 함민은 미친 사람처럼 웃고 있었다.

'지금의 깨달음에 이르겠지. 이것 말고는 충동을 제어할 방법이 없다는 사실을 깨닫고는 잊으려 들겠지. 차라리 내가 방화범이라고 믿겠지.'

함민의 눈에서는 눈물이 흘렀다. 그는 울음과 웃음이 섞인 기묘한 얼굴이 되었다.

"팀장님! 팀장님, 괜찮으십니까!"

화장실 칸 밖에서 이삭의 목소리가 들렸다.

"함 팀장, 괜찮아요?"

곁에는 마 형사도 함께 있는 듯했다.

"괜찮다! 멀쩡해. 아주 좋아!"

함민은 애써 외쳤다. 아무리 좋게 들어도 괜찮은 사람의 목소리로는 들리지 않았다.


이삭은 민규의 카페에 빈손으로 들어섰다. 무알코올 샴페인을 산다는 걸 까먹었다. 함민의 모습에 크게 동요한 탓이었다. 대전역 화장실에서 나온 함민은 지금껏 본 적이 없을 정도로 심히 엉망이었다. 머리도

헤집어져 있었고 넥타이도 풀려 있었다. 눈이 퉁퉁 부은 데다 과음한 사람처럼 얼굴이 붉게 달아올라 있었다. 이런 함민이 평택에 도착해 "나는 못가겠다"라며 케이크를 내밀었을 때 이삭은 함께 가자고 조를 수 없었다.

이삭은 태을과 진석, 은나에게 대전에서 있었던 일을 전했다. 모든 이야기를 들은 세 명은 금세 심각해졌다.

"상부에 팀장님 방화 기질에 대해 이야기해야 하는 거 아닐까요."

이삭이 말했다.

"절대 안 돼."

은나가 거칠게 말했다.

"아무리 실적이 우수해도 범죄자 기질이 있는 데다 기억이 오락가락한다는 사실이 밝혀지면 무슨 조치가 내려질지 몰라. 팀장님 정직, 아니 면직이 될 수도 있다고. 그러면 우리 팀 해체는 그다음 순서가 될 테고."

"그래서 마 형사님도 비밀을 지킬 수밖에 없었겠지."

진석의 말에 태을이 한숨을 내쉬었다.

"이제 어쩌면 좋죠?"

이삭의 질문에 세 형사는 쉽사리 입을 열지 못했다. 팔짱을 긴 채, 차갑게 식어버린 커피 세 잔을 멍청히 바라볼 뿐이었다.

"시식 시간입니다!"

침묵을 깬 건 민규였다.

민규가 싱글벙글하며 케이크 두 개를 들고 나타났다. 두 케이크는 완전히 다른 느낌이었다. 뷔슈 드 노엘은 통나무의 느낌을 살린 검은빛을 띠는 갈색 롤케이크였고 슈톨렌은 과일과 견과류가 들어간 빵 위에 새하얀 슈거 파우더를 잔뜩 뿌려 눈이 내린 듯한 느낌을 주는 파운드케이크였다.

"채 형사님이 슈톨렌 사다주신 카페, 작년까지 뷔슈 드 노엘 팔았다기에 검색해봤는데 장난 아니었더라고요. 케이크 표면을 진짜 나무껍질처럼 표현했던데 저는 도저히 그 방법을 모르겠습니다."

민규가 변명하듯 말하며 빵칼을 손에 들었다. 능숙한 손놀림으로 뷔슈 드 노엘과 슈톨렌을 얇게 잘라 네 형사에게 나눠주었다.

"아, 커피가 다 식었네요. 채 형사님 거 준비하며 함께 데워오겠습니다."

형사들은 민규가 돌아오는 사이 얼굴 운동을 했

다. 굳은 표정을 풀기 위해 빠르게 입을 움직이는 네 형사의 모습은 꽤나 우스꽝스러웠지만 아무도 서로를 보며 웃지 않았다.

민규가 커피를 들고 돌아왔다. 형사들은 커피와 함께 케이크를 맛봤다.

"와, 이건."

"너무 맛있는데?"

"우열을 가릴 수가 없다는 말은 이럴 때 하는 거군요."

태을이 저도 모르게 감탄을 내뱉었다. 연이어 진석과 은나, 이삭 역시 비슷한 반응을 보였다.

"무슨 말씀을!"

형사들의 말에 민규가 정색했다. 그는 하윤지의 슈톨렌을 한 입 더 먹더니 말했다.

"제 생각에는 제 케이크가 더 맛있습니다!"

이 말에 이삭이 가볍게 웃음을 터뜨렸다. 오늘 처음으로 짓는 편한 웃음이었다.

"드디어 웃었다."

민규가 활짝 웃으며 말했다.

"채 형사님 너무 심각하시더라고요. 평소 하시던 이상한 이야기도 안 하시고."

"제가 그랬습니까?"

"어때요, 채 형사님 생각엔 둘 중 어느 케이크가 이겼습니까?"

"사장님 케이크는 예술입니다. 커피랑도 너무 잘 어울리고요."

"그죠?"

"그렇지만 저는 슈톨렌이 더 마음에 드네요. 하윤지 씨 말로 숙성할수록 맛이 더 좋아진댔으니깐요. 무엇보다 이렇게 남겨둔다면 크리스마스 즈음엔……."

이삭이 비어 있는 의자를 바라보며 말했다.

"팀장님도 함께 그 맛을 즐길 수 있을 테니까요."

"그렇다면 제가 직접 함 팀장님을 찾아가야겠군요."

민규는 두 개의 케이크를 뚫어져라 쳐다보더니 심각한 표정으로 덧붙였다.

"사건이 해결되지 않으면, 무슨 일이 일어날지 모르니까요……."

함민은 자신의 집 화장실 거울을 들여다봤다. 허무한 표정, 무슨 생각을 하는지 알 수 없는 얼굴은 대전에서 본 조정훈과 꼭 닮은 꼴이었다. 함민은 그런 자신을 계속 바라볼 수 없어 눈을 질끈 감아버렸다.

그러고는 마음속으로 같은 말을 반복했다.

'잊자.'

그것밖에 방법이 없었다. 방화를 저지르지 않고 살아가기 위한 방법은 그것뿐이었다.

'얼마나 시간이 지나야 잊을 수 있을까.'

마 형사는 함민이 잘못된 기억 탓에 자꾸 방화를 저지르려고 한다고 생각했다. 아니었다. 망각은 함민의 방화 충동을 가라앉히는 마지막 제어 장치였다. 함민은 온몸이 뜨거웠다. 가까스로 억눌렀지만 머릿속에서는 계속 한 가지 생각이 반복됐다.

'차라리 불을 질러. 그만 편안해져.'

방화 충동을 인정하고 나자 더는 참을 수 없었다. 불을 지르고 싶어 미칠 것만 같았다. 아니 그보다 이 마음은 자신을 비롯한 주변의 모든 것을 파괴하고 싶은 충동에 가까웠다. 조금 지나면 창피했다. 모든 걸 잊고 싶었다. 지금 이 순간 그런 고민을 했다는 사실조차 잊어버리고 싶었다.

함민은 라이터를 찾았다. 있을 리 없었다. 지난번 방화 당시 모든 걸 없앴다. 팀원들이 매일 같이 감시했다. 부엌으로 향했다. 가스레인지로 불을 붙일 셈이었으나 인덕션이었다. 집주인이 교체했다는 걸 잊고 있었다. 함민은 신발을 구겨 신고 휴대폰만 챙겨 집을 나섰다. 뛰듯이 걸어 근처 편의점에 들어가 허겁지겁 말했다.

"라이터, 라이터 주세요."

집주인과 비슷한 또래의 노년의 남성은 그를 빤히 바라보더니 말했다.

"안 됩니다."

그러더니 담배 매대 옆에 붙어 있는 종이에 턱짓했다. 그곳엔 피의자 종합 수배 전단과 함께 함민의 정면 사진이 붙은 안내문이 있었다.


이 사람에겐 라이터 판매 금지. 협조하지 않을 경우 112 신고 바람.

— 평택경찰서 강력 1팀 일동


"빌어먹을!"

함민은 저도 모르게 소리쳤다. 점원의 손이 휴대폰으로 향했다. 조금이라도 허튼짓을 하면 신고하겠다는 태도였다.

"소리 질러 죄송합니다."

함민은 걱정할 팀원들의 얼굴을 떠올리고 잠시 정

신을 차렸다. 정중히 인사까지 하고 편의점을 나섰다. 여기 말고 편의점은 또 있었다. 다른 곳에 가면 된다. 그렇게 찾은 다른 편의점 역시 사정은 마찬가지였다.

"왜 그러세요, 정말."

안면이 있는 편의점 사장은 함민을 보자마자 딱 잘라 말했다.

"이 근방 편의점에는 이미 협조 공문 다 내려왔어요."

함민은 포기할 수 없었다. 어떻게든 불을 질러야 했다. 이왕이면 화려하게 불을 지르고 싶었다. 그래야만 이 상황에서 벗어날 수 있으니까. 그래야만……

'내가 진짜 방화범이 되는 거니까. 더는 충동을 억누를 필요가 없으니까.'

함민은 멈춰 섰다. 자신의 진심에 놀라 멍하니 허공을 보다가 저도 모르게 말했다.

"미쳤구나. 내가, 미쳐버렸구나……"

함민은 기가 막혀 웃음이 나왔다. 방화 충동을 이길 수 없으니 차라리 방화범이 되는 게 낫겠다니, 제정신으로 할 생각이 아니었다. 더는 자신이 미쳤다는 사실을 부정할 방법이 없었다. 이제 그에게 남은 길은 경찰을 그만두는 것뿐이었다. 정신병원에 입원해서라

도 지금 상태를 치료하는 수밖에 없었으나 방화 충동
이라는 것이 정말 치료가 가능할지 믿기지 않았다. 함
민은 휴대폰을 손에 들었다. 치료에 대한 정보를 검색
할 셈이었다. 그러다 잠금 화면에 뜬 이메일 도착 알
림을 발견했다.

제목 : 시나리오를 찾았습니다.

보낸 사람 : 조정훈

'조정훈이 누구였지. 아, 조지훈의 형. 그러고 보니
오늘 수사를 하기 위해 대전에 갔던 거지……'

함민은 조정훈을 만난 게 아주 오래전 일 같았으
나 고작 오늘 오후의 일이었다.

'일단 닥친 사건에 전념하자.'

함민은 마음을 가다듬었다. 심호흡을 크게 한 후
시나리오를 다운로드했다. 내용을 천천히 소리 내어
읽으며 걸었다. 그러자니 마음이 나아졌다. 어느새 발
은 알아서 집으로 향하고 있었다. 그렇게 집에 도착했
을 무렵엔 온몸을 사로잡았던 방화 충동이 말끔히 사
그라져 있었다. 그건 조정훈의 말처럼 시나리오가 무
척 뛰어난 작품인 데다 얼마 지나지 않아 내용에서

뜻밖의 정보를 접한 덕이기도 했다.

초등학교 4학년 당시 따돌림을 시도했던 조지훈이 도리어 역풍을 맞게 한 장본인. 그에겐 평범하지 않은 사정이 있었다. 그는 범죄자의 아들이었다. 하필 지금껏 함민이 스스로 진범이라 믿어온 1993년도 엑스포 방화 사건 진범의 아들이었다.

가민욱.

함민은 새삼 그 이름이 매우 낯익었다. 단골 카페 사장의 이름인 가민규와 딱 한 글자만 달랐다. 그것만으로 함민은 한가지 가설을 떠올렸다.

'만에 하나 가민욱이 가민규라면 어떻게 될까.'

말도 안 되는 상상이었다. 그런데도 함민은 이 가설에 다음 상상을 연잇고 있었다.

'가민욱이 가민규다. 우연히 조지훈이 단번에 그를 알아본다. 그러다 살해당한다. 오래전 역풍을 맞았을 때와 마찬가지로.'

함민의 머릿속에 자연스레 한 가지 장면이 떠올랐다. 공사가 한창 진행 중인 빌라 건물 2층에 가민규와 조지훈이 함께 있다. 가민규가 조지훈을 무언가로 찔러 죽인다. 그러고는 불태운다.

'대체 무슨 생각을 하는 거야.'

함민은 자신의 생각에 자기가 놀라 고개를 절레절레 저었다. 이 시나리오를 읽기 직전까지 함민은 하윤지가 범인이라는 가능성에 강하게 끌렸다. 그런데 지금은 단지 시나리오 속 이름이 비슷하다는 사실만으로 이런 망상을 하고 있었다. 망상을 깨야 했다. 함민은 대전을 떠나기 전 마지막으로 만났던 상대를 떠올렸다. 이문집. 그는 오랜 시간 조지훈과 친분을 유지해온 인물이었다. 그런 그라면 가민욱에 대해서도 기억하고 있으리라. 함민은 바로 이문집에게 전화를 걸었다.

"늦은 시각에 죄송합니다. 한 가지 여쭤보고 싶은 게 있어서요."

"아, 예. 말씀하십시오."

"초등학생 때 조지훈이 누군가를 따돌리려다 실패한 일 있죠. 그때 일 기억하십니까?"

"물론이죠. 저도 같은 반이었는걸요."

"왕따를 시키려고 한 아이가 1993년 당시 일어난 방화 사건 진범의 아들이라는 이야기가 있던데, 그게 사실입니까?"

"네, 사실입니다."

"이름 기억하세요?"

"아, 가지훈이었던 것 같아요."

"확실합니까?"

"물론입니다. 지훈이가 자기랑 이름이 같다면서 자기 편으로 끌어들이려고 했다가 일이 틀어지자 이름이 같아서 더 재수 없다고 길길이 날뛰었어서 똑똑히 기억해요."

'성만큼은 다르길 기대했는데.'

혼란을 가라앉히려고 한 통화가 오히려 혼란을 가중시켰다. '가'라는 성은 흔치 않다. 게다가 성을 바꾸는 것보다는 이름을 바꾸는 게 훨씬 간단하다.

'가민규가 가지훈이라면……'

생각을 반복하자니 머릿속에 어렴풋이 떠오르는 장면이 있었다. 30년 전 함민이 병원에서 만난 귀신 소년. 병원 직원들이 비슷한 인상착의의 소년 환자는 얼마 전 죽었다고 말했기에 함민은 지금껏 그가 귀신이라고 여겨왔다. 그 소년이 함민에게 용무가 있어 찾아온 진짜 사람이라면, 그가 가지훈, 아니 가민규였다면 어떨까.

띵동.

가민규는 함민의 말을 듣고 자신의 아버지가 사실 진범이 아니라는 확신을 갖게 되었다. 그런 함민이 잡히지 않고 아무렇지 않게 생활하는 것을 보고 분노했다. 이에 그에게 복수하기 위해 계속 그의 뒤를 쫓았다. 그러다 평택까지 왔다.

띵동.

함민이 평택에 오고 얼마 지나지 않아 가민규는 카페를 열었다. 그는 함민이 좋아하는 커피의 맛을 구현해 친분을 쌓았다. 이후 팀원들과 자연스레 가까워졌다. 가끔 그에게 수사와 관련된 정보를 주었다. 목적은 단 하나, 복수.

띵동띵동.

그렇게 가민규가 복수를 준비하던 중 조지훈과 재회했다. 그만 정체가 들통났다. 그래서 그는 살인을 저지를 수밖에 없었다. 조지훈이 살해된 현장에서 발견되지 않은 결정적인 흉기. 그것은 가민규의 정체를 완벽하게 드러내는 무엇이었다. 그것은 무엇이었을까. 무엇이었기에 가민규는 그것을 가져가야만 했을까…….

띵동.

연이은 함민의 생각을 끊은 것은 벨소리였다. 처음 벨소리를 들었을 때 함민은 생각에 지나치게 몰두한 나머지 그것이 자신의 망상 속에서 나는 거라고 여겼으나 아니었다. 현관 초인종 소리였다. 게다가 끈질겼다. 누군가가 함민이 집에 있다는 걸 알고 있다는 듯이 집요하게 벨을 눌렀다.

함민은 현관으로 다가가 문을 벌컥 열었다. 민규가 있었다. 방금 전까지 생각 속에서 진범이라 의심치 않았던 민규가 앞에 나타나다니 이 우연을 어떻게 해석해야 할지 몰랐다.

"퇴근하다 들렀습니다. 팀장님이 많이 바쁘시다기에."

민규가 손에 든 종이봉투를 내밀었다.

"제가 만든 케이크입니다. 팀장님 의견을 꼭 듣고 싶었는데 안 오셔서. 사 오신 슈톨렌은 남겨뒀습니다. 나중에 같이 드실 때 의견 주세요. 아, 혹시 몰라 빵칼도 같이 가져왔습니다."

"가, 감사합니다."

"별말씀을요. 단골이신데 이 정도는 해야죠."

민규는 살짝 웃어 보인 후 몸을 크게 숙여 인사했다. 계단을 다시 내려가는 민규의 뒷모습에서는 수상한 느낌은 전혀 찾을 수 없었다. 함민은 현관문을 닫았다. 그가 준 종이봉투 속 상자를 꺼냈다. 상자를 열자 장작 모양의 케이크가 모습을 드러냈다. 어쩐지 이

런 케이크를 만드는 사람은 사람을 잔인하게 살해한
후 태워 죽일 수는 없을 것 같았다.

'정신 차리자.'

함민은 고개를 절레절레 저었다. 아무래도 너무
충격을 받은 나머지 극단적으로 생각한 모양이었다.
머리를 식힐 필요를 느꼈다.

'딱 커피와 케이크가 필요한 순간이군.'

함민은 커피를 준비했다. 케이크를 자르기 위해
민규가 함께 챙겨준 플라스틱 빵칼을 꺼냈다. 새삼 빵
칼의 형태에 눈이 갔다. 이번 사건의 흉기와 크기가
엇비슷해 보였다. 플라스틱 빵칼로 사람을 죽이는 건
무리일 듯했다. 몸을 뚫기도 전에 휘어지거나 부러지
리라. 이것 역시 아까 민규를 진범이라 의심하던 것에
이은 망상이라고 여기는 편이 옳았다. 함민은 흉기에
대한 생각을 떨치고 케이크를 잘랐다. 초콜릿과 에스
프레소 생크림이 커피의 깊고 진한 맛과 잘 어울렸다.
역시 이런 케이크와 커피를 만들 수 있는 사람이 살
인을 저지른다는 건 말이 안 된다. 하지만 범인이라고
믿어 의심치 않은 하윤지 역시 빵과 케이크를 팔았다.
그런 생각을 하자니 함민은 둘 중 누가 살인자라도
놀랍지 않을 것 같았다. 또 동시에 둘 다 살인자가 아니어도 놀랍지 않았다. 다시 생각이 뻗치는 쪽은 빵칼이었다. 아무리 생각해도 이 빵칼이 수상했다. 이 빵칼을 어떻게 활용한다면 사람을 죽일 수 있을 것 같았다. 함민은 잠시 노려보다가 태블릿으로 부검 소견서 파일을 열고 새삼 내용을 확인했다.

'살인자는 얼굴과 손발을 불로 태웠다. 치아를 모두 뽑았다. 결정적 사인은 복부의 자상, 무려 여덟 번을 찔렀다. 흉기가 일반적인 도검류에 비해 뭉툭한 탓이었다. 식도와 위장에서 케이크 한 판 분량의 초콜릿과 빵, 라면, 알코올 등이 발견되었다. 살인범은 날카롭고 긴 것, 즉 진검과 비슷한 모양의 무언가로 복부를 수차례 찔렀다. 상처 부위로 볼 때 흉기는 끝부분이 너비 2센티미터, 두께 5밀리미터의 직사각형 모양의 긴 물체로 추정된다.'

함민은 빵칼 끝의 길이를 재어보았다. 너비는 2센티미터로 같았지만 두께가 1밀리미터였다.

'이걸 다섯 개 겹치면 어떻게 되지?'

영화에는 종종 감옥에서 칫솔이나 수저 등 플라스틱으로 된 물건을 갈아서 무기로 사용하는 장면들이 나온다. 빵칼을 다섯 겹으로 겹친 후 끝을 간다면 충분히 가능한 일 같았다.

함민은 상상했다. 하윤지가, 혹은 가민규가 조지훈을 만나는 장면을. 빵칼을 개조해 만든 흉기로 그의 복부를 몇 번이고 거듭해서 찌르는 장면을. 둘 다 충분히 가능했다. 더불어 왜 이런 흉기를 만들어 살인을 저질렀고, 그것을 어떻게 처리했는지도 알 것 같았다. 플라스틱 빵칼이니 겹친 걸 다시 나눠 재활용 쓰레기로 버리면 그만이다. 누가 버려진 빵칼 끄트머리가 지나치게 날카로운 걸 신경 쓰겠는가. 이 사실을 사건이 일어난 직후 눈치챘다면 쓰레기통을 뒤져 흉기를 확보했겠으나 이제는 너무 늦었다.

"완전범죄가 되는 건가."

함민은 실망했다. 애써 흉기의 정체를 알아냈지만 그걸로 범인의 정체까지 특정할 순 없다고 생각하자 가까스로 가라앉았던 충동이 다시 올라왔다. 생각을 돌릴 것이 필요했다. 지금 함민의 눈앞에 있는 것은 부검 소견서밖에 없었다. 함민은 충동이 가라앉길 간절히 바라며 소견서 내용에 집중했다. 글자를 소리 내어 읽었다.

대체 몇 번이나 반복해서 읽었을까. 함민이 내용을 외울 지경에 이르렀을 무렵 충동이 가셨다…….

　다음 날 아침, 한창 청소 중인 카페의 문이 열렸
다. 민규는 보지도 않고 인사를 한 후 고개를 들었다
가 반가운 얼굴을 발견했다.

　"팀장님, 오랜만입니다!"

　함민이 문 앞에 서 있었다. 그는 평소처럼 깔끔한
정장 차림이었다.

　"케이크 잘 먹었습니다. 정말 맛있었습니다."

　함민은 민규가 주고 간 종이봉투를 내밀었다. 그
안엔 얼핏 보아도 고급으로 보이는 샴페인이 들어 있
었다.

　"케이크 답례입니다."

　함민은 평소 자신이 좋아하는 카운터 석에 앉으며
말을 이었다.

　"커피 부탁드립니다. 마시고 갑니다."

　"사건은 어떻게 됐습니까?"

　민규는 바로 에스프레소를 추출하기 시작했다. 함
민이 좋아하는 커피는 일반적인 아메리카노가 아니
었다. 민규는 늘 리스트레토, 가장 적은 양의 에스프
레소를 두 잔 추출한 후 80도 물을 정확히 90밀리리
터만 부어 대접했다.

　"오늘 안에 범인의 정체가 밝혀질 듯합니다. 사장

님 덕분에 흉기를 특정할 수 있었거든요."

평소 함민은 민규가 커피를 내주면 바로 마셨으나, 오늘은 갈색 크레마가 흩어지는 걸 방치하고만 있었다.

"소사체의 위장에서는 케이크 한 개 분량의 초콜릿과 빵, 라면, 알코올이 발견되었습니다. 처음엔 그 사실에 딱히 이렇다 할 생각이 들지 않았습니다만, 사장님이 주신 뷔슈 드 노엘을 보니 갑자기 그런 생각이 들었습니다. 혹시 조지훈과 범인은 함께 뷔슈 드 노엘을 먹은 게 아니었을까."

초콜릿과 빵은 뷔슈 드 노엘의 주재료다. 알코올은 그와 함께 먹은 샴페인이리라. 문제는 라면이었다. 이건 왜 나왔을까. 조지훈이 먹은 걸까, 아니면 억지로 먹어야 했던 걸까. 함민은 갑자기 이 점이 신경이 쓰였다. 태을에게 전화해 라면에 대해 묻자 더욱 희한한 이야기를 들을 수 있었다.

"직접 만든 듯한 가는 면발이었다더군요. 사체가 불에 타면서 초콜릿은 녹았지만 라면은 본래의 형태를 간직한 채 남아 있었다고요. 그러자니 한 가지 생각이 들었습니다. 어쩌면 그 라면은 나무껍질을 표현하는 데 쓰인 것일지도 모르겠다고요."

하윤지는 작년까지 뷔슈 드 노엘을 팔았다. 특히 케이크의 질감이 진짜 통나무 같아서 인기가 대단했다. 함민은 질감을 표현하는 데 쓴 게 라면이 아닐까 싶었다. 이를 단서로 작년 하윤지의 뷔슈 드 노엘을 구입한 사람들의 온라인 후기를 찾아보니, 직접 튀겨 만든 가는 면으로 나무껍질을 표현한 것 같다는 의견을 발견할 수 있었다.

"제가 이 사건을 조사하다가 이상한 점을 발견했습니다. 조지훈은 어린 시절 자신과 이름이 같은 반 친구를 괴롭히려다 오히려 자기가 괴롭힘을 당했다고 합니다. 그 친구 이름은 가지훈. 흔치 않은 이름입니다, 그쵸?"

"저랑 성이 같네요."

민규는 시큰둥하게 답하며 식어가는 함민의 커피만 봤다. 함민이 커피를 마시지 않는 게 신경이 쓰였다.

"사장님과는 아무 상관 없겠죠?"

함민의 말에 민규가 시선을 옮겼다. 함민과 눈을 마주쳤다. 무척 진지한 표정으로 자신을 바라보는 함민의 시선에 부드럽게 웃어 보였다.

"형사님."

"네."

"앞으로도 계속 와주실 거죠?"

함민은 민규와 가만히 마주 보다가 마침내 커피잔을 손에 들었다. 식어버린 커피를 단번에 들이켜더니 자리에서 일어나며 말했다.

"제가 여기 아니면 어딜 가겠습니까."

카페 앞에는 진석과 은나, 이삭이 함민을 기다리고 있었다. 함민이 카페를 나서자마자 은나가 다가갔다.

"조지훈은 5년 전 우연히 하윤지가 살아 있다는 사실을 알게 되었다고 합니다. 이후 다시 사귀게 되었으나 올해 들어 마음이 바뀌어 헤어지자고 했다더군요. 하윤지는 그런 조지훈의 변심에 분노해 살인을 저질렀다고 합니다."

"뷔슈 드 노엘 말인데요."

진석이 말했다.

"이 케이크를 처음 만든 게 조지훈과 재회한 5년 전 12월이었답니다. 케이크를 먹은 조지훈은 무척 좋아하며 라면으로 나무껍질을 표현하라고 제안했답니다. 이후 하윤지는 크리스마스마다 조지훈과 이 케이크를 먹었다네요."

"그런 하윤지가 죽은 조지훈에게 억지로 케이크 한 판을 전부 먹인 후 불태운 건 그의 신원을 파악하지 못하게 하려던 것도 있었지만 다른 한편으로는 또 다른 유래를 떠올린 탓도 있었답니다."

이삭이 말했다.

"크리스마스 땔감의 유래처럼 액땜을 하고 싶었답니다."

"그랬군."

함민은 짧게 대꾸한 후 경찰서 방향으로 걸어가기 시작했다.

"민규 씨가 뭐라고 합니까?"

은나가 다급하게 입을 열었다.

"정말 무슨 억하심정을 갖고 팀장님 뒤를 쫓아온 거랍니까?"

"안 물어봤어."

"그러면 저는요! 저는 어떻게 해요?"

"내가 이 카페에서 커피를 몇 잔 사 먹었다고 생각해?"

함민이 한숨을 쉬며 말했다.

"가민규가 날 죽이려면 백 번도 더 넘게 기회가 있었어. 그런데 안 그랬어. 그런 사람이 앞으로 날 죽일 가능성은 얼마나 될까?"

은나의 얼굴이 환해졌다.

"거의 없겠죠."

은나를 대신해 진석이 말했다.

"나도 그렇게 생각해. 그게 내 추리다."

함민은 기지개를 한참 켜더니 앞서 걸어갔다.

"팀장님!"

진석이 함민을 불렀다.

"커피 사서 갑시다. 좀 기다려요!"

"알았어. 딱 5분만 기다린다. 아, 내 것도 한 잔 더."

함민의 말에 진석과 은나, 이삭이 서둘러 카페에 들어갔다. 함민은 휴대폰을 손에 들었다. 타이머를 켠 후 정확히 5분을 세팅했다.

부검 소견서의 위화감. 처음 봤을 때부터 무엇이 그토록 마음에 걸렸는가를 깨달은 순간, 함민은 자신을 괴롭히던 방화 충동에서 완전히 벗어나다 못해 날아갈 듯 가뿐해졌다. 그러자니 망각했던 기억의 편린을 찾아낼 수 있었다. 2년 전 마 형사에게 전화해 자신이 불을 질렀다고 자백하고는 왜 그 모든 사실을 잊었는지, 이후 왜 평택으로 이동하기로 결심했는지를. 그때에도 이랬다. 사건을 해결한 그 순간의 카타르시스로 방화 충동이 깡그리 사라지는 것을 느끼고 결심했다. 형사의 길을 계속 가겠다고. 그것이 방화 충동을 억누를 수 있는 유일한 방법인 걸 알았으니 모든 걸 잊자고. 그리고 묵묵히 형사의 길을 걷자고.

얼마 안 가 함민은 이런 깨달음을 잊었다. 그렇기에 평택에 온 무렵에는 죄책감밖에 남지 않았었다. 그런데도 함민은 계속해서 수사를 했다. 어떻게든 사건을 해결하려고 안간힘을 썼다.

왜 그랬을까.

"5, 4, 3, 2, 1……."

무의식 어딘가에 이때의 다짐이 남아 있던 건 아닐까. 이것밖에 자신을 구원할 방법이 없다고 생각했기에 그저 그것에 집중한 건 아니었을까.

"5분 종료."

함민이 휙 몸을 돌렸다. 평택경찰서를 향해 평소처럼 약간 빠른 걸음으로 걷기 시작했다.

잠시 후 카페의 문이 열렸다. 세 형사가 각기 커피를 들고 나오다가 함민이 저만치 앞서가는 것을 보고 소리를 질렀다.

"아, 쫌!"

"어떻게 진짜 딱 5분만 기다리느냐고!"

팀원들은 뛰듯이 걸어 함민을 따라잡았다. 함민, 진석, 은나, 이삭은 각기 커피를 한 손에 들고 평택경찰서를 향해 걷기 시작했다. 앞으로도 매일 아침 계속될 광경이었다.

# 에필로그

'역시 들켰나.'

민규는 카페를 나서는 함민의 모습을 보며 생각했다.

함민의 추리는 옳았다. 민규의 아버지는 1993년 엑스포 방화 사건의 진범이고, 민규의 본래 이름은 가지훈이었다.

어린 시절 민규는 아버지가 방화를 저질렀다는 걸 믿을 수 없었다. 그러던 중 우연히 함민의 소문을 들었다. 서울의 한 대학 병원에 입원한 중학생이 자신을 사건의 진범이라고 주장한다는 이야기였다. 마침 민규는 범죄자의 아들이라 손가락질하는 이웃들을 피해 서울로 전학한 상태였다. 민규는 반신반의하며 병원을 찾았다. 정말 함민이 진범이라면 가만두지 않을 셈이었다. 그렇게 찾은 병원, 민규는 함민의 주변을 계속 얼쩡거린 끝에 마침내 대면에 성공했다.

"형이지?"

민규가 물었다.

"불 지른 거 형이지?"

"맞아. 내가 불을 질렀어."

함민은 가까스로 말한 후 다시 잠이 들었다. 자백한 함민은 무척 평안해 보였다. 대신 민규는 큰 충격에 휩싸였다.

'역시 누명이었어!'

민규는 당장 함민을 깨워 다시 말하게 할 셈이었으나 억지로 깨우다가 누가 눈치라도 채면 쫓겨날 터였다. 어쩔 수 없이 민규는 차선책을 택했다. 공중전화로 경찰에 함민이 한 말을 전했지만 아무 일도 일어나지 않았다.

'대체 왜? 왜 경찰이 움직이지 않는 거지?'

민규는 분개했다. 함민을 더욱더 용서할 수 없었기에 계속 그의 병실을 찾았다. 언젠가는 그를 죽일 생각까지 했지만 실행에 옮기지는 않았다. 그랬다가는 방화범의 아들답다는 말을 들을 것 같았다. 그러던 중 민규는 함민이 경찰에게 말하는 모습을 목격했다.

"제가 불을 질렀습니다. 제가 드럼통에 불을 내서 화재가 일어난 거라고요!"

민규는 속이 다 시원했다. 이걸로 아버지의 누명

이 벗겨질 거라고 믿었다.

"너는 방화범이 아니야."

그런데 경찰이 말했다.

"그곳엔 드럼통이 두 개가 있었어. 너는 분명 그 드럼통에 담배꽁초를 버리고 불을 질렀지. 발화점은 다른 드럼통이었어. 오히려 네 증언 덕분에 진범을 체포할 수 있었단다."

경찰의 말은 일목요연했다. 함민은 그 말을 믿지 않았다. 경찰이 간 후에도 계속해서 자신이 불을 질렀다고 우겼다.

그제야 민규는 상황을 파악할 수 있었다. 함민은 심한 화상으로 혼란을 느끼고 있는 모양이었다. 민규는 부끄러웠다. 만에 하나 정말 그를 죽이기라도 했다면 정말 큰일이 날 뻔했다. 더불어 이런 생각이 들었다.

'어쩌면 아버지도 나처럼 말도 안 되는 착각으로 불을 지른 걸 수도.'

이런 생각을 하고 나니 민규는 아버지를 다르게 볼 수 있었다. 당장 용서할 수는 없었지만 시간이 지나며 서서히 그와 화해할 수 있었다.

민규가 함민과 재회한 건 평택에 카페를 차린 후의 일이었다.

처음 민규는 함민을 알아보지 못했으나 얼마 지나지 않아 그가 당시의 함민이라는 사실을 눈치챘다. 민규는 무척 반가웠다. 아는 체를 하고 싶었지만 함민은 그를 만난 것을 기억조차 못 할 것 같아 참았다. 대신 그의 입맛에 맞는 커피를 매일 내주기로 마음먹었다. 예전보다 커피를 열심히 공부했다. 그랬더니 장사가 점점 잘됐다. 단골도 늘어났다. 여자친구도 생겼다. 민규는 생각했다.

'함민과 함께 있으니 좋은 일만 생긴다. 앞으로도 이랬으면 좋겠다. 계속……'

그런 함민이 방화를 저질러 정직을 당했다. 자꾸 전출하는 원인이 자신이 과거 사건의 진범이라 믿는 탓이란 사실을 알게 되었다. 민규는 큰 충격을 받았다. 함민을 돕고 싶어졌다. 그에게 자신의 정체를 밝히고 진실을 알려줄 생각이었다.

……괜한 걱정이었다. 함민은 복귀했다. 민규의 도움 없이도 사건을 해결했다. 아무렇지 않은 얼굴로 돌아왔다. 당연하다는 듯 출근했다. 다음 날도, 그다음 날도, 첫 손님으로 민규의 카페를 찾았다.

함민이 자신의 정체를 알아챈 것도 같았지만 민규는 아무 말도 하지 않았다. 그의 팀원들도 마찬가지였다. 이래서 함민을 따르는 자가 많은 것 같았다.

'나도 GDI의 일원이 된 걸까.'

민규는 형사가 아니지만 함민을 위해서 늘 커피를 내리고 있으니, 앞으로도 그의 곁을 떠날 생각은 없으니, 그가 사건을 해결하지 못해 궁지에 몰릴 때면 슬그머니 추리의 단초를 제공하기도 하니, 틀린 말은 아니었다.

함민은 아직 눈치채지 못한 듯했다. 올해 크리스마스 케이크로 뷔슈 드 노엘을 정한 것도, 일부러 그의 집을 찾아 빵칼이 든 케이크 봉지를 건넨 것도 모두 함민을 위해서였다. 민규는 은나에게 사건 이야기를 들은 후 흉기의 정체를 눈치챘다. 어떻게든 그 사실을 함민에게 전하고 싶어서 구실을 만들어 그를 찾았다. 민규는 이런 사실을 절대 밝히지 않을 셈이었다. 어디까지나 주인공 셜록 홈스는 함민이니 자신은 그저 그의 GDI 중 한 명이 될 생각이었다. 사실 그는 왓슨이 되고 싶었다.

작가의 말

저는 어디에 살든지 그곳을 배경으로 한 이야기를 적곤 합니다. 소설을 쓰려면 공부가 필수인데 주변을 배경으로 하면 수고가 좀 덜하거든요. 그래서 지난 2020년 4월 평택으로 이사 온 후 주변을 무대로 삼았습니다. 실명이 언급된 장소나 그 주변에서 사건이 일어난 적은 없습니다. 평택은 《마지막 방화》에서 그려지는 것과 달리 평화롭고 살기 좋은 도시입니다.

시작은 첫 단편의 제목처럼 충동적이었습니다. 일반적이지 않은 과거가 있는 형사가 주인공이었으면 했고, 에피소드 하나하나가 지나치다 싶을 정도로 현실에 가까운 이야기였으면 했습니다. 그렇기에 각 에피소드에서 다루는 사건은 최근 우리 사회에서 뜨거운 감자였던 소재입니다. 또 이런 문제를 다루는 방식은 추리소설의 여섯 가지 법칙인 '5W1H'에 입각해 구성해보았습니다.

〈충동: 오버 더 레인 보우〉: 왜 살인을 저질렀는가 - Why

함민이 촉법소년을 심문해 그의 범행 '동기'를 알아내는 데 천착합니다.

〈소음충〉: 어떻게 소음을 만들어내는가 - How

매일 밤 들리는 기이한 층간 소음이 '어떻게' 발생하는지 알아냅니다.

〈실책〉: 누가 죽었는가 - Who

골든 타임을 놓친 살인 사건의 범인이 '누구'인지 이야기합니다.

〈장미와 초콜릿〉: 범행 현장은 어디인가 - Where

주어진 정보를 토대로 정해진 시간 내에 범행 '현장'을 찾아냅니다.

〈기차 시간표 트릭〉: 어떻게 이동 시간을 조작했는가 - When

전체 에피소드 중 가장 본격적인 요소가 많은 단편입니다. 국내에서는 거의 소재로 다루지 않는 기차 시간표 트릭을 담아보았습니다.

〈뷔슈 드 노엘〉: 범인을 특정하는 것은 무엇인가
- What

두 명의 용의자 중 누가 살인자인가, 그 진실을 여러 증거와 흉기의 정체로 밝혀냅니다.

이 소설은 리디에서 2021년 8월부터 연재를 시작했기에 당시 상황이 그대로 적혀 있습니다. 소설 안에서도 현실과 같은 시간차를 두었습니다. 〈충동: 오버 더 레인보우〉와 〈소음충〉은 2021년 8월 말부터 9월에 걸쳐 사건이 진행되고, 〈실책〉〈장미와 초콜릿〉〈기차 시간표 트릭〉〈뷔슈 드 노엘〉은 1년 후인 2022년 8월 말부터 12월 말까지가 이야기의 배경입니다.

이중 〈기차 시간표 트릭〉에 등장하는 두 추리소설가 윤해환과 조명주에는 제가 투영되어 있습니다. 윤해환은 제가 데뷔한 2011년 당시부터 2015년까지 사용했던 필명이고, 《홈즈가 보낸 편지》 역시 실존하는 장편소설입니다. 현재는 절판 상태지만요. 《뤼팽이 부친 전보》는 《홈즈가 보낸 편지》의 속편으로 준비하던 장편소설의 제목입니다.

소설에는 실존하는 장소도 등장합니다. 〈기차 시간표 트릭〉에 등장하는 대구에 있는 장르 전문 서점 '환상문학'이 그렇습니다. 물론 작중 사건과 관련은 없습니다. 우연히 이런 서점이 있다는 사실을 알고 극중 모티브로 삼은 뒤 대구에 갔을 때 허락을 받고 소설에 실었습니다만, 2026년 현재 문을 닫았습니다.

2024년 4월 전자책 출간 당시 다양한 댓글을 달아주신 리디 독자 분들과 함께 읽기를 진행해준 독서모임 그믐, 추천사를 적어준 김하율 작가와 담당자 분들께 감사를 드립니다. 당시 지적받은 내용을 참조하여 수정을 진행했습니다.

《마지막 방화》 전반을 통해 주인공 함민은 지금 이곳에서 달아나고 싶은 욕망, 방화를 저지르고 싶은 충동, 진실을 알아내고 싶은 갈증을 빈번히 느낍니다. 어찌 보면 이 마음들은 사람이라면 누구나 삶을 살면서 느끼는 것이기도 합니다.

살다 보니 그렇더라고요. 지금 현실에서 도망치고 싶고, 아예 다 확 그만두고 싶으면서도 좀 더 노력하면 될 것 같아 다시 버텨보고. 지금 당신이 만에 하나 다 그만두고 도망치고 싶은 기분이 든다면 이 소설 《마지막 방화》를 통해 조금 더 버틸 힘을 얻으실 수 있기를 바랍니다.

# 마지막 방화

ⓒ 조영주  2026

**초판 1쇄 인쇄**  2026년 1월 20일
**초판 1쇄 발행**  2026년 1월 25일

**지은이** 조영주
**펴낸이** 유강문
**문학팀** 박지호 최해경 박선우
**마케팅** 김한성 조재성 박신영 김애린 오민정 우지윤

**펴낸곳** (주)한겨레엔 www.hanibook.co.kr
**등록** 2006년 1월 4일 제313-2006-00003호
**주소** 서울시 마포구 창전로 70 (신수동) 화수목빌딩 5층
**전화** 02-6383-1602~3 **팩스** 02-6383-1610
**대표메일** munhak@hanien.co.kr

ISBN  979-11-7213-371-9  (04810)
ISBN  979-11-7213-062-6  (세트)